古典文獻研究輯刊

十三編

曾永義 主編

第 10 冊

民族文化交融背景下的元雜劇人物形象研究

葛琦 著

國家圖書館出版品預行編目資料

民族文化交融背景下的元雜劇人物形象研究／葛琦 著—初版
—新北市：花木蘭文化出版社，2016〔民105〕
目 2+206 面；19×26 公分
（古典文學研究輯刊 十三編；第10冊）
ISBN 978-986-404-586-0（精裝）
1. 元雜劇 2. 戲曲評論
820.8   105002165

古典文學研究輯刊
十三編 第 十 冊   ISBN：978-986-404-586-0

民族文化交融背景下的元雜劇人物形象研究

作　　者	葛琦	
主　　編	曾永義	
總 編 輯	杜潔祥	
副總編輯	楊嘉樂	
編　　輯	許郁翎	
出　　版	花木蘭文化出版社	
社　　長	高小娟	
聯絡地址	235 新北市中和區中安街七二號十三樓	
	電話：02-2923-1455／傳眞：02-2923-1452	
網　　址	http://www.huamulan.tw 信箱 hml 810518@gmail.com	
印　　刷	普羅文化出版廣告事業	
初　　版	2016 年 3 月	
全書字數	178759 字	
定　　價	十三編 20 冊（精裝）新台幣 38,000 元	

作者簡介

葛琦，女，漢族，內蒙古呼和浩特市人，文學博士。任教於內蒙古大學文學與新聞傳播學院。主要致力於古代文學研究，以宋元文學爲主要研究方向。發表過數篇相關論文，如《蔣捷詞中的生命意識》、《論唐宋詞中的愁情》、《元雜劇大團圓結局成因研究述評》、《試論王國維悲劇理論及其發展》、《三十年來元代文人心態研究綜述》、《「三言」中的蘇軾形象》等，主持完成內蒙古哲學社會科學規劃項目《元雜劇創作中的民族文化交融》。

提　　要

　　近年來的元雜劇人物形象研究中，多元文化背景已經越來越引起研究者的注意。本書的研究重點在於宏觀把握雜劇中的人物形象，發掘其中與民族文化交融相關的形象進行分析，探尋其中的關聯與意義。第一章概述元雜劇創作的時代背景，即對當時民族文化交融的社會狀況的介紹。包括社會政治經濟背景和思想文化背景，涉及社會環境、政策法規、經濟文化、風俗習尚等多個與雜劇創作相關的方面。第二至第四章爲個案研究，以能反映民族文化交融爲取捨標準，從現存雜劇劇本中選取 130 多個人物形象，分別探討雜劇中的女性形象、書生和商人形象、官吏和宗教人物形象在民族文化交融背景下的發展變化，以及由此表現出的元代女性觀、愛情觀、功名觀、商業觀、宗教觀等思想觀念的變化。通過縱向和橫向的對比研究，發掘元雜劇人物形象的獨特之處，這也正是其時代特色——民族文化交融帶來的新變。

民族文化交融背景下的元雜劇人物形象研究

葛琦　著

目

次

緒　論

一、研究狀況與選題意義

　　在中國文學史上，諸子散文、詩經、楚辭、漢賦、唐詩、宋詞、元曲、明清小說是各領一代風騷的重要文學樣式，它們在發展中與時代息息相關，處處彰顯了時代賦予它們的獨特個性。通過對這些文學樣式的研究，可以看出各個時代的風貌。

　　元雜劇是中國戲劇史上第一種成熟完善的戲劇形式，它作為元代的「一代之文學」〔註1〕，引領了中國文學及其審美取向由雅向俗的轉變。元雜劇批評，是伴隨著雜劇的產生和發展同步進行的，元明時期產生了大量的曲論著作，如夏庭芝的《青樓集》，記錄歌妓藝人的表演和生平；鍾嗣成《錄鬼簿》和無名氏《錄鬼簿續編》記載元曲的作家里籍、生平、著述情況等；朱權的《太和正音譜》，不僅載有元明時期的雜劇劇目、分類、作家風格等等，還整理了元曲的曲譜；何良俊的《曲論》注重曲詞的意趣，強調音律為先；王世貞的《曲藻》重視作者的學問和才情，並把元曲的地位提高到與詩經、漢賦、唐宋詞同等的位置。這些作品雖然缺乏完備的體系，但保留了寶貴的歷史資料，為後人的研究做了較為充分的資料準備工作。王驥德的《曲律》對於戲劇的創作、批評、聲律、表演等方面都提出了自己的見解，在戲曲理論發展過程中起到了承上啓下的作用，對李漁的《閒情偶寄》產生了直接的影響。李漁的《閒情偶寄》汲取前人觀點，聯繫自己的創作實踐，揭示了戲劇創作的規律，建立了完整的戲曲理論體系，是我國戲劇批評史上里程碑式的著作。

〔註 1〕王國維：《宋元戲曲史》，上海：上海古籍出版社，1998 年版，第 1 頁。

　　20 世紀初，上海商務印書館先後出版了王國維的《宋元戲曲史》和吳梅的《顧曲塵談》，「在中國古代戲曲研究領域篳路藍縷，開風氣之先，均爲爲中國戲曲研究的奠基之作」〔註2〕。王國維《宋元戲曲史》將西方現代美學理論與傳統考據方法相結合，改變了以往以實用爲目的的研究，把中國戲曲作爲客觀的研究對象，用新的美學觀念加以理性的研究，闡明了中國戲曲的審美特徵，開啓了古典戲曲研究的許多新領域，對後來的研究者產生了深遠的影響。吳梅則致力於戲曲本體的研究，尤以曲律論、製曲論、度曲論最具代表性，構成了完整的戲劇研究體系。錢基博評價說：「曲學之興，國維治二三年，未若吳梅之劬以畢生；國維限於元曲，未若吳梅之集其大成；國維詳其歷史，未若吳梅之發其條例；國維賞其文學，未若吳梅之析其聲律。而論曲學者，並世要推吳梅爲大師云。」〔註3〕較爲準確地概括了兩人的研究特點。

　　20 世紀初至今，元雜劇研究已有百年歷史，取得了豐碩的成果。

　　20 世紀的元雜劇研究主要從內外兩個方面進行。外在研究注重史料的鈎稽整理，主要包括元雜劇史、元雜劇整體狀況、發展分期、演出狀況、對後世的影響，以及作家作品的考證、作家生平研究、作品歸屬等問題的考訂、整理。鄭振鐸、趙景深、顧隨、隋樹森、王季思、杜穎陶、吳梅、傅惜華、徐調孚、莊一拂等前輩學者的辛勤努力，爲元雜劇研究提供了較爲充足可信的史料支持，爲進一步的研究提供了保障。雜劇的內在研究注重文本研究，包括雜劇體制研究、思想內容和藝術成就研究、悲劇性和喜劇性的研究等等。這個時期的研究，在繼承傳統的同時，拓展研究領域，取得了輝煌的成績，同時也在建立新的研究體系等方面留下了空間。

　　從 20 世紀 80 年代至今，是元雜劇研究取得長足進步的 30 年。研究者擺脫政治批判對學術探討的影響，採取更加客觀公正的態度看待元雜劇，特別是把民族文化融合納入元雜劇研究的視野中來，對研究對象的把握更爲準確、全面。

　　元代的統治者是蒙古族，其它少數民族在當時的地位也相對較高，他們的文化、習俗影響到社會生活的各個方面，整個社會呈現出迥異於傳統的思

〔註 2〕郭英德、王瑜瑜：《吳梅詞曲研究論著述評》，見吳梅：《吳梅詞曲論著四種》，北京：商務印書館，2010 年版，第 476 頁。

〔註 3〕錢基博：《現代中國文學史》，北京：中國人民大學出版社，2004 年版，第 282 頁。

想文化形態。而元雜劇作爲一代文學之勝，是社會生活的微觀再現，反映了所處時代的主流文化，即由北方少數民族帶來的游牧文化和中原傳統的農耕文化碰撞交融，進而整合生成的多元文化。

在這方面，20 世紀後 20 年的研究已經取得了一些成就。80 年代的此類研究只注重少數民族的音樂歌舞、作家演員等外在的因素對元雜劇發展的影響，沒有涉及少數民族文化的其它方面。如門巋的《談兄弟民族對元曲發展的貢獻》〔註4〕，文章發表於 1985 年，受時代的影響很大，在語言的使用和觀念上都有明顯的時代烙印。

90 年代初，提出元雜劇產生的背景與元代的文化，尤其是少數民族文化，關係密切。如張應《元曲與少數民族文化》〔註5〕中，已經明確提出「金元時期，是各民族文化大碰撞、大融合的時代。少數民族文化以其風標獨異的姿態，如泉湧般地注入中原漢族傳統文化的肌體中，促成了中華民族文化的嶄新面貌。元曲就是這種文化大背景的產物。」不僅從音樂舞蹈、作家演員等方面論述，更是提到元代思想文化氛圍和社會風俗變遷有可能對元曲發揮作用，雖然作者只是提出了可能性，並未深論，但對於拓寬元曲研究的門徑起到了很大的作用。其後，田同旭在《元曲研究的一個新思路——論草原文化對元曲的影響》〔註6〕中提出元曲繁榮在蒙古民族作爲統治民族的時代，草原文化對元曲必然有影響，而且這種影響不僅在於胡樂的音階調式，更在於草原民族的精神與性格。元雜劇與民族文化融合開始引起學者們的注意。李修生的論著《元雜劇史》〔註7〕中專設一節《元雜劇與蒙元文化》（第一章第三節），強調認識蒙元文化背景對於研究元雜劇的重要性，指出一方面「元雜劇是中原文化的產兒」，另一方面「只有在多元文化的環境中元雜劇才能得到這樣的發展」，並從多元文化並存、俗文化興盛、語言文化等幾個方面去論證。黃天驥先生在爲該書所作序中更指出，如果不具備對於蒙元文化背景的知識，「不足以論元劇」。葉蓓《淺析蒙古族文化對元雜劇形成及發展的影響》

〔註4〕門巋：《談兄弟民族對元曲發展的貢獻》，載《中央民族學院學報》1985 年第2 期，第 75～79、93 頁。

〔註5〕張應：《元曲與少數民族文化》，載《民族文學研究》1991 年第 1 期，第 32～38、31 頁。

〔註6〕田同旭：《元曲研究的一個新思路——論草原文化對元曲的影響》，載《山西大學學報》1993 年第 2 期，第 53～58 頁。

〔註7〕李修生：《元雜劇史》，南京：江蘇古籍出版社，1996 年版。

〔註8〕，闞眞《論元雜劇的民族特色》〔註9〕，也提出了類似的觀點。

這 20 年間，研究者注意到元曲的發展是與元代少數民族文化密切相關的，但這些觀點並沒有成為元雜劇研究中的主流，總體成就也較為有限，論文論著數量少，論證不夠深入。當時主流的觀點仍然是元代社會黑暗、民族歧視嚴重、廢止科舉等造成了讀書人仕進無門、困頓窘迫，最終不得已走上了元曲創作的道路。形成這種觀點的主要原因是，學術界長期以來被漢族文化傳統的思維模式所禁錮，把元曲與漢唐宋明清文學納入同一思維模式和評價體系中進行研究。這種研究方法當然無可非議，也的確取得了可喜的成績。如果沒有前輩學者的研究成果、褒揚傳播，就不會有元曲崇高的歷史地位，元曲研究也就失去了根基。然而，如果始終把元曲置於中原文化背景之下，忽略了蒙元社會特殊的多元文化格局，這必然造成元曲研究的困境——文化歸屬上的尷尬導致文學研究無法突破瓶頸，難以深入。

本世紀 10 年來，元曲與民族文化的關係研究逐漸引起了學者們的注意，出版、發表了一系列的論著、論文。其成果大體上可以分為兩大類：

第一，元代多民族文化對元雜劇的影響。其間又可以分為兩類。

一是少數民族文化對雜劇有很大的影響，使元雜劇本身帶有明顯的少數民族文化的印記，其中蒙古族對雜劇的影響研究比較多。主要論文有扎拉嘎《游牧文化影響下中國文學在元代的歷史變遷——兼論接受群體之結構變化與文學發展的關係》〔註10〕，高益榮《「曲始於胡元」文化論》〔註11〕，等等。這方面尤其值得注意的是雲峰的《論蒙古民族及其文化對元雜劇繁榮興盛之影響》〔註12〕，研究涉及蒙古族音樂舞蹈、語言文字、統治者的愛好、寬鬆的政治環境等各個方面，另外對蒙古族雜劇家創作的貢獻也有論述，說明蒙古族及其文化對元雜劇的繁榮興盛起了重要的促進作用。

二是論述元雜劇的發展繁榮與民族文化交融的關係，認為二者密不可

〔註 8〕葉蓓：《淺析蒙古族文化對元雜劇形成及發展的影響》，載《民族文學研究》1997 年第 4 期，第 72～76 頁。

〔註 9〕闞眞：《論元雜劇的民族特色》，載《民族藝術》1997 年 4 期，第 105～112 頁。

〔註10〕扎拉嘎：《游牧文化影響下中國文學在元代的歷史變遷——兼論接受群體之結構變化與文學發展的關係》，載《文學遺產》2002 年第 5 期，第 57～69 頁。

〔註11〕高益榮：《「曲始於胡元」文化論》，載《中國文學研究》2007 年第 4 期，第 11～14 頁。

〔註12〕雲峰：《論蒙古民族及其文化對元雜劇繁榮興盛之影響》，載《內蒙古師範大學學報（哲學社會科學版）》2003 年第 4 期，第 15～19 頁。

分。主要論文有李成《金代女眞文化對元雜劇繁榮的影響》〔註 13〕，田同旭《論草原文化對古代戲曲形成的影響》〔註 14〕、《論古代戲曲的形成與民族文化融合》〔註 15〕等等。曲阜師範大學 2009 屆徐雪輝的博士學位論文《元雜劇文化研究》〔註 16〕，以「文化」爲視角、以「關係」爲出發點和落腳點，研究元雜劇與文化的關係。她認爲：「元代整個社會的思想文化處於一種游牧文明與農業文明、北方文化與南方文化、雅文化與俗文化等多重交融的狀態，戲劇有了新的生存的土壤，」雜劇成爲一種流行藝術，被推向一個新的階段。

第二，對元雜劇中的少數民族特色的分析。多討論元雜劇中表現出的民族文化融合的因素，從少數民族的某種特徵入手，尙未深入討論「融合」。

更能代表這一領域研究成就的是以下幾部論著。山西大學田同旭教授的《元雜劇通論》〔註 17〕，是一部元雜劇研究通論，在金元民族文化衝撞與融合的多元社會文化背景下，從理論上系統地論證了元雜劇是民族文化融合的藝術結晶。雲峰先生致力於蒙漢文化與文學關係研究 30 年，出版了多部專著。2005 年出版的《元代蒙漢文學關係研究》〔註 18〕，著重描寫元代蒙漢文學關係的歷史脈絡，並從社會歷史文化背景、詩歌、雜劇、散曲等幾個方面去論述。2011 年出版的《民族文化交融與元散曲研究》〔註 19〕，以元散曲爲對象，研究蒙古及北方少數民族文化對散曲創作的影響。正如李修生先生在該書序中所言：「研究問題注意中華傳統文化的多元性，注意多元互動，對待民族問題客觀全面，很值得學習。」〔註 20〕2012 年出版的《民族文化交融與元雜劇研究》，以民族文化交融爲背景對元雜劇進行了專題研究，主要包括雜劇創作

〔註 13〕李成：《金代女眞文化對元雜劇繁榮的影響》，載《黑龍江民族叢刊》2007 年第 1 期，第 171～178 頁。

〔註 14〕田同旭：《論草原文化對古代戲曲形成的影響》，載《南京師大學報（社會科學版）》2007 年 第 5 期，第 129～133 頁。

〔註 15〕田同旭：《論古代戲曲的形成與民族文化融合》，載《山西大學學報（哲學社會科學版）》2004 年第 2 期，第 88～93 頁。

〔註 16〕該論文已成書出版，徐學輝：《文化視角下的元雜劇》，北京：人民出版社，2011 年版。

〔註 17〕田同旭：《元雜劇通論》，太原：山西教育出版社，2007 年版。

〔註 18〕雲峰：《元代蒙漢文學關係研究》，北京：民族出版社，2005 年版。

〔註 19〕雲峰：《民族文化交融與元散曲研究》，桂林：廣西師範大學出版社，2011 年版。

〔註 20〕李修生：《民族文化交融與元散曲研究・序》，見雲峰《民族文化交融與元散曲研究》，桂林：廣西師範大學出版社，2011 年版，第 2 頁。

的社會歷史文化背景，少數民族文化藝術及其政治經濟對雜劇繁榮興盛的影響，俗文學成爲元代文壇主流論，民族文化交融與愛情婚姻雜劇，雜劇大團圓結局與民族文化交融，反映多民族關係和描寫北方少數民族生活之雜劇，北方少數民族雜劇作家及其創作等七部分。尤其是對於元代民族文化交融的狀況及少數民族文化對雜劇繁興的影響，資料詳實，分析鞭闢入裏，爲元雜劇乃至元代文學的研究提供了厚實的文化背景。

以上是元雜劇及其與民族文化交融關係研究的基本狀況，至於元雜劇中的人物形象研究，則多限於類型人物和個體的研究。類型人物主要集中在女性形象、文人形象、宗教人物等形象研究上。唐昱《元雜劇宗教人物形象研究》〔註 21〕通過對雜劇中宗教人物形象的梳理、探討，揭示雜劇所蘊含的宗教精神和藝術價值，理清雜劇與宗教的關係。劉麗華的博士論文《元明雜劇文人形象與劇作家心態變遷研究》〔註 22〕，通過對元明雜劇中文人形象的剖析，考察在時代變遷中的文人心態與雜劇中文人形象的關係，從而發掘元明雜劇發展變化的影響因素。李成論文《民族文化融合與元雜劇女性形象性格新舊質素交融審美特徵的形成》〔註 23〕，注重探討元雜劇中女性形象的新舊性格質素，及民族文化融合對其形成的影響。王傳明《文化衝突與元雜劇中妓女形象的突變》〔註 24〕，認爲妓女形象在元代愛情劇中的被美化和在家庭生活劇中被醜化，是源於商業文化、游牧文化與農耕文化的衝突。羅斯寧《元代商業文化和儒家文化對元雜劇的影響——元雜劇商人形象新解》〔註 25〕，認爲元雜劇中出現的性格鮮明的商人形象是元代商業文化和儒家文化共同作用的產物。人物個體研究以《西廂記》中的崔鶯鶯、張生、紅娘等，還有李千金、張倩女、竇娥等形象爲多。

可以看出，近年來的元雜劇人物形象研究中，多元文化背景已經越來越引起研究者的注意。多數研究者摒除傳統的論調，改變以往對元代社會、文

〔註 21〕 唐昱：《元雜劇中的宗教人物形象研究》，武漢：武漢出版社，2011 年版。

〔註 22〕 劉麗華博士論文：《元明雜劇文人形象與劇作家心態變遷研究》，西安：陝西師範大學，2008 年版。

〔註 23〕 李成：《民族文化融合與元雜劇女性形象性格新舊質素交融審美特徵的形成》，載《藝術百家》2007 年第 7 期，第 114～119 頁。

〔註 24〕 王傳明：《文化衝突與元雜劇中妓女形象的突變》，載《山東師範大學學報（人文社會科學版）》2011 年第 1 期，第 51～55 頁。

〔註 25〕 羅斯寧：《元代商業文化和儒家文化對元雜劇的影響——元雜劇商人形象新解》，載《上海戲劇學院學報》，2002 年第 6 期，第 80～85 頁。

化一味否定的觀點，更加全面客觀地看待元曲與民族文化交融的關係問題。現有成果中不乏精彩之處，但還大有進一步探討的餘地。如現有研究多個案分析，沒能從整體上考察雜劇人物形象與民族文化交融的關係，缺乏全面的觀照；現有成果中，由於某些學者對少數民族風俗習慣、語言文化存在隔膜感，導致某些論述不夠深入；雖然注意到了民族文化交融對雜劇人物形象塑造的影響，但是仍然站在中原文化的立場上看問題，這就容易出現評價上的偏頗。而且，民族文化交融本身包含著交流融合，進而整合而成為元代特有的多元文化，這一過程是一個雙向互動的過程，也不是一次能夠完成的，它是經歷了多次的多向的交流融合，這方面少有論述；文化交融涉及多個民族、多種文化，甚至是跨越我們今天國界的文化。這些都成為進一步研究的空間。

同時，對於文學研究而言，不能為了研究而研究，而是要體現出研究的現實意義，所以元雜劇與民族文化融合的研究本身是可以為現實提供幫助的。元雜劇反映了元代怎樣的時代特徵？元代的多元文化怎樣滋養了元雜劇？對於這些問題的研究和解決有助於我們今天的戲曲發展。只有真正瞭解了民族文化融合怎樣影響了元雜劇的發展繁榮，才能真正理解中華民族文學是各族人民共同創造的。這對於研究民族文學史、民族關係史也會有所裨益。

二、研究對象及主要研究方法

本文的研究重點在於對雜劇中的人物形象進行宏觀把握，特別是重點發掘其中與民族文化交融相關的形象進行分析，探尋其中的關聯與意義。所以對於雜劇中眾多的人物形象未能面面俱到。在作品的選擇上，不以傳統的、公認的藝術成就為標準，而是把體現民族文化交融作為取捨條件。對於某些多方面表現文化交融的作品，如《西廂記》中的人物形象則不厭其細，在多章中多次出現其中的人物。將雜劇人物形象與民族文化交融的背景相聯繫，作全面系統的研究，正是本文的特色所在。

此外，蒙古族是元代的統治民族，其文化在元代居於優勢地位。而且，蒙古族武力征服的過程較長，即使在建立元朝之後仍然東征西討，相對於其它北方少數民族，更能代表北方游牧文化。故而，在文中論及北方游牧文化，常常以蒙古族文化為代表。

本文的研究思路是：以民族文化交融為背景，討論雜劇中人物形象的特色，及其與民族文化交融的關係。論文共四章，前有緒論，後有結語。第一

章，敘述元代雜劇創作的背景，從政治經濟和文化背景兩個方面勾勒出當時民族文化大融合的時代特色。其後三章分別以女性形象、書生和商人的形象、僧道官吏形象爲考察對象，從形象分析入手，以體現民族文化交融爲旨歸，證明中原的農耕文化與北方少數民族的草原文化，共同滋養了元雜劇的生長。元雜劇的各類人物形象，多方面地體現了這種民族文化交融，這更能進一步證明中華民族的文化是由漢族與少數民族共同創造的。

具體研究方法如下：

文獻分析法：盡可能多地佔有資料，查閱前輩學者搜集、整理、校對的雜劇資料和社會背景資料；儘量全面地掌握相關領域的研究現狀。

宏觀與微觀相結合的方法：對於元雜劇產生、發展的社會背景作全面地考察，涉及政治經濟、社會文化、作家；對具體劇本細緻解讀，以期在正確理解文本的前提下，對人物形象所體現出來的民族文化融合做出正確科學的歸納。

比較分析法：比較中原農耕文化與草原游牧文化、漢民族文化與少數民族文化，找到各自的特點，這是研究的基礎。通過比較同一人物形象在不同時代的變化，發現差異，分析造成這種差異的原因及其與民族文化交融的關係。

第一章　元雜劇創作的時代背景——
民族文化大融合的時代

　　13 世紀初，鐵木眞經過多年征戰，統一了蒙古高原上的大部分部落。1206 年，蒙古諸部在斡難河畔召開大會，推舉鐵木眞爲大汗，號稱「成吉思汗」，建立起蒙古汗國。從此，蒙古高原諸部落由原始社會進入了早期的封建社會，開始了它消滅遼夏金宋和征服歐亞大陸的戰爭，並最終建立起東起朝鮮半島，西到東歐的龐大帝國。1260 年，元世祖忽必烈即位，1271 年，取《易經》中「大哉乾元」之義，定國號爲大元，建立元朝，定都大都（今北京）。1279 年，南宋殘軍與元朝展開大海戰，最終爲元所滅。至此，元朝徹底結束了唐末五代以來近 500 年的分裂割據局面，成爲中國歷史上第一個少數民族建立的統一封建王朝，爲後來明清王朝的統一奠定了基礎。

第一節　社會政治經濟背景

一、疆域闊大，人口眾多，多民族雜居共處

　　元朝是一個疆域空前闊大的時代，其版圖之廣超越了以往任何朝代，「自封建變爲郡縣，有天下者，漢、隋、唐、宋爲盛，然幅員之廣，咸不逮元……其地北逾陰山，西極流沙，東盡遼左，南越海表」，「元東南所至不下漢、唐，而西北則過之」，〔註1〕「若夫北庭迴紇之部，白霄高麗之族，吐蕃河西之疆，天竺大理之境，蜂屯蟻聚，俯伏內向，何可勝數。自古有國家者，未若我朝

〔註 1〕　（明）宋濂等撰：《元史·地理志》，北京：中華書局，1976 年版，第 1345 頁。

之盛大者矣」〔註2〕。漢有北狄之患，隋不能服東夷，大唐則西戎不定，宋朝更是西北邊患伴隨始終，它們的疆域遠不能和元朝相比。

在這片廣袤的國土上，「地大民眾」〔註3〕。13 世紀前半期，各族統治階級為爭奪統治權，頻頻發動戰爭，造成了社會物質財富的損耗和人口的急劇減少，尤其是作為主戰場的黃河流域破壞極為嚴重。隨著全國統一局面的出現，各地生產力恢復，人口逐漸增加。由於元朝從未在同一年對全國的人口數額進行統計，每次統計人口，都是將新籍戶地區的人口數，加上未籍戶地區的原有人口數，得出全國總人口。這樣的統計方法，當然難以得出確切的全國實際人口數，但可以據此看出當時的人口增長情況。

> 太宗……七年乙未，下詔籍民，自燕京、順天等三十六路，戶八十七萬三千七百八十一，口四百七十五萬四千九百七十五。憲宗二年壬子，又籍之，增戶二十餘萬。世祖至元七年，又籍之，又增三十餘萬。十三年，平宋，全有版圖。二十七年，又籍之，得戶一千一百八十四萬八百有奇。於是南北之戶總書於策者，一千三百一十九萬六千二百有六，口五千八百八十三萬四千七百一十有一，而山澤溪洞之民不與焉。〔註4〕

太宗七年（1235）年北方三十六路有 87 萬餘戶，到憲宗二年（1252）增加了 20 餘萬戶，世祖至元七年（1270）年又增 30 餘萬戶，35 年間，北方增加了 50 餘萬戶。可見，隨著統治的鞏固，社會逐步穩定，人口逐步增加。而南方，尤其是江南的江浙、江西、湖廣等地，生產力一直較北方發達，人口數遠遠超過北方，到至元二十七年時南方戶數接近北方的 9 倍。

元代人口的一個重要特點是多民族雜居共處。境內居住著蒙古族、漢族、畏吾兀、回族等各個民族，各族之間如犬牙交錯般相互滲透，你中有我，我中有你。以飽受訿病的「四等人」制為例，它按照民族成分把人分為四等，第一等為蒙古人，是元代的「國族」、統治者的「自家骨肉」，享有政治、經濟、法律等各方面的特權，地位最高；第二等是色目人──「各色名目」之人，指我國西北各少數民族和元朝境內的中亞及歐洲各民族，他們是蒙古人

〔註2〕 （元）趙世延等：《經世大典序錄‧帝號》，見蘇天爵編：《元文類》卷40，北京：商務印書館，1958 年版，第 529 頁。

〔註3〕 （明）宋濂等撰：《元史‧地理志》，北京：中華書局，1976 年版，第 1346 頁。

〔註4〕 （明）宋濂等撰：《元史‧地理志》，北京：中華書局，1976 年版，第 1345～1346 頁。

實現統治的助手，其地位僅次於蒙古人；第三等是漢人，又稱「漢兒」，主要包括原金朝統治下的漢族、契丹、女眞、渤海、高麗等民族及較早被蒙古征服的雲南、四川兩省人；第四等是南人，也稱「蠻子」、「新附人」，指原南宋統治下的居民，他們是最後歸附元朝的，地位最低。許多學者認爲這一政策是完全消極的、具有民族壓迫性質的。但是，如果結合具體的時代條件去考慮，可以得出不一樣的結論。

　　元朝的統治者以蒙古族爲主體，爲了維護有效統治，保障民族利益，把本民族放在第一位是可以理解的。當時的蒙古族雖然是統治民族，但從人口數量上來說，他們仍然是少數民族，而且，進入中原之前他們的經濟發展明顯落後於中原地區，文化發展上也有很大差距，如果沒有完善的規章制度法律法令，其統治的難度可想而知。此時政策法規的保障就顯得至關重要，也是順理成章的。

　　色目人、漢人、南人的劃分，則是按照歸附時間的先後排列的。從 1209 到 1279 年的 70 年間，蒙古統治者先後征服了高昌回鶻、哈剌魯、西遼、花剌子模、西夏、金朝、南宋，這決定了被征服者在歸附後的地位。事實上，統一之初，統治者並沒有實行四等人制，甚至還想任用漢人、南人來協助統治。忽必烈曾任用年少的程鉅夫爲翰林，後要用其爲御史中丞，朝臣以其爲南人反對，忽必烈說：「汝未用南人，何以知南人不可用！ 自今省部臺院，必參用南人。」〔註5〕可見，當時的統治者是決心讓擅長管理的漢人、南人參與到政權之中的。然而，中統三年（1262）受朝廷信任的漢人李璮發動叛亂，忽必烈的重要謀士、元初制度的主要創立者之一、中書平章政事王文統被牽連處死。這次叛亂和之後漢人、南人的不斷反抗對忽必烈的用人政策造成了衝擊。至元二年（1265）忽必烈宣佈了「以蒙古人充各路達魯花赤，漢人充總管，回回人充同知，永爲定制」〔註6〕。此後，在官員任用上，開始限制漢人的使用，在不得不用時也要由色目人分任事權，並由蒙古人作爲最高長官進行監督。到了忽必烈在位末年，「四等人」制已經形成。蒙古族統治者推行「四等人」制不僅可以保證蒙古族的特權，還可以借色目人牽制漢人、南人。

〔註5〕（明）宋濂等撰：《元史·程鉅夫傳》，北京：中華書局，1976 年版，第 4016 頁。
〔註6〕（明）宋濂等撰：《元史·世祖本紀》，北京：中華書局，1976 年版，第 106 頁。

同時，漢族再被分爲漢人、南人兩部分，對於漢族本身也是一種分化瓦解。所以說，「四等人」制對於統治者來說，是維護統一局面的工具。

　　然而，這一制度在實行中也並沒有完全地貫徹落實：契丹人耶律楚材，屬於「漢人」，不但被譽爲「社稷之臣」，還曾任中書令（宰相）；漢人劉秉忠參與制定了元朝的典章制度，拜光祿大夫太保，參領中書省事，「大元」的國號也是他建議命名的。同時，各民族在雜居共處中相互交流，漸趨融合，進而發生了族屬的混淆：「精銓選之本，在於嚴族屬之分，以尊吾國人。略歲月之考，以拔其才用。今之女眞、河西，明有著令，而自混色目。北庭族屬鄰於近似，而均視蒙古，乘堅驅良，並列通顯。蓋我國人天性渾厚，不自標榜。愚恐數百年之後，求麟趾之公姓，不可復別異矣。」〔註7〕河西人，亦稱唐兀人，是元代對西夏人的稱呼，他們的大部分在元朝中後期融入了漢族；女眞族本就屬於漢族，到元代中後期女眞等部分漢人的族屬發生混淆，混入色目人中；北庭族，即畏兀兒族，他們的族屬也常常冒混爲蒙古人。這種族屬相混融合的情況愈演愈烈，以致於引起了某些蒙古族人的警覺，擔心將來再難區分族別。這是出於某種功利目的向上一等人的族屬靠攏，同時，當時在文化上也出現了交流融合的現象，蒙古、色目人等出現了漢族化的傾向。蒙古人「無氏姓，故人取名之首字加其字之上若氏姓云者，以便稱謂，今天下之通俗也」〔註8〕。本來沒有姓氏的少數民族，也向漢族人學習，創造出姓氏來以便稱謂。

　　此外，各族人之間的通婚在當時也非常普遍。「諸色人同類自相婚姻者，各從本俗法。遞相婚姻者，以男爲主。蒙古人不在此例」〔註9〕，各族人的族內婚，遵循本族習慣；不同民族之間的通婚，則依從男方的民族習慣，而蒙古人不受此限制。這是以法令條文的形式對於異族通婚的承認，也反映了當時族際婚的流行。

　　元朝政府對於國內臣民做了四等劃分，但其在實際執行過程中並沒有貫徹落實到社會生活的各個方面。各民族在雜居共處中，不論血緣上還是文化上都出現了交流融合的現象，這才是元代各民族相處的主要方式。

〔註7〕（元）歐陽玄：《歐陽玄集》，長沙：嶽麓書社，2010年版，第183頁。

〔註8〕（元）揭傒斯：《送變元溥序》，見李修生主編《全元文》第28冊，南京：江蘇古籍出版社，1999年版，第388頁。

〔註9〕陳高華等點校：《元典章》卷18「嫁娶聘財體例」，天津：天津古籍出版社、北京：中華書局，2011年版，第614～615頁。

「四等人」制的存在，在當時的時代背景之下有其必然性，但是它畢竟傷害了漢族的感情，再加上元末起義軍爲了更廣泛地號召和團結漢族民眾，對這一制度也做了誇大的宣傳，以致其飽受詬病，它的積極性很少被提到。

「四等人」制在客觀效果上，肯定了前代民族融合的成果。把契丹、高麗、女眞、竹因歹、竹溫、竹赤歹、術里闊歹、渤海劃歸爲漢人，既承認了前代民族融合的成果，也爲其後的進一步融合打下了基礎，提供了有利環境。就實際執行效果來說，這樣的劃分儘管帶有民族歧視的成分，但其迫使同一等級內的民族基於同等的政治待遇而更加緊密地團結在一起，加速了他們的融合。事實上，不同等級的民族也難以做到判然分界，而是形成了你中有我、我中有你的狀況。對於歷史事件進行評價，首先要立足於時代背景，採取客觀公正的態度，而不是先入爲主地認爲少數民族統治之下的每項政策必然完全出於民族壓迫的目的。

總體說來，元代的多民族雜居共處，成爲影響雜劇創作的重要因素，爲雜劇創作提供了最鮮活的題材，也是雜劇的魅力所在。

二、城市經濟發達，市民階層崛起，享樂之風盛行

戲劇是一種消費型的藝術，它的興旺發達有賴於消費群體的形成。縱觀世界戲劇發展的歷史，各國的戲劇發展和繁榮，都有賴於城市規模的擴大、商業經濟的繁榮、建築業的興盛和市民階層的壯大，不論是希臘悲劇的繁榮，還是羅馬戲劇的興盛都是如此。元代發達的城市經濟是元雜劇勃興的物質基礎，而城市經濟的發展與蒙古族統治者對工商業的重視是分不開的。

在元代以前，中原地區是農耕文化爲主導，以農立國，重農輕工商，工商業發展緩慢。唐代的長安、宋代的汴梁，都曾是中外聞名的城市，但是由於以農爲本的治國宗旨，城市的定位仍然是國家的政治中心。所以，雖然唐代孕育了參軍戲，宋代汴梁城出現了大量勾欄瓦舍作爲商業演出的場所，卻始終沒能使醞釀已久的戲劇發展到極盛。

蒙古族是一個注重實用的民族，歷來重視手工業生產和商業活動。在蒙古軍隊征戰過程中，對醫、巫、金銀工、畫家、塑匠、陶瓷工匠、瓦木工等技術人員並不傷害，而是將之視爲財富，據爲己有。在中原傳統價值體系中備受輕視的「末技」之人，在元代身價大增，不僅在戰亂中保全性命，還可以獲得前所未有的社會地位。從業者地位提升，調動了積極性，加之得到了

統治者的重視和政策扶持，元代的手工業生產較之宋遼金，都有了很大的進步，不僅有傳統的家庭手工業生產，還有發達的官辦手工業。政府把各地各民族的手工業者聚集在一起，技術得到了交流提高，又有官辦手工業的成本優勢，製作出很多精美的產品。

與手工業的巨大進步相適應，產品的市場也興旺起來。蒙古族統治者採取了一系列「重利誘商賈」的措施，保障商人利益，吸引天下商賈。蒙古的王公貴族在征戰中聚斂了大量的財富，他們委託給善於經營的色目人代為打理，謀取利益。所以，色目人的商業活動往往受到王室貴族的保護，有時甚至具有壟斷的性質。城市的建設也為商業的發展提供便利。漢唐以來的城市建設，都是遵照坊里制。設有封閉的坊牆、定時啓閉的坊門，夜間實行宵禁，公共娛樂的發展受到了限制。元大都在建設時，保留了坊的基本形式，但空間相對開放，沒有坊牆，出入也沒有限制，活動較為自由。而且，元大都的公共活動場所很多與商業場所相連。用於商業演出的場所很多，為市民觀賞演出提供了便利。元代熊夢祥的《析津志輯佚·歲紀》中記載：

> （二月）八日，平則門外三里許，即西鎮國寺，寺之兩廊買賣富
> 甚太平，皆南北川廣精粗之貨，最為饒盛。於內商賈開張如錦，咸於
> 是日。南北二城，行院、社直、雜戲畢集，恭迎帝坐金牌與寺之大佛
> 遊於城外，極其華麗。……教坊諸等樂人、社直、鼓板、大樂、北樂、
> 清樂，儀鳳司常川提點，各宰輔自辦孺子車，凡寶玩珍奇，希罕藩國
> 之物，與夫百禽異獸諸雜辦，獻賞貢奇互相誇耀，於以見京師極天下
> 之壯麗，於以見聖上兆開太平與民同樂之意……〔註10〕

析津，是遼金時對今北京一帶地區的稱呼。從熊夢祥的描述可以看出當時的元大都市場繁榮，物資豐富，娛樂業發達。元代城市的功能已經由以前單純的政治中心，轉向了政治、經濟、文化中心。元大都逐步發展成為具有國際影響力的大都市，引來了世界的矚目，這在《馬可波羅行紀》中有明確記載：

> 應知汗八里城內外人戶繁多，有若干城門即有若干附郭。此十
> 二大郭之中，人戶較之城內更眾。郭中所居者，有各地來往之外國
> 人，或來入貢方物，或來售貨宮中。所以城內外皆有華屋巨室，而
> 數眾之顯貴邸舍，尚未計焉。

〔註10〕　（元）熊夢祥：《析津志輯佚·歲紀》，北京：北京古籍出版社，1983年版，
第214～215頁。

......

　　尚應知者，凡賣笑婦女，不居城內，皆居附郭。因附郭之中外
國人甚眾，所以此輩娼妓為數亦夥，計有二萬有餘，皆能以纏頭自
給，可以想見居民之眾。外國巨價異物及百物之輸入此城者，世界
諸城無能與比。蓋各人自各地攜物而至，或以獻君主，或以獻宮廷，
或以供此廣大之城市，或以獻眾多之男爵騎尉，或以供屯駐附近之
大軍。百物輸入之眾，有如川流之不息。僅絲一項，每日入城者計
有千車。用此絲製作不少金錦綢絹，及其它數種物品。附近之地無
有亞麻質良於絲者，固有若干地域出產棉麻，然其數不足，而其價
不及絲之多而賤，且亞麻及棉之質亦不如絲也。

　　此汗八里大城之周圍，約有城市二百，位置遠近不等。每城皆
有商人來此買賣質物，蓋此城為商業繁盛之城也。〔註11〕

當時的汗八里城（大都），不論從城市規模、人口數量，還是經濟繁榮的程度
來看，都可以稱為國際化大都市。元朝統治者對手工業和商業的重視促成了
元大都的繁榮，使其成為全國的政治、經濟、文化的中心，並為元雜劇的興
盛提供了物質保障。

　　隨著城市的發展，市民階層發展壯大，成為推動雜劇發展的又一保證。
市民階層的崛起，始於宋代。宋朝政府對城市人口和農村人口分別統計，於
是「市民」一詞具有了城市居民的特定含義。宋代城市的迅速發展，促使市
民作為一個整體登上歷史的舞臺，並逐漸壯大。市民在元代城市經濟的發展
中也扮演著重要的角色──他們既是生產者，又是消費者，既是城市發展的
推動者，又是其受益者，更為雜劇勃興提供了群眾基礎。雜劇是舞臺表演的
藝術，是演給觀眾看的，如果沒有觀眾，雜劇表演就沒有意義。「戲劇除了對
於觀眾以外是毫無意義的。它是用一種特殊的手法描繪出來的生活的圖景，
這種手法本來設計得就是為了要用這種生活圖景深深打動聚集在某一指定場
合的相當數量的觀眾的。有句話說得好：『觀眾構成劇院』」。〔註12〕觀眾對於
戲劇演出的作用是巨大的，吸引觀眾以獲取經濟效益是劇作家創作的目的，

〔註11〕　〔意〕馬可・波羅（Polo，M）著，馮承鈞譯：《馬可・波羅行紀》，南京：江
　　　　　蘇文藝出版社，2008 年版，第 199 頁。
〔註12〕　〔英〕威廉・阿契爾著，吳鈞燮、轟文杞譯：《劇做法》，北京：中國戲劇出
　　　　　版社， 2004 年版，第 12～13 頁。

可以說，觀眾的審美取向直接影響了戲劇的創作和表演，戲劇的流傳、保存也是觀眾取捨的結果。

元代的市民階層，在滿足了基本的生存需要之後，開始追求更高的精神滿足，對文化藝術的需求也越來越高。與之相應，元代雜劇演出的商業化程度已經非常高。杜仁傑散曲《莊家不識勾欄》中詳細描寫了當時戲劇演出的場景：

> 風調雨順民安樂，都不似俺莊家快活。桑蠶五穀十分收，官司無甚差科。當村許下還心願，來到城中買些紙火。正打街頭過，見弔個花碌碌紙榜，不似那答兒鬧穰穰人多。
>
> 〔六煞〕見一個人手撐著椽做的門，高聲的叫請請，道遲來的滿了無處停坐。說道前截兒院本調風月，背後麼末敷演劉耍和。高聲叫，趕散易得，難得的妝哈。
>
> 〔五〕要了二百錢放過咱，入得門上個木坡，見層層疊疊團團坐。抬頭覷是個鐘樓模樣，往下覷卻是人旋窩。見幾個婦女向臺兒上坐，又不是迎神賽社，不住的擂鼓篩鑼。
>
> 〔四〕一個女孩兒轉了幾遭，不多時引出一夥。中間裏一個央人貨，裹著枚皂頭巾頂門上插一管筆，滿臉石灰更著些黑道兒抹。知他待是如何過？渾身上下，則穿領花布直裰。
>
> 〔三〕念了會詩共詞，說了會賦與歌，無差錯。唇天口地無高下，巧語花言記許多。臨絕末，道了低頭撮腳，爨罷將麼撥。
>
> 〔二〕一個妝做張太公，他改做小二哥，行行行說向城中過。見個年少的婦女向簾兒下立，那老子用意鋪謀待取做老婆。教小二哥相說合，但要的豆穀米麥，問甚布絹紗羅。
>
> 〔一〕教太公往前那不敢往後那，抬左腳不敢抬右腳，翻來覆去由他一個。太公心下實焦懆，把一個皮棒槌則一下打做兩半個。我則道腦袋天靈破，則道興詞告狀，剗地大笑呵呵。
>
> 〔尾〕則被一胞尿，爆的我沒奈何。剛捱剛忍更待看些兒個，枉被這驢頹笑殺我。〔註13〕

〔註13〕隋樹森編：《全元散曲》，北京：中華書局，1964年版，第31～32頁。

杜仁傑的這套曲生動地再現了元代勾欄演出的場景，是研究雜劇演出的重要資料。從套曲中可以看出當時的演出已經有廣告宣傳（「花碌碌紙榜」）了，還有人在劇場門口高聲吆喝招徠觀眾，預告演出內容；當時觀看演出是要預先付費的，有封閉的演出場所，這就不同於觀看街頭賣藝，觀眾不能隨意走動，提前付費觀看演出較之看過之後憑喜好給打賞錢，觀眾與演員的關係更加平等；演出場地專業化，有觀眾看臺（「木坡」），固定的座位數（「遲來的滿了無處停坐」），氣派的戲臺（「鐘樓模樣」），專業的樂隊；演員在表演時，粉墨登場，有多人組成的演出團隊。元代的戲劇表演具有演出專業化、演員職業化的特點，而作爲商業演出，必須用高質量的作品招徠觀眾以期更高的經濟收益，這就促進了雜劇作者、演員精益求精，推動了元雜劇的進一步發展。

城市經濟的興起，爲雜劇的接受提供了物質基礎；享樂之風的盛行成爲雜劇流行的思想準備；市民階層崛起則爲雜劇的興盛提供了群眾基礎。

三、知識分子地位與較爲寬鬆的思想政治環境

討論知識分子的地位，必然會涉及元代的科舉問題。

科舉制是中國封建社會選拔人才的重要制度，創建於隋朝大業元年（605），終止於清朝光緒三十一年（1905），存在了 1300 年。隋文帝廢除了士族壟斷的九品中正制，採用分科考試的方式選拔官員，把對人才的選擇權收歸中央，有效地加強了中央集權。這種開放的考試方式，改變了漢魏以來豪門士族把持朝政的局面，量才而用，擇優汰劣，爲封建政權注入了活力。廣大的知識分子，不論是什麼樣的血統出身，只要努力讀書就有可能通過考試入仕做官。這就把讀書、考試、做官有效地連接起來，形成了操作性極強的鏈條，將權位與學識結合起來。讀書人參政的夢想有了實現的可能，出身貧寒的普通百姓有了公平競爭的機會。「朝爲田舍郎，暮登天子堂。將相本無種，男兒當自強」，「學乃身之寶，儒爲席上珍。君看爲宰相，必用讀書人」，道出了當時讀書人的眞實想法，「萬般皆下品，惟有讀書高」（北宋汪洙《神童詩》），成爲社會的普遍共識。國家擁有了人才選擇權，讀書人有了晉身之階，政權與知識分子之間達到了和諧的默契。

科舉考試爲人們帶來了巨大的希望，激發了讀書的熱情和實現理想的雄心，科舉考試也成了讀書人的指揮棒。唐代以詩賦取士，促進了唐詩的繁榮。

宋代科舉重策論，培養了宋人細膩、理性的性格。歐陽修爲了改變天下浮靡的文風，曾借自己任主考官的機會，大力推行自然平淡的寫作風格，引發了詩文革新運動。雖然當時引起了文士考生的不滿，甚至公然在街上攔住他的馬頭以示抗議，但經過幾年的努力，最終實現了宋代文風詩風的改變。可見，科舉考試的指揮棒作用得到了統治者的重視，並被充分地利用了。而當這制度發展到極端的時候，它的弊端就極爲明顯了——它限制了讀書人選擇的權力，束縛了知識分子的思想，使他們不講求實際的學問，而逐步脫離現實，迷失自我，對學術文化的創新產生了消極的影響。這在科舉制度發展的後期——明清時期，尤爲明顯。

自唐以後，科舉考試成爲統治者選拔任用官員的重要途徑，甚至逐步成爲主要途徑。宋代，科舉制度更趨成熟完善，採用了糊名和謄錄的方法將考官的人爲因素減到了最小，並增加了殿試，考生不再對考官自稱門生，而是成爲了「天子門生」。南宋時還要舉行皇帝宣佈登科進士名單的儀式，並賜瓊林宴，成爲定制。一時之間讀書人所能得到的榮寵達到了極致。

然而到了元代，這一情況發生了變化。在蒙古國窩闊台汗時期，曾舉行過選拔人才的考試。「太宗始取中原，中書令耶律楚材請用儒術選士，從之。九年（1237）秋八月，下詔命斷事官朮忽䚟與山西東路課稅所長官劉中，歷諸路考試。以論及經義、詞賦分爲三科，作三日程，專治一科，能兼者聽，但以不失文義爲中選。其中選者，復其賦役，令與各處長官同署公事。得東平楊奐等凡若干人，皆一時名士，而當世或以爲非便，事復中止。」〔註14〕這次考試的中選者，沒能按照耶律楚材的設想在當時就得到重用，而只是被承認爲儒戶，免除了賦役，改善了生活處境。直到仁宗皇慶二年（1313）十一月，頒行科舉詔，元朝正式開始科舉考試。之後「科場，每三歲一次開試」〔註15〕，規定：

> 考試程序：蒙古、色目人，第一場經問五條，《大學》、《論語》、《孟子》、《中庸》內設問，用朱氏章句集注。其義理精明，文辭典雅者爲中選。第二場策一道，以時務出題，限五百字以上。漢人、

〔註14〕　（明）宋濂等撰：《元史・選舉志一》，北京：中華書局，1976年版，第2017頁。

〔註15〕　（明）宋濂等撰：《元史・選舉志一》，北京：中華書局，1976年版，第2018頁。

南人，第一場明經經疑二問，《大學》、《論語》、《孟子》、《中庸》內
出題，並用朱氏章句集注，復以己意結之，限三百字以上；經義一
道，各治一經，《詩》以朱氏爲主，《尚書》以蔡氏爲主，《周易》以
程氏、朱氏爲主，以上三經，兼用古注疏，《春秋》許用《三傳》及
胡氏《傳》、《禮記》用古注疏，限五百字以上，不拘格律。第二場
古賦詔誥章表內科一道，古賦詔誥用古體，章表四六，參用古體。
第三場策一道，經史時務內出題，不矜浮藻，惟務直述，限一千字
以上成。蒙古、色目人，願試漢人、南人科目，中選者加一等注授。
蒙古、色目人作一榜，漢人、南人作一榜。第一名賜進士及第，從
六品，第二名以下及第二甲，皆正七品，第三甲以下，皆正八品，
兩榜並同。〔註16〕

當時的科舉考試中，蒙古人、色目人與漢人、南人分開，蒙古人、色目人題
目的難度明顯低於漢人、南人的，考試場次也少一場。而且蒙古人、色目人
如果願意參加漢人、南人的考試，考中後可以加一等授予官職。

從仁宗延祐二年（1315）開始科舉考試，到至正二十六年（1366）元代
最後一次科舉，（中間曾因權臣伯顏的反對而停試 2 次），共舉行 16 科，錄
取進士 1139 人。再加上國學生員參加御試，錄取後也給予進士出身的資格。
元代後期 50 年，由科舉考試進入仕途的共有 1303 人。而宋金的科舉取士，
每科都有數百人。與其相比，元代的科舉考試時間短、規模小、錄取人數少。
在元代官員的隊伍中，由科舉出身者確屬寥寥，「由進士入官者僅百之一」
〔註17〕。

對此，漢族知識分子是不滿意的。許多前輩學者據此認爲知識分子地位
低下，沒有出路。明代胡侍指出，元代文人大多「沉抑下僚，志不獲展」，便
將其有用之才用於雜劇創作，「一寓之乎聲歌之末，以舒其怫鬱感慨之懷，蓋
所謂不得其平而鳴焉者也」〔註18〕。這種觀點被後世大多數研究者接受，阿

〔註16〕（明）宋濂等撰：《元史・選舉志一》，北京：中華書局，1976 年版，第 2019
頁。
〔註17〕（明）宋濂等撰：《元史・韓鏞傳》，北京：中華書局，1976 年版，第 4255
頁。
〔註18〕（明）胡侍：《眞珠船》，見俞爲民、孫蓉蓉編：《歷代曲話彙編：新編中國古
典戲曲論著集成（明代編）》第一集，合肥：黃山書社，2009 年版，第 208
頁。

英、鄭振鐸、徐扶明、鄧紹基、楊季生、顧學頡、王季思、劉大杰等學者都持類似觀點。

另外一些學者提出了相反的觀點，認為當時的知識分子待遇優渥。翦伯贊在 20 世紀 50 年代曾提出：當時的知識分子只要肯去參加蒙古貴族的考試，或者接受朝廷的延攬，還是可以取得一官半職的，進身的階梯還是存在的。〔註19〕之後，任崇岳、薄音湖在《關於元雜劇繁榮原因的幾個問題》一文中指出「在元代初年，知識分子非但不受壓抑，而且待遇相當優渥」，「元初的作家們是不屑仕進才去寫戲劇」。〔註20〕李修生先生針對這一觀點指出：在元代的確有享有優渥待遇的知識分子，但他們多是早期依附於蒙古貴族的一些漢族世侯的代表人物，並不能代表大多數知識分子的真實處境，多數知識分子在當時的地位還是不高、政治上不得意。〔註21〕

事實上，元代統治者對科舉的不重視，除了別有選才之道及保護本民族政權的考慮，語言文字上的隔膜和蒙古族重實用、尚質樸的民族性格，也是重要的決定因素。少數民族政權在憑藉武力入主中原後，在文化上相對落後。蒙古族最初「俗無文籍，或約之以言，或刻木為契」〔註22〕；「今韃之始起，並無文書。凡發命令遣使往來，止是刻指以記之，為使者雖一字不敢增損，彼國俗也」〔註23〕，當時蒙古人是沒有文字的，從文化發展進程來說，落後於中原漢族。如果仍然實行以漢文化為主的科舉考試，蒙古族等少數民族完全處於劣勢，其後果是不難想像的。所以，為了維護本民族的政治利益，元朝統治者對於科舉的態度始終是猶豫不決的。伯顏曾激烈地反對科舉，致使停考兩次，他的理由就是科舉為漢人、南人開了方便之門，長久下去會使政權旁落，這種觀點在當時的統治階層中得到了普遍的支持。此外，大多數蒙古人對於漢文化是陌生的，也是難以理解的，面對讓他們費解的經史子集，選擇迴避不失為良策。另外，注重實用、崇尚直率質樸是蒙古族的民族性格，

〔註19〕翦伯贊：《翦伯贊史學論文選集》第 3 輯，北京：人民出版社，1980 年版，第 439 頁。

〔註20〕任崇岳、薄音湖：《關於元雜劇繁榮原因的幾個問題》，載《歷史教學》1982 年第 1 期，第 59、61 頁。

〔註21〕李修生：《元雜劇繁榮原因之我見》，載《光明日報》1985 年 12 月 3 日（3）。

〔註22〕（元）李志常述：《長春真人西遊記》卷上，北京：中華書局，1985 年版，第 7 頁。

〔註23〕（宋）孟珙：《蒙韃備錄》，見（清）施國祁：《金源札記及其它二種》（叢書集成初編本），上海：商務印書館，民國 28 年版，第 2 頁。

是他們在與大自然的不斷鬥爭中形成的一種本能。所以他們在戰爭中，大肆
地掠奪、擴張，而在征服、佔領之後的享樂卻是十分有限的。質樸的民族性
格還表現在他們對語言文字的使用上。對於大多數蒙古人來說，漢族文人的
咬文嚼字、「之乎者也」，讓他們頗為費解；儒士們講究雕琢、講究出處來歷
的「掉書袋」傳統，也讓他們難以忍受。於是，白話文蔚然成風，質樸的文
風大行其道。許多聖旨都是直譯的，不加修飾，甚至能從中看到使用漢語的
不流利。「欽奉聖旨節文：『今已後支俸呵，月盡其間交與者。應吃俸錢人一
日不來，休與一兩者。半日不來，休與半兩者。這般道與了您呵，若是月初
頭與了俸錢呵，您上者。您雖得這般言語呵，管軍官、管民官卻休動者。』
欽此。」〔註24〕即便是莊嚴神聖的聖旨都如同口語，除了語言使用的不熟悉，
統治者的喜好也是決定因素。因為如果統治者喜歡用更文雅的語言記錄聖
旨，應該不難辦到。另外，蒙古族在馬背上奪天下，有重武輕文的傳統，在
初進中原時無法迅速改變。種種背景之下，科舉自然不會受到重視。

同時，不管漢族文人怎麼不承認、不情願，科舉考試的存在的確在一定
程度上限制了文學的自由發展，導致知識分子對皇權、對政治過分依賴，失
去自我價值評判的自信，喪失了創造力。創造力的匱乏必然導致文學生命力
的喪失。

胡適曾說過：「文學革命至元代而登峰造極。其時詞也，曲也，劇本也，
小說也，皆第一流之文學，而皆以俚語為之。其時吾國真可謂有一種『活文
學』出世。」〔註25〕而這種「活文學」的出世，也是元代知識分子擺脫思想
上束縛的結果。

元代不興科舉，阻礙了讀書人的仕進之路，尤其是漢人、南人，通過科
舉考試進入仕途的機會十分渺茫。這引起了漢族知識分子的強烈不滿。與前
代相比，他們的政治地位的確不高。但是，不興科舉在客觀上解放了知識分
子的思想，他們不必再為實現「修齊治平」的理想而擠在科舉之路上，被迫
放下了承載千年的政治責任感去從事更加純粹的文學創作。這無疑為文學的
發展提供了高素質的創作隊伍，並且使文學，尤其是元雜劇，擺脫了政治的

〔註24〕陳高華、張帆、劉曉等點校：《元典章》，天津：天津古籍出版社、北京：中
華書局，2011年版，第542頁。

〔註25〕胡適：《吾國歷史上的文學革命》，見胡適：《胡適說文學變遷》，上海：上海
古籍出版社，1999年版，第10頁。

干擾，而綻放出鮮活的生命之花。

　　從隋代開始實行的科舉考試，在發展過程中日益顯現出其弊端。尤其是宋朝是科舉制度發展成熟的重要時期，通過科舉錄取了大量的人才。但是當北方游牧民族的鐵騎踏入中原的時候，這些飽讀之士並未顯示出保衛邊疆的特殊才能。以致於有些學者將宋亡的原因歸結爲科舉誤國。如宋末詞人趙文在《學蛻記》中說：「四海一，科舉畢。焉知非造物者爲諸賢蛻其蜣螂之殼而使之浮游於塵埃之外乎？」顯然是在慶幸科舉的終結使讀書人擺脫了精神的枷鎖而重獲自由。元代學者胡祇遹則認爲：「聖經一言，而訓釋百言、千萬言，愈博而愈不知其要，勞苦終身而心無所得，何功之有！」（《紫山集・語錄》）認爲讀書人將大量的時間和精力耗費在科場學問、仕途經濟上，實在是得不償失。吳澄在《將仕郎師濟叔墓誌》中說：「一旦棄舉子業，登吏部選，有民有社，臨事懵然者衆矣」〔註26〕，科舉考試選拔出來的未必都是能夠經世致用之才。科舉對於知識分子的戕害已經爲人們所認識。科舉雖然爲統治者網羅人才、鉗制思想，但是對於知識分子本人及文學發展本身，是弊大於利的。

　　拋開科舉的影響，再看知識分子的社會地位。

　　元代的知識分子被稱爲儒士。他們與元代備受禮遇的宗教人士一樣，享有免除差役賦稅的優待。耶律楚材在窩闊台時期就曾提出優待儒士，免除其差役賦稅的措施，並得以實施。雖然這些措施在窩闊台去世前後曾一再受到來自統治集團內部的干擾破壞，但畢竟是國家的政策法規，起到了保護儒士的作用。而且，隨著時代變遷，在中原統治逐漸穩固，統治者更加認識到禮遇儒士的重要性，所以在蒙哥、忽必烈的時代，又一再重申對儒士的待遇——推崇孔子，提倡理學，免除儒戶賦役，在中央設國子監，教育蒙古貴族子弟，還吸收各族官僚地主子弟入學。

　　　　國朝儒者，自戊戌選試後，所在不務存恤，往往混爲編氓。至於奉一箚十行之書，崇學校、獎秀藝、正戶籍、免徭役，皆翰林學士高公智耀奏陳之力也。公，河西人。今學校中往往有祠之者。（「高學士」條）〔註27〕

〔註26〕（元）吳澄：《將仕郎師濟叔墓誌》，見李修生主編：《全元文》第 15 冊，南京：江蘇古籍出版社，1999 年版，第 475～476 頁。

〔註27〕（元）陶宗儀：《南村輟耕錄》，北京：中華書局，1959 年版，第 24 頁。

皇子闊端鎮西涼，儒者皆隸役。智耀謁藩邸，言儒者給復已久，
一旦與廝養同役，非便，請除之。皇子從其言。欲奏官之，不就。
憲宗即位，智耀入見，言：「儒者所學堯、舜、禹、湯、文、武之道，
自古有國家者，用之則治，不用則否，養成其材，將以資其用也。
宜蠲免徭役以教育之。」帝問：「儒家何如巫醫？」對曰：「儒以綱
常治天下，豈方技所得比。」帝曰：「善。前此未有以是告朕者。」
詔復海內儒士徭役，無有所與。

世祖在潛邸已聞其賢，及即位，召見，又力言儒術有補治道，
反覆辯論，辭累千百。帝異其言，鑄印授之，命凡免役儒戶，皆從
之給公文為左驗。時淮、蜀士遭俘虜者，皆沒為奴，智耀奏言：「以
儒為驅，古無有也。陛下方以古道為治，宜除之，以風屬天下。」
帝然之，即拜翰林學士，命循行郡縣區別之，得數千人。〔註28〕

高智耀利用自己的影響力，一再陳述儒士的重要性，終於使儒士得到了免除
徭役、免為驅口的待遇。

壬子，德輝與元裕北觀，請世祖為儒教大宗師，世祖悅而受之。
因啟：「累朝有旨蠲儒戶兵賦，乞令有司遵行。」從之。〔註29〕

元世祖忽必烈曾經做過儒教大宗師，這也起到了保護儒者的作用。

儒人戶：中統四年不經分揀附籍、漏籍儒人，或本是儒人，壬
子年別作名色附籍，並戶頭身故，子弟讀書，又高智耀收拾到驅儒，
仰從實分揀，能通文學者，依例免差。不通文學者，收繫一例當差。
外，諸色人戶下子弟讀書深通文學者，止免本身雜役。〔註30〕

丁酉，敕南儒人為人掠賣者，官贖為民。〔註31〕

由政府出面贖回被賣為奴的儒士。

敕諸路儒戶通文學者三千八百九十，並免其徭役；其富實以儒

〔註28〕（明）宋濂等撰：《元史‧高智耀傳》，北京：中華書局，1976 年版，第 3072
　　　　～3073 頁。

〔註29〕（明）宋濂等撰：《元史‧張德輝傳》，北京：中華書局，1976 年版，第 3824
　　　　～3825 頁。

〔註30〕陳高華、張帆、劉曉等點校：《元典章》，天津：天津古籍出版社、北京：中
　　　　華書局，2011 年版，第 588 頁。

〔註31〕（明）宋濂等撰：《元史‧世祖本紀》，北京：中華書局，1976 年版，第 149
　　　　頁。

　　戶避役者爲民。〔註32〕

當時有一些富戶，爲了避徭役而冒充儒戶，可見作爲儒戶是有一定的好處的。

　　從這一系列的記載不難看出，元代的統治者是給予了儒士們一些優待的。儒士們雖然沒有得到和前朝一樣的政治地位，但社會地位絕不像謝枋得所說的「八娼九儒十丐」那麼低下。考證元代典章，並沒有見到關於「十等人」的記載。謝氏本爲南宋遺民，經歷了國破家亡的巨大變故，又淪入一向被認爲是「異族」的少數民族統治之下，加之儒士失去了原來備受尊崇的地位，心理上的巨大落差可想而知，言辭誇張一些也是可以理解的。

　　元朝思想環境較爲寬鬆。雜劇作品中出現了不少指天罵地、揭露貪官污吏的作品，但沒有文人因此而獲罪。《元史・刑法志》中有「諸亂製詞曲爲譏議者，流」〔註33〕，「諸妄撰詞曲，誣人以犯上惡言者，處死」〔註34〕等律令，但歷史上並沒有發現元代文士因言獲罪、以文犯禁被流放、被處死的例子。元代也曾有禁唱「淫詞」的記載，但元代所謂「淫詞」比之前的任何朝代都多，大膽直露的描繪也非前人可比，然而終元一代卻未有文字獄之事發生，可見其文化氛圍之寬鬆。

　　這與宋代的因詩文入獄遭貶、明清的因詩文殺身滅族相比，實在是開放民主的表現。蒙古族統治者提供的這種較爲寬鬆的文化氛圍，促進了多民族文化的交流、融合，社會思想因而顯得活躍開放。

第二節　思想文化背景

　　蒙古族是元代的統治民族，其文化無疑居於強勢地位，而人們的普遍心理也是認同強者和強勢文化，加之統治者本身做了很多有利於自己民族的規定，所以在當時的漢族區域內，蒙古文化也流行起來。南宋遺民鄭思肖曾抱怨「今南人衣服、飲食、性情、舉止、氣象、言語、節奏，與之俱化，惟恐有一毫不相似」（《大義略敍》）；劉塤也說「胡笳吹漢月，北語南人說」（《菩

〔註32〕　（明）宋濂等撰：《元史・世祖本紀》，北京：中華書局，1976 年版，第 180
　　　　　〜181 頁。

〔註33〕　（明）宋濂等撰：《元史・刑法志四》，北京：中華書局，1976 年版，第 2685
　　　　　頁。

〔註34〕　（明）宋濂等撰：《元史・刑法志三》，北京：中華書局，1976 年版，第 2651
　　　　　頁。

薩蠻・和詹天遊》），這些都反映了少數民族文化對漢族地區的影響。

同時，在中原地區，儒家、道家、釋家思想早已根深蒂固、深入人心，形成了中原的農耕文化系統。它與蒙古族為代表的少數民族游牧文化系統，在元代社會共同存在，不斷地交流、融合，最終構成元代社會獨特的多元文化結構，為元代文學，尤其是元雜劇的發展，提供了鮮活的素材和寬鬆的環境。

一、儒家思想與少數民族文化的互相影響

1、等級觀念——人人平等

儒家思想的根本是一種禮樂文化、倫理文化。《論語・顏淵》：「齊景公問政於孔子。孔子對曰：『君君，臣臣，父父，子子。』公曰：『善哉！信如君不君，臣不臣，父不父，子不子，雖有粟，吾得而食諸？』」〔註35〕這是儒家禮教思想對於社會秩序的一種安排，君、臣、父、子各守其道，以人與人之間的等級差別為基礎，構成基本的社會等級秩序。這一觀點被歷代統治者廣泛地接受和利用，他們以此來規範臣下的行為，並在思想淵源上找到源頭，使之內化為一種道德，堂而皇之地擁有了永久的約束力。董仲舒則進一步提出了維護等級秩序的「三綱五常」論。「君為臣綱，父為子綱，夫為婦綱」，規定了為君、為父、為夫的絕對權威和至尊地位，而作為臣、子、妻則是天然的服從者。「仁義禮智信」的五常之道成為處理君臣、父子、夫婦關係的根本法則，是維護封建統治秩序的道德基礎。正因為對君權的堅決維護，儒家思想得到了封建統治者的支持和推崇。這在一定程度上影響到了民族性格，馴服、內向、老成、保守的思想傾向具有很大的普遍性。

當然如果將國人性格中的弱點完全歸咎於儒家思想的影響，是有失公允的。但是不可否認，儒家等級秩序之下，個體個性發展受到抑制，更容易發展群體共性，表現出含蓄內斂的整體趨向。

以蒙古族為代表的北方游牧文化，表現出與此不同的特徵。崇武尚勇、個性鮮明、率意進取、張揚不羈、忠誠守信，是其主要特徵。《蒙韃備錄》中對蒙古族的習俗是這樣記載的：

> 風俗：韃人賤老而喜壯，其俗無私鬥爭。正月一日必拜天，重

〔註35〕《論語・顏淵》，見（清）阮元校勘：《十三經注疏》，上海：上海古籍出版社，1997年版，2503～2504頁。

午亦然，此乃久住燕地，襲金人遺制，飲宴爲樂也。摩睺國王每征
伐來歸，諸夫人連日各爲主禮，具酒饌飲燕，在下者亦然。其俗多
不洗手，而挲攏魚肉，手有脂膩，則拭於衣袍上。其衣至損不解浣
濯，婦女往往以黃粉塗額，亦漢舊妝傳襲，迄今不改也。上至成吉
思，下及國人，皆剃婆焦，如中國小兒留三搭頭在囟門者，稍長則
剪之，在兩下者，總小角垂於肩上。〔註36〕

葉子奇在《草木子》中則說：「北人性簡直，類能傾心以聽於人。」〔註37〕「至
於元朝，起自漠北，風俗渾厚質樸，並無所諱，君臣往往同名，後來雖有諱
法之行，不過臨文略缺點畫而已，然亦不甚以爲意也。初不害其爲尊，以致
士大夫間，此禮亦不甚講。」〔註38〕本性醇厚，風俗質樸，既無矯揉造作，
也無森嚴的等級。

元世祖時，「凡遇稱賀，則臣庶皆集帳前，無有尊卑貴賤之辨。執政官厭
其喧雜，揮杖擊逐去，去而復來者數次」〔註39〕。大臣們在大汗的帳前喧嘩
不止，便可以有執政官出來把他們趕走，但不久又返回來，如此數次，可見
其君臣之間也沒有嚴格的禮法約束。這在中原文化體制下是不可想像的。

蒙古族入主中原時，還處在奴隸社會時期，沒有形成嚴格的禮法。再加
上他們的政治組織結構比較鬆散，雖有等級但並不嚴密，也沒有正名定分的
嚴格規定。他們進入中原以後，對中原延續千年的儒家文化產生了衝擊，削
弱了儒家等級森嚴的倫理道德的約束力，釋放了人們被壓抑許久的抗爭精
神。這表現在元雜劇中就是自由的主體意識。

主體意識是指作爲主體的自我意識，是人對自身的地位、價值、能力的
自覺意識，主要包括自主意識和自由意識。自主意識就是人意識到自己在與
客觀世界的關係中居於主導地位，並且是自己命運的主人，擁有獨立的人格。
自由意識則指，主體要克服主客體的對立，實現主體的自由。

在雜劇作品中我們可以看到眾多體現著鮮明主體意識的人物形象：不向
現實低頭、希望自己掌握命運的竇娥（《感天動地竇娥冤》），爭取自由眞愛的
崔鶯鶯（《崔鶯鶯待月西廂記》），爲了愛情可以超越生死的張倩女（《迷青瑣

〔註36〕（宋）孟珙：《蒙韃備錄》，見（清）施國祁：《金源札記及其它二種》（叢書
集成初編本），上海：商務印書館，民國 28 年版，第 7 頁。
〔註37〕（明）葉子奇：《草木子》，北京：中華書局，1959 年版，第 47 頁。
〔註38〕（明）葉子奇：《草木子》，北京：中華書局，1959 年版，第 59 頁。
〔註39〕（元）陶宗儀：《南村輟耕錄》，北京：中華書局，1959 年版，第 17 頁。

倩女離魂》），堅決捍衛人格尊嚴的李千金（《裴少俊牆頭馬上》），死去也要提著頭去告狀的鬼魂郭成（《包待制智賺生金閣》）……在《包待制三勘蝴蝶夢》中不僅有為父報仇敢於和皇親國戚鬥爭的王家三兄弟，更是提出了「若是俺到官時，和您去對情詞，使不著國戚皇親、玉葉金枝；便是他龍孫帝子，打殺人要吃官司」〔註40〕（第一折），表達了普通民眾對人人平等的願望。《陳州糶米》中張古「柔軟莫過溪澗水，到了不平地上也高聲」（第一折〔混江龍〕）的宣言，不再是一個逆來順受的農民形象，而更像一位英勇無畏、敢於抗爭的鬥士。這些人物形象突破了儒家思想中對等級的嚴格控制，他們質疑神明、官府、父母，甚至皇帝，旗幟鮮明地表明自己的主張，捍衛自己的權利，這在以往的文學形式中很難找到。

可見，較少等級觀念束縛的游牧文化思想進入中原後，與儒家傳統禮教的等級觀念長期共存，二者不斷接觸、碰撞、融合，影響到了雜劇中人物形象的塑造。

2、樂舞的教化作用——樂舞的娛樂功能

《禮記》中對「禮」、「樂」有詳細的解釋。孔子說：「禮也者，理也；樂也者，節也。君子無理不動，無節不作。不能詩，於禮繆；不能樂，於禮素。」〔註41〕「樂者，天地之和也；禮者，天地之序也。和故百物皆化；序故群物皆別。」〔註42〕「樂也者，情之不可變者；禮也者，理之不可易者也。樂統同，禮辨異。禮樂之說，管乎人情矣。」〔註43〕孔穎達疏曰：「樂主和同，則遠近皆合；禮主恭敬，則貴賤有序。人情所懷不過於此，是管人情也。」〔註44〕

儒家禮樂文化重視的是音樂的政治教化功能，是一種功利性的審美觀。受其影響，對音樂的取捨也表現出明顯的功利性，有利於政治教化的音樂自然會受到讚揚。「子謂《韶》，『盡美矣，又盡善也。』謂《武》，『盡美矣，未

〔註40〕 本文元雜劇引文，如無特別說明均出自王季思主編《全元戲曲》，北京：人民文學出版社，1990年版。

〔註41〕 《禮記‧仲尼燕居》，見（清）阮元校勘：《十三經注疏》，上海：上海古籍出版社，1997年版，第1614頁。

〔註42〕 《禮記‧樂記》，見（清）阮元校勘：《十三經注疏》，上海：上海古籍出版社，1997年版，第1530頁。

〔註43〕 《禮記‧樂記》，見（清）阮元校勘：《十三經注疏》，上海：上海古籍出版社，1997年版，第1537頁。

〔註44〕 《禮記‧樂記》，見（清）阮元校勘：《十三經注疏》，上海：上海古籍出版社，1997年版，第1537頁。

盡善也。』」〔註45〕《韶》相傳是舜帝時的舞樂，是對舜豐功偉績的讚頌，以「簫韶九成，鳳皇來儀」〔註46〕的富麗樂章讚頌偉大的先王，在內容和形式上達到了完美統一，感人至深，所以，「子在齊聞韶，三月不知肉味」〔註47〕。而歌頌武王伐紂的《武》樂，則因為是頌揚武力的，與儒家中正平和的理想相悖，所以至美而不能達到至善。至於「鄭衛之音」、「桑間濮上之音」屬於「亂世之音」、「亡國之音」，〔註48〕是不具備審美價值的。可見，儒家禮樂文化要求美與善必須高度統一，且美為善服務，樂舞的娛樂功能退居於教化功能之下。「是故先王之制禮樂也，非以極口腹耳目之欲也，將以教民平好惡，而反人道之正也」〔註49〕。

　　戲劇的本質就是娛樂。從「擊石拊石，百獸率舞」〔註50〕的萌芽狀態到隋唐「踏謠娘」、參軍戲的漸漸成型，直至元雜劇的鼎盛，不論是娛神還是娛人，其根本都在於「娛」，源頭都在民間，正屬於「桑間濮上」之列，所以一直為士大夫階層所輕視，始終不能被接受，甚至受到污蔑、排斥。「今夫新樂，進俯退俯，奸聲以濫，溺而不止；及憂侏儒糅雜女子，不知父子。樂終，不可以語，不可以道古。」〔註51〕這是《禮記·樂記》中對當時的新樂的描述，認為它屬於「奸聲」「濫調」，不值得一聽。至隋文帝時柳彧看到正月十五的角抵戲，甚至上了一道奏疏請求禁絕：

　　　　或見近代以來，都邑百姓每至正月十五日，作角抵之戲，遞相誇競，至於靡費財力，上奏請禁絕之，曰：「臣聞昔者明王訓民治國，率履法度，動由禮典。非法不服，非道不行，道路不同，男女有別，

〔註45〕《論語·八佾》，見（清）阮元校勘：《十三經注疏》，上海：上海古籍出版社，1997 年版，第 2469 頁。

〔註46〕《尚書·益稷》，見（清）阮元校勘：《十三經注疏》，上海：上海古籍出版社，1997 年版，第 144 頁。

〔註47〕《論語·述而》，見（清）阮元校勘：《十三經注疏》，上海：上海古籍出版社，1997 年版，第 2482 頁。

〔註48〕《禮記·樂記》，見（清）阮元校勘：《十三經注疏》，上海：上海古籍出版社，1997 年版，第 1528 頁。

〔註49〕《禮記·樂記》，見（清）阮元校勘：《十三經注疏》，上海：上海古籍出版社，1997 年版，第 1528 頁。

〔註50〕《尚書·舜典》，見（清）阮元校勘：《十三經注疏》，上海：上海古籍出版社，1997 年版，第 130 頁。

〔註51〕《禮記·樂記》，見（清）阮元校勘：《十三經注疏》，上海：上海古籍出版社，1997 年版，第 1540 頁。

防其邪僻，納諸軌度。竊見京邑，爰及外州，每以正月望夜，充街
塞陌，聚戲朋遊。鳴鼓聒天，燎炬照地，人戴獸面，男爲女服，倡
優雜技，詭狀異形。以穢嫚爲歡娛，用鄙褻爲笑樂，內外共觀，曾
不相避。高棚跨路，廣幕陵雲，袨服靚妝，車馬塡噎。肴醑肆陳，
絲竹繁會，竭貲破產，竟此一時。盡室並孥，無問貴賤，男女混雜，
緇素不分。穢行因此而生，盜賊由斯而起。浸以成俗，實有由來，
因循敝風，曾無先覺。非益於化，實損於民，請頒行天下，並即禁
斷。康哉《雅》、《頌》，足美盛德之形容，鼓腹行歌，自表無爲之至
樂。敢有犯者，請以故違敕論。」詔可其奏。〔註 52〕

角抵戲是一種加入了戲劇因素的技藝表演。角抵原本是兩個人角力鬥勝的技
藝表演，後來藝人們在角抵中加入情節表現故事，促使角抵向角抵戲轉變，
具有了戲劇表演的性質。柳或看到的角抵戲，是當時正月十五的街頭表演，
劇中有男女人物、有動物形象，當屬戲劇發展的早期形式。柳或認爲，角抵
之戲「男爲女服」、「人戴獸面」、「男女混雜」有傷風化，加之耗費錢財、滋
生賊盜，更是罪大惡極，所以柳或上疏堅決要求禁止。

　　儒家禮樂注重人心的教化，而戲劇則戲謔調笑，以娛人娛己爲目的，可
見，戲劇的娛樂本質與儒家的禮樂文化並不契合，且戲劇出身屬於「桑間濮
上之音」，自然難以在禮樂文化占統治地位的時候登上大雅之堂，獲得發展繁
榮，而元代獨特的多元文化環境更有利於戲劇的發展。

　　少數民族能歌善舞，他們對音樂舞蹈的審美要求與中原傳統的禮樂文化
不同。《元史·禮樂志》中記載：「古之禮樂，壹本於人君之身心，故其爲用，
足以植綱常而厚風俗。後世之禮樂，既無其本，唯屬執事者從事其間，故僅
足以美聲文而侈觀聽耳。」〔註 53〕「元之有國，肇興朔漠，朝會燕饗之禮，
多從本俗。」「若其爲樂……樂制日備。大抵其於祭祀，率用雅樂，朝會饗燕，
則用燕樂，蓋雅俗兼用者也。」〔註 54〕源自於朔漠的蒙古族，只在祭祀等莊
嚴的場合才使用雅樂，而在其它場合選用俗樂，可見俗樂才能眞正使他們獲

〔註 52〕　（唐）魏徵、令狐德棻撰：《隋書》列傳第 27，北京：中華書局，1973 年版，
　　　　　第 1483～1484 頁。
〔註 53〕　（明）宋濂等撰：《元史·禮樂志一》，北京：中華書局，1976 年版，第 1663
　　　　　頁。
〔註 54〕　（明）宋濂等撰：《元史·禮樂志一》，北京：中華書局，1976 年版，第 1664
　　　　　頁。

得放鬆和享受。

清末蒙古族學者羅卜桑旺丹《蒙古風俗鑒》記載：「是時，成吉思汗每宴飲遊樂之餘，尤喜聽唱歌奏樂。」成吉思汗對音樂歌舞非常喜愛。他們在生活中時時需要歌舞相伴，甚至在征戰之時也要攜帶樂人，成吉思汗時封木華黎爲國王，「國王出師，亦以女樂隨行。率十七八美女，極慧黠，多以十四絃等彈大官樂等，四拍手爲節甚低，其舞甚異」〔註55〕。歡宴聚會之後，常常有歌舞娛樂助興，元世祖忽必烈時，「食畢撤席，有無數幻人藝人來殿中，向大汗及其它列席之人獻技。其技之巧，足使眾人歡笑。諸事皆畢，列席之人各還其邸」〔註56〕。宴罷撤席之後，有藝人進行歌舞表演，看完演出，宴會才徹底結束。不論是緊張的戰爭中，還是日常的歡宴後，蒙古族都喜歡以歌舞爲娛樂。

因爲對音樂歌舞的喜好，元代統治者對管理樂舞的機構也很重視。中書省禮部下專設儀鳳司「掌樂工、供奉、祭饗之事」，教坊司「掌承應樂人及管領興和等署五百戶」。〔註57〕教坊司「掌天下妓樂，有駕前承應雜戲飛竿走索踢弄藏木瓜等伎」〔註58〕。據《元史・百官志》記載，教坊司在中統二年（1261）初設時，只是從五品；至元十二年（1275），遷至正五品；至元十七年（1280），改爲提點教坊司，隸屬宣徽院，正四品；大德八年（1304），升至正三品；到延祐七年（1320），又恢復爲正四品。〔註59〕這種品秩的陞降正與雜劇的盛衰發展相符，足見統治者的喜好與政策導向對雜劇發展的巨大影響力。

草原文化帶著游牧民族豪放充沛的生命力，不斷衝擊著農耕文化固有的觀念，儒家禮樂教化的地位被動搖了。音樂舞蹈的功能由「載道」、「教化」民眾，變爲娛樂、遊戲，戲劇得到了迅速發展的絕好機遇。正如青木正兒所說：「蒙古人的愛好歌舞癖和強制通行俗語文，這兩件事對於助成雜劇的盛行上，大概具有重大的關係。」〔註60〕

〔註55〕 （宋）孟珙：《蒙韃備錄》，見（清）施國祁：《金源札記及其它二種》（叢書集成初編本），上海：商務印書館，民國28年版，第8頁。

〔註56〕 〔意〕馬可・波羅（Polo，M）著，馮承鈞譯：《馬可・波羅行紀》，南京：江蘇文藝出版社，2008年版，第183頁。

〔註57〕 （明）宋濂等撰：《元史・百官志一》，北京：中華書局，1976年版，第2138～2139頁。

〔註58〕 （明）葉子奇：《草木子》，北京：中華書局，1959年版，第65頁。

〔註59〕 （明）宋濂等撰：《元史・百官志一》，北京：中華書局，1976年版，第2139頁。

〔註60〕 〔日〕青木正兒著，隋樹森譯，徐調孚校補：《元人雜劇序說》，上海：開明

3、溫柔敦厚──直爽率性

中原農耕文化的審美觀是以儒家提倡的中和之美爲核心的。

《論語·八佾》：「子曰：『關雎，樂而不淫，哀而不傷。』」〔註61〕不論是歡樂，還是悲傷，都要有所剋制，感情表達不可過分，追求溫柔敦厚的風格。《論語·雍也》：「質勝文則野，文勝質則史。文質彬彬，然後君子。」〔註62〕一個人既要有適度的文飾，還需要內在的品德修養，二者統一起來，才能成爲一個眞正的君子。《禮記·中庸》：「喜怒哀樂之未發，謂之中；發而皆中節，謂之和。中也者，天下之大本也；和也者，天下之達道也。致中和，天地位焉，萬物育焉。」〔註63〕君子要善於控制自己的情緒，情緒沒有表現出來時叫做中，表現出來而不失控叫做和，中是天下最大的根本，和可以使天下歸於大道，中和達到極致，天地萬物就能獲得和諧統一。荀子也說：「公平者職之衡也，中和者聽之繩也。」（《荀子·王制》）可見，中和有「含忍與自制」（朱自清《山野掇拾》）之意。

儒家的中和之美，崇尚委婉典雅、含蓄蘊藉的風格，追求「猶抱琵琶半遮面」的意境。所以在傳統文學樣式中不以酣暢淋漓的情感表達爲尙，而是「發乎情，止乎禮」，用「香草美人」式的象徵意味表情達意。

雜劇，是由演員扮演角色在舞臺上表演故事的代言體藝術形式，是訴諸視覺、聽覺的綜合藝術，追求的是纖毫畢現的情感表達和惟妙惟肖的模仿、再現。正如王國維所說：元雜劇具有「道人情，狀物態」的功能，其美感在於「詞采峻拔，而出乎自然」〔註64〕，它「寫情則沁人心脾，寫景則在人耳目，述事則如出其口是也」〔註65〕。它與儒家以中和爲美的審美理想不相符合，在儒家文化占主導時難於發展。元代則不同。

以蒙古族爲代表的北方游牧民族，生活在高寒的草原，過著四處漂泊的生活，培養出強健的體魄和直率爽朗的性格。當然，直率爽朗的性格並非蒙

書店，1941年版，第9頁。
〔註61〕《論語·八佾》，見（清）阮元校勘：《十三經注疏》，上海：上海古籍出版社，1997年版，第2468頁。
〔註62〕《論語·雍也》，見（清）阮元校勘：《十三經注疏》，上海：上海古籍出版社，1997年版，第2479頁。
〔註63〕《禮記·中庸》，見（清）阮元校勘：《十三經注疏》，上海：上海古籍出版社，1997年版，第1625頁。
〔註64〕王國維：《宋元戲曲史》，上海：上海古籍出版社，1998年版，第1頁。
〔註65〕王國維：《宋元戲曲史》，上海：上海古籍出版社，1998年版，第99頁。

古等少數民族所獨有，漢族中也不乏直爽之人，但是在儒家文化長期的薰陶之下，委婉含蓄的性格顯得更加成熟，也更容易被人們接受。當蒙古民族從蒙古高原進入中原大地時，其相對落後的文化隨著元朝的建立而居於強勢地位。蒙古族直爽的性格，正與雜劇自然酣暢的表達方式相契合，而漢族人民也被這種新鮮直露的藝術形式所吸引，雜劇也因此獲得了各族人民喜愛。

儒家思想與戲劇的特性頗多齟齬，而游牧文化與雜劇則契合較多，並多方促其發展，這是雜劇在元代繁榮興盛的思想準備。

二、元代宗教對雜劇創作的影響

元朝疆域空前擴大，各民族之間文化交流頻繁，各種宗教也彙集並存，共同發展，境內流傳的宗教主要有道教、佛教、伊斯蘭教、猶太教、也里可溫教（基督教）、摩尼教等等。從成吉思汗開始，元朝的歷代統治者對於各教都表示尊重，給予優待，他們對宗教的態度是兼容並包的。各種宗教的寺院廟觀都不得隨意侵擾，宗教人士還可以免除賦稅差役，享有很高的社會地位。政府中設立專門的機構管理各種宗教，宣政院管理佛教，集賢院管理道教，崇福司管理基督教，回回哈的所管理伊斯蘭教。

憲宗蒙哥時代：

> 盧不魯克述其先汗蒙哥之事曾云：「大汗習在卜人所謂節慶之日及若干轟思脫里派教師所云聖節之日，大開朝會。屆時基督教師盛服先至，爲汗祝壽，並爲其舉盞祝福。彼等行後，回教教師繼之，所爲亦同。嗣後偶像教師所爲亦同。該修士告余曰，大汗僅信基督教徒，惟命諸教之人爲之祝壽而已。然此修士之言僞也，眾人之入朝，猶之蠅之覓蜜，既出頗自得，咸以爲得大汗寵。」〔註66〕

其弟世祖忽必烈即位之後，

> 對於基督教徒主要節慶，若復活節、誕生節等節，常遵例爲之。對於回教徒、猶太教徒、偶像教徒之主要節慶，執禮亦同。脫有人詢其故，則答之曰：「全世界所崇奉之預言人有四，基督教徒謂其天主是耶穌基督，回教徒謂是摩訶末，猶太教徒謂是摩西（Mosie），偶像教徒謂其第一神是釋迦牟尼（CakyaMouni）。我對於茲四人，

〔註66〕〔意〕馬可・波羅（Polo，M）著，馮承鈞譯：《馬可・波羅行紀》，南京：江蘇文藝出版社，2008 年版，第 162 頁，注釋【2】。

皆致敬禮，由是其中在天居高位而最眞實者受我崇奉，求其默祐。」
〔註67〕
元朝的歷代皇帝都對各種宗教採取寬容態度，各教徒都認爲自己是最受皇帝
寵信的。

　　中統五年（1264 年）中書省奏准的一道奏摺中，記錄了宗教人士曾經受
到的優待，他們曾經連地稅商稅都不必繳納：

　　　　已前成吉思皇帝時，不以是何諸色人等，但種田者俱各出納地
　　稅外，據僧、道、也里可溫、答失蠻，種田出納地稅，買賣出納商
　　稅，其餘差役蠲免有來。在後哈罕皇帝聖旨裏也教這般行來。自谷
　　由皇帝至今，僧、道、也里可溫、達失蠻地稅商稅不曾出納，合無
　　依舊徵納事。准奏。仰中書省照依成吉思皇帝、哈罕皇帝聖旨體例，
　　僧、道、也里可溫、達失蠻、儒人種田者，依例出納地稅，買賣者
　　出納商稅。〔註68〕

　　在統治者的禮遇優待之下，元代宗教多元並存，共同發展，充分顯示了
元代文化的包容性，並在政治、經濟上都產生了一定的影響。當時以佛教最
盛，道教次之。對雜劇創作產生影響的也主要是道教和佛教，而道教的影響
更大些。

1、道家、道教

　　對於中國古代文人來說，儒家思想和道家思想是對他們影響最深的學
說。儒家文化爲文人勾畫的是積極入世、「修身齊家治國平天下」的理想，是
在「達」的時候如何「兼濟天下」的藍圖。但這樣的藍圖並非每個人都能實
現，而且每個人，即使是實現了「達」的理想，其生命中的各個階段也都難
免會遭遇困境，道家文化就爲他們設計了「窮」時如何「獨善其身」。這對於
文人來說，既有了積極進取的動力和勇氣，又有了失敗後精神的避難所。儒
道思想共同構成了中國古代文人的精神家園，幾乎所有受中原傳統漢文化洗
禮的知識分子都會同時儒道兼修。而對於元代的知識分子來說，道家思想的
影響要比儒家思想大得多。儒家思想的衰微，前面已經談到。道家思想追求

〔註67〕〔意〕馬可·波羅（Polo，M）著，馮承鈞譯：《馬可·波羅行紀》，南京：江
　　　蘇文藝出版社，2008 年版，第 161 頁。
〔註68〕黃時鑒點校：《通制條格》卷29，杭州：浙江古籍出版社，1986 年版，第 329
　　　～330 頁。

縱身物外，重視今生現世的快樂，這在元代顯然比儒家思想更具實用性。

道教就是借助了道家思想而得以大行其道。道教形成於東漢中後期。《魏書‧釋老志》中說：「道家之原，出於老子，其自言也，先天地生，以資萬類。……其爲教也，咸蠲去邪累，澡雪心神，積行樹功，累德增善，及至白日昇天，長生世上。」道教以道家思想爲基本內涵，融合了儒家、陰陽家、讖緯之說、神仙方術等思想，形成了特色鮮明的多神教宗教形式，以長生不死、得道成仙、濟世度人爲主要宗旨。其「求生、貴生、重術」的思想，不同於佛家求解脫以證無生的虛無縹緲，也不同於儒家「立德立功立言」的理性追求，它更具有可操作性和普適性，更容易解決一般人對於生死問題的疑惑和對於永恒的追求，所以在普通民眾中間更容易得到認同。正如許地山所說：「從我國人日常生活的習慣和宗教的信仰看來，道的成分比儒的多。我們簡直可以說支配中國一般人的理想與生活的乃是道教的思想；儒不過是占倫理的一小部分而已。」〔註 69〕魯迅先生也曾說過：「前曾言中國根柢全在道教，此說近頗廣行。以此讀史，有多種問題可以迎刃而解。」〔註 70〕道教已經深深滲透到中國百姓的生活中。

道教在發展過程中，被統治者所利用藉以維護政權，尤其是唐宋兩朝。唐高祖李淵以老子爲祖先，宋眞宗、徽宗更是道教的崇奉者，徽宗還自號「教主道君皇帝」，道教被尊爲「國教」。到了元代，道教再次活躍起來，創立了諸多教派——蕭抱珍創立了太一教，劉德仁創立了眞大道教，王喆創立了全眞教。再加上東漢張道陵創立的正一派，共同構成了道教的四大派別。

全眞教在當時影響最大。它的創建者王喆，字智明，號重陽子，陝西咸陽人。王喆要求教眾閱讀佛教的《般若心經》、道教的《道德經》和《清淨經》、儒家的《孝經》，主張三教合一、三教平等。全眞教排除了舊道教的符咒等方術，而是提倡以打坐爲主的內心修行，並推行利他主義——苦己利人、利他利己，提倡遠離是非、忘卻榮辱、保性全眞，追求清靜無爲、返璞歸眞的境界。

全眞教在元代的大盛，得益於當時的教主丘處機。1219 年，丘處機應成吉思汗之邀，帶領十八弟子西行，歷盡艱辛，1222 年才得以觀見成吉思汗。

〔註 69〕許地山：《道教史》，上海：華東師範大學出版社，1996 年版，第 177 頁。
〔註 70〕魯迅：《致許壽裳》，見《魯迅書信集》上卷，北京：人民文學出版社，1976年版，第 18 頁。

成吉思汗邀請丘處機的本意是想得到長生不老藥，這個願望當然沒有達成，
但是卻使這位縱橫天下的英雄瞭解了全真教，接受了丘處機「敬天愛民爲
本」、「清心寡欲爲要」的建議，改變了蒙古軍隊殺伐攻略。成吉思汗口封丘
處機爲「神仙」，並下旨優待全真教，免除其門人和隨處院舍的賦役。此後，
全真教的影響力越發提高，更加繁盛。回到燕京後，1224 年，成吉思汗更是
下旨命丘處機掌管天下出家人。丘處機藉此解救了大批淪爲奴隸的漢人和女
真人，其中包括許多漢族學者。康熙皇帝稱之爲「一言止殺，始知濟世有奇
功」。全真教也藉此達到極盛，甚至出現了佛教徒改信道教、寺廟改爲道觀的
情況。

　　全真教宣揚的修行方式，與中國文人的生活情趣相合，又去除了道教中
一些虛妄甚至妖異的東西，所以容易被文士們認同接受。元代文人中有很多
是道教徒。如「鐵笛道人」楊維楨、「松雪道人」趙孟頫、「梅花道人」吳鎮、
「蘆花道人」貫云石、「惺惺道人」喬吉、「怪怪道人」馮子振、「玉壺道人」
李唐寶、「菜根道人」高明、「顧夢道士」朱經、「觀夢道士」郟仲誼、「馬神
仙」馬致遠、「淨名庵主」倪瓚、「雪蓑釣隱」夏庭芝、「雷溪眞隱」劉因等，
都是道教徒；甚至還有一些直接出家入道的文人，如張雨、鄧玉賓、錢霖、
滕斌等。

　　在元雜劇中表現道教思想的作品，更是俯拾即是。明代朱權在《太和正
音譜》中分雜劇爲 12 科，第一就是「神仙道化劇」。臧懋循《元曲選》錄雜
劇名目 400 餘種，「神仙道化劇」占十分之一；現存的雜劇中，「神仙道化劇」
也有十分之一以上。元曲四大家之一的馬致遠擅長寫神仙道化劇，得了「萬
花叢中馬神仙」的雅號。

　　2、佛教

　　元初全真教發展繁盛，曾經侵佔了許多佛教的寺廟、土地。而隨著內地
佛教與藏傳佛教聯絡的加強，佛教勢力逐步壯大，開始對道教反擊，導致二
者的矛盾日益凸顯，最終出現了三次兩教之間的大論爭。第一次是元憲宗五
年（1255）全真教刻印發行佛經，少林僧人指控其僞妄；第二次是元憲宗八
年（1258）少林僧人控全真教奪其佛教寺廟；第三次是元世祖至元十八年
（1281）雙方爭奪觀院。三次論爭都以全真教失敗而告終，自此，全真教勢
力漸衰，佛教興起。

　　《元史·釋老傳》：「元興，崇尚釋氏，而帝師之盛，尤不可與古昔同語。」

〔註71〕早在攻打山西的時候，成吉思汗就於 1214 年召見過當地臨濟宗的禪師海云。海云在太祖、太宗、定宗、憲宗四朝都備受尊崇。忽必烈本人也曾皈依佛教，並採納耶律楚材「以儒治國，以佛治心」的建議，推行儒學，同時積極促進佛教的傳播，使漢地佛教和藏傳佛教都得到了發展。元代漢地佛教以禪宗為主，北方盛行曹洞宗，南方盛行臨濟宗。但由於蒙古族和藏族在文化上的特殊關係，最受統治者重視的還是藏傳佛教，即喇嘛教。

藏傳佛教是傳入吐蕃的佛教分支，是吐蕃化的佛教。它吸收了吐蕃原始宗教苯教的內容，具有濃厚的密教成分。密教是印度大乘佛教中一個派別，又稱密宗、真言乘、金剛乘等，在唐代曾輸入中原漢地，但因為它的許多內容與中原傳統的倫理道德相牴觸，所以沒能得到發展，但在吐蕃得到了傳承。蒙古族統治者對密宗也很熱衷，元順帝還曾向西僧討習密法，並封其為司徒、「大元國師」。當時的藏傳佛教主要流傳於蒙古貴族和宮廷之中。

忽必烈 1260 年即位之後，封吐蕃薩迦法王八思巴為國師，授以玉印，後來又加封他為「帝師」、「大法寶王」，讓他掌管總制院（後之宣政院），領導全國的佛教，管理天下僧眾，使其擁有政教兩方面的權力。皇帝登基，也要先在他座前受戒。帝師制是元代所獨有的，自忽必烈之後歷代皇帝保持不變，共封了 14 位帝師。帝師制不僅是宗教的需要，更是出於政治上的考慮。據《元史·釋老傳》中記載，世祖忽必烈為了加強對吐蕃等地區的管理而「設官分職」，並使其「領之於帝師」，「帝師之命，與詔敕並行於西土」。為了「因其俗而柔其人」，通過設置帝師加強中央對吐蕃等地區的管理，這一制度貫穿了元之始終。〔註72〕此制度最終造成了帝師「一人之下萬人之上」的地位，其徒屬也因此驕橫跋扈、為所欲為，這是政策的副產品，而元朝統治者為了政治目的，姑息包庇了這些行為。此外，元朝政府還為佛教發展提供經濟支持，僧人種田、經商都免稅，不承擔差役，他們的佛事活動、齋僧建寺等費用多由國庫支付。寺院擁有了雄厚的財力進行商業活動，甚至對某些行業形成了壟斷。如雜劇《玉壺春》中「一任金山寺擺滿了販茶船」，《青衫淚》中「我則道蒙山茶有價例，金山寺裏說交易」，都說明了這種情況。有了這樣的政治

〔註71〕（明）宋濂等撰：《元史·釋老傳》，北京：中華書局，1976 年版，第 4517 頁。

〔註72〕（明）宋濂等撰：《元史·釋老傳》，北京：中華書局，1976 年版，第 4520～4521 頁。

經濟保障，佛教在元代的繁盛就是理所當然的了，幾乎是人跡所到之處「精藍、勝觀、棟宇相望」〔註73〕。

社會現實的巨大變化，顛覆了士人們傳統的人生哲學，同時也給他們提供了更多的選擇。佛教關於世事無常、因果報應、三世輪迴的思想，無疑為他們開闢了新的天地，不僅對他們的人生困擾給予解答，而且可以從中獲得寫作的靈感和題材，而雜劇正是這類題材的最好載體。

佛教對雜劇的影響，突出地表現在因果報應戲的大量出現。在佛教傳入中國之前，人們的意識中只有「今生」的概念，而佛教的傳入帶來了「三世」的概念，以及因果報應的理論。佛教教義認為，人生在世充滿了痛苦，而這種痛苦是因果循環的結果。前世的因成就今生的果，今世的因又會造就來生的果，所以今生要積德行善以求來生的平安康樂。今生「果」的好壞，取決於前世的「業」。「業」在佛經中解釋為「造作」，即一切活動，包括身體和心理的。如果作惡業就會陷入不斷的生死輪迴，而行善業則會了脫生死，脫離輪迴，離苦得樂。受其影響，元雜劇中出現了大量的因果業報戲，如《地藏王證東窗事犯》、《神奴兒大鬧開封府》、《看錢奴買冤家債主》、《崔府君斷冤家債主》等。還有一些度脫劇是以佛教的度脫觀念為根本，如《布袋和尚忍字記》、《月明和尚度柳翠》、《花間四友東坡夢》、《龍濟山野猿聽經》等。

三、少數民族的音樂舞蹈、語言文字及婚俗等對雜劇創作的影響

少數民族特別是北方少數民族文化對雜劇創作最直接的影響，表現在音樂舞蹈、語言文字和婚姻習俗等幾個方面。雜劇是一種融合了曲詞、賓白、音樂、舞蹈、表演的綜合藝術形式。在民族文化大融合的背景之下，雜劇融合了中原傳統音樂和北方各少數民族音樂，其語言雜糅了漢語、蒙語、女真語等等，並接受了少數民族對於婚姻和男女關係的觀念影響。

1、少數民族音樂舞蹈和語言文字

金元時期是我國歷史上多民族廣泛雜居的時代，尤其是在北方，各民族的文化交流融通整合。這使得雜劇在發展過程中能夠融合各民族的藝術成就，特別是少數民族的音樂歌舞對雜劇聲腔的形成氣到了十分重要的作用。

北方各少數民族能歌善舞，音樂文化發達。隨著女真、蒙古等民族進入中原地區，大量的樂曲和樂器被引進，並應用於雜劇的創作、演出中。正是

〔註73〕　（清）畢沅：《續資治通鑒》，長沙：嶽麓書社，1992年版，第747頁。

由於北方少數民族音樂舞蹈的介入，帶動了元雜劇的形成，充實了雜劇的曲牌，更加賦予雜劇一種剛勁豪健的風格特點。

宋代曾敏行《獨醒雜誌》（卷五）中也說：「先君嘗言：宣和末客京師，街巷鄙人，多歌蕃曲，名曰〔異國朝〕、〔四國朝〕、〔六國朝〕、〔蠻牌序〕、〔蓬蓬花〕等。其言至俚，一時士大夫皆歌之。」可見，北宋徽宗時期「蕃曲」就開始受到上至士大夫文人下至普通百姓的普遍喜愛，成為當時的流行音樂。

元末明初的陶宗儀在《南村輟耕錄》中做了如下記錄：

> 〔樂曲〕達達樂器，如箏、秦琵琶、胡琴、渾不似之類，所彈之曲，與漢人曲調不同。大曲：哈八兒圖、口溫、也葛倘兀、畏兀兒、閔古里、起土苦里、跋四土魯海、舍舍弼、搖落四、蒙古搖落四、閃彈搖落四、阿耶兒虎、桑哥兒苦不丁、答剌、阿廝闌扯弼、苦只把失。小曲：哈兒火失哈赤、阿林捺、曲律買、者歸、洞洞伯、牝疇兀兒、把擔葛失、削浪沙、馬哈、相公、仙鶴、阿丁水花。回回曲：伉里、馬黑某當當、清泉當當。〔註74〕

「達達」在元朝主要指蒙古人。從名稱判斷，這些曲目應當不是中原傳統的音樂。陶宗儀所列舉的31種曲目並不都是蒙古族樂曲，也包括蒙古人征服地區的各民族樂舞。它們的命名有四種情況：一是用被征服國家或民族的名稱命名，二是用歸入元帝國版圖的地區命名，三是用樂曲表現的內容命名，四是以重大的歷史事件或歷史人物命名。這些曲目雖然難以明確具體的族屬，但可以肯定的是它們都是北方游牧民族的樂曲，而且當時已經在中原地區廣泛流行。

關於游牧民族樂器和音樂的風格，明代曲論家亦多有論及。如王世貞言：「自金、元入中國，所用胡樂，嘈雜淒緊，緩急之間，詞不能按，乃更為新聲以媚之……北主勁切雄麗，南主清峭柔遠……北字多而調促，促處見筋；南字少而調緩，緩處見眼。北則辭情多而聲情少，南則辭情少而聲情多。北力在弦，南力在板。北宜和歌，南宜獨奏。北氣易粗，南氣易弱。」〔註75〕王驥德則說：「北詞連篇，南詞獨限。北詞如沙場走馬，馳騁自由；南詞如搯

〔註74〕（元）陶宗儀：《南村輟耕錄》，北京：中華書局，1959年版，第349頁。

〔註75〕（明）王世貞：《藝苑巵言》，見俞為民、孫蓉蓉編《歷代曲話彙編：新編中國古典戲曲論著集成（明代編）》第一集，合肥：黃山書社，2009年版，第511～512頁。

遜賓宴，折旋有度。」〔註76〕。徐渭稱：「今之北曲，蓋遼、金北鄙殺伐之音，壯偉狠戾，武夫馬上之歌，流入中原，遂爲民間之日用。宋詞既不可被絃管，南人亦遂尚此。上下風靡，淺俗可嗤。」〔註77〕

　　近人王國維也曾論及這一情況：「至金人入主中國，而女眞樂亦隨之而入。《中原音韻》謂：『女眞〔風流體〕等樂章，皆以女眞人音聲歌之。……』則北曲雙調中之〔風流體〕等，實女眞曲也。此外如北曲黃鐘宮之〔者刺古〕、雙調之〔阿納忽〕、〔古都白〕、〔唐兀歹〕、〔阿忽令〕，越調之〔拙魯速〕，商調之〔浪裏來〕，皆非中原之語，亦當爲女眞或蒙古之曲也。」〔註78〕

　　總體看來，他們提到的「北曲」、「胡樂」具有「嘈雜淒緊」「壯偉狠戾」的特點，它是北方少數民族音樂進入中原，與中原地區的民間謠曲、唐宋燕樂結合而產生的俗樂，其節奏明快，風格遒勁豪邁，旋律高亢富於跳躍感。完全不同於中原傳統音樂的中正平和，所以直到明朝還被批評爲「淺俗可嗤」。但是，正是這「淺」適應了雜劇的欣賞者的口味，這「俗」順應了俗文學逐步佔據文壇主導地位的趨勢。雜劇作爲一種商業活動，必須要迎合觀眾的口味，謀取最大的經濟利益。而元雜劇的觀眾，不論是貴族官僚，還是普通的百姓，其文化程度都不高，淺顯通俗的東西遠比溫文爾雅的更受歡迎。平和的中原傳統音樂本身也難以適應雜劇發展的需要。而且，游牧文化在元代居於絕對的優勢地位，振奮人心的少數民族音樂更有刺激性，讓人們耳目一新。於是，北曲以其迥異於中原樂曲的風格特色，在民間流行開來，並被元雜劇吸收，豐富了雜劇的音樂。《中原音韻》一書中記載了元雜劇吸收女眞、回回等北方游牧民族音樂的情況。

　　雜劇《虎頭牌》中使用了很多少數民族的曲牌。如〔阿那忽〕、〔相公愛〕、〔也不羅〕、〔醉也摩挲〕、〔忽都白〕、〔唐兀歹〕等，這些曲牌名都是少數民族語言，顯然是「胡曲」。雜劇《麗春堂》中使用了女眞的曲調……

　　由於史料的缺乏，我們無法明顯地看出少數民族舞蹈對雜劇的影響，但

〔註76〕　（明）王驥德：《曲律・總論南北曲》，見俞爲民、孫蓉蓉編《歷代曲話彙編：新編中國古典戲曲論著集成（明代編）》第二集，合肥：黃山書社，2009年版，第119頁。

〔註77〕　（明）徐渭：《南詞敘錄》，見俞爲民、孫蓉蓉編《歷代曲話彙編：新編中國古典戲曲論著集成（明代編）》第一集，合肥：黃山書社，2009年版，第484頁。

〔註78〕　王國維：《宋元戲曲史》，上海：上海古籍出版社，1998年版，第131～132頁。

從藝術規律來看，少數民族舞蹈和他們的音樂一樣對雜劇產生了影響。另外，白樸《唐明皇秋夜梧桐雨》中提到安祿山能作胡旋舞，「胡旋舞」是著名的西北少數民族舞蹈，於唐代傳入中原地區。可見，這種富於民族特色的舞蹈已經被引入雜劇的表演中。

　　隨著北方游牧民族的南下，中原地區原本單一的語言系統被打破了。以元大都為中心，河北、河南、山東等地的語言為基礎，糅合了蒙古族、女真族等少數民族語言和腔調，形成了新的語言系統。明代王世貞在《曲藻・序》中說：「大江以北，漸染胡語，時時採入，而沈約四聲遂闕其一。」〔註79〕少數民族語言的融入，不僅影響到從宮廷到民間的日常語言習慣，也豐富了元雜劇的語言使用，使之更加大眾化和通俗化，加強了語言的表現力。雜劇中常用的少數民族語言主要包括女真語、蒙古語、契丹語等，形式都是以漢字記錄其發音。常見的女真語如：阿媽（父親）、阿者（母親）、赤瓦不剌嗨（氣憤而罵人的話）……蒙古語如：霸都魯（勇敢之士）、牙不（走）、牙不約兒赤（走開）、答剌孫（酒）、忽迷思（馬奶酒）、哈喇（殺害）……契丹語如：曳剌（士卒或勇士）……這方面的研究，前輩學者已經較為深入，此不多敘。

　　雜劇中使用少數民族語言，最為典型的就是關漢卿《哭存孝》中李存孝上場時的一段話：「米罕（肉）整斤吞，抹鄰（馬）不會騎，努門（弓）和速門（箭），弓箭怎的射！撒因（好）答剌孫（酒）見了搶著吃，喝的莎塔八（醉），跌倒就是睡，若說我姓名，家將不能記，一對忽剌孩（賊），都是狗養的！」這段蒙漢語混合的開場白，活畫出一個好吃懶做、無所事事的無賴嘴臉，讀來妙趣橫生，增強了戲劇的諷刺效果。可見，當時這些語彙是非常流行的，「北語所被者廣，大略相通」〔註80〕，大部分人都能聽得懂，因為雜劇本身是用來現場表演的，其語言如果讓觀眾不能理解，勢必影響演出效果。雜劇中大量地使用少數民族語彙，促使雜劇語言的口語化、通俗化，也充分反映了元代漢族文化和少數民族文化的交流融合。

　　元雜劇紮根於中原漢族文化，吸收了少數民族音樂文化的滋養，形成了

〔註79〕（明）王世貞：《藝苑巵言》，見俞為民、孫蓉蓉編《歷代曲話彙編：新編中國古典戲曲論著集成（明代編）》第一集，合肥：黃山書社，2009 年版，第511 頁。

〔註80〕（明）王驥德：《曲律・雜論》，見俞為民、孫蓉蓉編《歷代曲話彙編：新編中國古典戲曲論著集成（明代編）》第二集，合肥：黃山書社，2009 年版，第108 頁。

迴異於中原傳統文學樣式的特點，不同於元後期在南方地區流行的南曲。南北文藝風格的差距並不始於雜劇和南曲，但少數民族入主中原，游牧文化強勢進入，由此造成的生活習俗和文藝風格的改變是巨大的，不僅加速了元雜劇的成熟，也促進了其獨特風格的形成。正如王驥德所說：「金章宗時，漸更爲北詞，如世所傳董解元《西廂記》者，其聲猶未純也。入元而益漫衍其制，櫛調比聲，北曲遂擅盛一代；顧未免滯於絃索，且多染胡語，其聲近嚄以殺，南人不習也。」〔註81〕南人代表了中原傳統文化的審美眼光。《禮記·樂記》中說：「其哀心感者，其聲嚄以殺。」〔註82〕「嚄」形容聲音急促，是一種在哀痛等激烈的感情刺激下發出的聲音，而對於崇尚感情內斂含蓄的中原文化傳統薰陶下的欣賞者來說，這種聲音是很難習慣的。「絃索」指北方戲曲用以伴奏的絲絃樂器，「胡語」指當時的北方少數民族語言。雖然這些特點使一些固守中原文化的人感到不適應，但北曲還是廣泛地流行開來，而這也正表明了元代民族文化大融合背景下，游牧文化對戲曲創作、審美風尚的影響。

2、少數民族婚姻習俗

元代以蒙古族爲代表的北方少數民族，在婚姻習俗上保留了較爲原始的收繼婚傳統。收繼婚是指喪夫婦女在家族內部的轉婚，即與原夫家族成員的再次婚配。主要包括同輩收繼和異輩收繼，即兄弟間的收繼和叔侄、庶子收繼。

「收繼婚」是一種古老的婚俗，在少數民族中尤爲流行。秦漢時期的匈奴、烏孫、鮮卑，以及後來的羌、突厥、契丹、女眞、稽胡等游牧民族都實行收繼婚制，且在婚姻中婦女地位較高，歷代典籍中多有記載。《史記·匈奴列傳》中有相關記載：「父死，妻其後母；兄弟死，皆取其妻妻之。」〔註83〕《後漢書·烏桓鮮卑列傳》：「妻後母，報寡嫂」、「計謀從用婦人，唯鬥戰之事乃自決之。」〔註84〕《周書·異域傳》：「（突厥）男有悅愛於女者，歸即遣

〔註81〕　（明）王驥德：《曲律·論曲源》，見俞爲民、孫蓉蓉編《歷代曲話彙編：新編中國古典戲曲論著集成（明代編）》第二集，合肥：黃山書社，2009年版，第9頁。

〔註82〕　《禮記·樂記》，見（清）阮元校勘：《十三經注疏》，上海：上海古籍出版社，1997年版，第1527頁。

〔註83〕　（漢）司馬遷：《史記》，北京：中華書局，1959年版，第2879頁。

〔註84〕　（南朝宋）范曄撰，（唐）李賢等注：《後漢書》，北京：中華書局，1965年版，第2979頁。

人聘問，其父母多不違也。父兄伯叔死者，子弟及侄等妻其後母、世叔母及嫂，唯尊者不得下淫。」〔註85〕建立西夏政權的党項羌族有「妻其庶母及伯叔母、嫂、子弟之婦」〔註86〕的習俗；契丹立國以後，耶律滑哥「烝其父妾」〔註87〕；女眞族也是「取婦於家，而其夫身死，不令婦歸宗，則兄弟侄皆得以聘之，有妻其繼母者」〔註88〕，「父死則妻其母，兄死則妻其嫂，叔伯死則侄亦如之，無論貴賤，人有數妻」〔註89〕。

　　元代的蒙古族中也很流行收繼婚制。馬可波羅在其遊記中記載：「婚姻之法如下：……韃靼可娶其從兄妹，父死可娶其父之妻，惟不娶生母耳。娶者爲長子，他子則否，兄弟死亦娶兄弟之妻。」〔註90〕柏朗嘉賓描述到：「他們可以與自己所有的女親戚婚配，唯有生身母親、親身女兒或一母同胞的姊妹例外。但他們可以聘娶僅僅是同父而異母的姊妹，甚至在其父死後還可以續娶他的遺孀。另外，當長兄去世後，其弟可以續納其嫂，除非是另一位年輕的同族兄弟堅持要續納之。」〔註91〕《元史》中將這一習俗稱爲「國俗」：「父死則妻其從母，兄弟死則收其妻，父母死無憂制。」〔註92〕蒙古族從貴族到平民都盛行收繼婚。成吉思汗爲幼子拖雷娶了克烈部王汗的孫女脫忽思哈敦，拖雷死後，其子旭烈兀收繼了脫忽思哈敦；成吉思汗死後，其寵妾木哥哈敦被窩闊台收繼；世祖忽必烈的女兒囊加眞嫁給了斡羅陳，斡羅陳死後嫁給了他的弟弟帖木兒，帖木兒死後又嫁其弟蠻子臺……。

　　收繼婚制的實行，體現了少數民族在婚姻關係中對「輩份」的漠視。這一點從他們的婚嫁中也可以看出來——父子可以娶姐妹，姑侄可以嫁給兄弟二人或者是一個人。成吉思汗與拖雷父子分別娶了姐妹二人；成吉思汗的妹

〔註85〕　（唐）令狐德棻等撰：《周書》，北京：中華書局，1971年版，第910頁。

〔註86〕　（後晉）劉昫：《舊唐書》，北京：中華書局，1975年版，第5292頁。

〔註87〕　（元）脫脫等撰：《遼史》卷112《耶律滑哥傳》，北京：中華書局，1974年版，第1503頁。

〔註88〕　（宋）文惟簡：《虜廷事實・婚聘》，見傅朗雲編注：《金史輯佚》，長春：吉林文史出版社，1990年版，第9頁。

〔註89〕　（金）宇文懋昭撰，李西寧點校：《大金國志》，濟南：齊魯書社，2000年版，第289頁。

〔註90〕　〔意〕馬可・波羅（Polo，M）著，馮承鈞譯：《馬可・波羅行紀》，南京：江蘇文藝出版社，2008年版，第129頁。

〔註91〕　〔意〕柏朗嘉賓著，耿升、何高濟譯：《柏朗嘉賓蒙古行紀》，北京：中華書局，1985年版，第29頁。

〔註92〕　（明）宋濂等撰：《元史》，北京：中華書局，1976年版，第4288頁。

妹和女兒先後嫁給了孛突；成吉思汗曾將女兒阿勃塔倫嫁給他的母舅泰出駙馬；世祖公主囊加眞和她的侄女喃哥不剌公主，先後嫁給蠻子臺。

游牧民族入主中原，建立了元王朝之後，曾有意地向漢族百姓推行過收繼婚的習俗。至元八年（1271）十二月中書省曾頒詔：「小娘根底、阿嫂根底收者。」〔註93〕在《元典章》中記載了多個當時民間收繼婚的案例：至元九年，民戶鄭窩窩收繼了兄嫂王銀銀；至元十年，民戶傅二因病死，其妻阿牛守服，小叔傅望伯本有妻室，仍要收繼嫂子阿牛，阿牛反抗不成遭到強姦，告到官府，卻被判由傅望伯收繼；民戶郭乞驢與李蛾兒訂婚，郭乞驢未婚身死，李蛾兒又與他人訂婚，郭家不依欲令次子收繼，告到官府，官方判定由郭家次子收繼……〔註94〕可見當時的政府是允許甚至鼓勵蒙古族以外的百姓收繼婚的。

對於北方游牧民族來說，生存條件艱難，講求實用，爲保持家族財產不流失和維護家族血統的純潔性，收繼婚無疑是一個很好的辦法。漢族中雖然也有一些地方有「收繼」的習俗，但大多流行在下層民眾中間，不爲大多數人所接受，尤其在中原文化禮教系統中，這是無法得到認同的──子娶庶母、弟娶嫂子、侄娶嬸娘，這是有悖人倫、無法忍受的。所以，在進入中原以後，隨著對漢文化的瞭解和接受，游牧民族的收繼婚俗越來越受到衝擊，並頒佈了「婦人夫亡，服闋守志並欲歸宗者聽，其舅姑不得一面改嫁」〔註95〕的條例，與「小娘根底、阿嫂根底收者」的詔令共同存在，並在具體執行過程中逐漸優先於後者，使婦女可以憑藉「守志不嫁」避免被收繼的命運。這也體現了草原游牧文化與中原農耕文化在共存中的交流融合。

游牧民族在嫁娶婚姻方面，保留了較多的原始風俗，他們對於兩性關係的理解遠沒有漢族那樣多的禮法約束，認爲男歡女愛是人之常情，沒有必要扭扭捏捏，所以才會有「老女不嫁，蹋地呼天」（《地驅樂歌》）這樣勇敢直接的表達。《後漢書・烏桓鮮卑列傳》：「其嫁娶則先略女通情，或半歲百日，然後送牛馬羊畜，以爲聘幣。」〔註96〕遇到喜歡的女子先劫掠回去同居一段時

〔註93〕陳高華、張帆、劉曉等點校：《元典章》，天津：天津古籍出版社、北京：中華書局，2011年版，第653頁。

〔註94〕陳高華、張帆、劉曉等點校：《元典章》，天津：天津古籍出版社、北京：中華書局，2011年版，第653～655頁。

〔註95〕陳高華、張帆、劉曉等點校：《元典章》，天津：天津古籍出版社、北京：中華書局，2011年版，第614頁。

〔註96〕（南朝宋）范曄撰，（唐）李賢等注：《後漢書》，北京：中華書局，1965年版，第2979頁。

間，然後再下聘迎娶。或如《三朝北盟會編》所載：「女年及笄，行歌於途。其歌也，乃自敘家世、婦工、容色，以伸求侶之意。聽者有未娶欲納之者，即攜以歸，其後方具禮偕女來家以告父母」，選擇配偶的自主性很高。

　　游牧民族的婚俗表現了直接熱烈的生命衝動，他們並沒有反對封建禮教之類的想法，但是其客觀效果無疑對於中原漢文化的等級制度、禮教規範造成了衝擊，並影響到了生活在社會底層的雜劇作家，促使他們創作出大量反禮教的雜劇作品。

小　結

　　孟子說：「頌其詩，讀其書，不知其人可乎？是以論其世也。」〔註97〕主張要真正讀懂文學作品，就要「知人論世」。要看懂元雜劇，就要瞭解雜劇作家身處的社會背景。元代作為中國歷史上疆域最大的封建王朝，統治區域內人口多、成分複雜是其重要特點。而元大都等城市的輝煌曾經引起世界的矚目，在當時出現了幾個國際化的大都市。城市經濟的發展，使得市民階層迅速崛起，娛樂業獲得了空前的發展，成為戲劇興盛的經濟基礎和群眾基礎。雖然雜劇作家的政治地位在當時並不高，但也促使他們擺脫了科舉的枷鎖而更潛心於雜劇的創作，同時元朝政府對於儒士給予了經濟上的優厚待遇。元朝文網鬆弛，也為雜劇創作提供了寬鬆的環境。

　　對於雜劇創作更直接的影響是元代的思想文化環境。儒家思想在中原文化中有著不可動搖的地位。但是儒家森嚴的等級制度、以樂舞為教化工具、溫柔敦厚的審美追求都與戲劇的特質頗多齟齬，而北方游牧民族張揚個性、以樂舞為娛樂工具、喜好直爽率性等與戲劇的功用不謀而合，促成了雜劇在少數民族統治時代的勃興。元代的道教、佛教發展迅速，與雜劇中道化劇和度脫劇的興起關係密切。少數民族的音樂舞蹈和語言文字對雜劇的科範形式、唱詞賓白設計影響很大，少數民族的婚姻習俗等影響到了反禮教雜劇作品的產生。

　　正是基於上述原因，雜劇在元代蓬勃發展，興盛繁榮；基於同樣的原因，讓我們在現存的雜劇劇本中看到了元代民族文化交融的種種表現。

〔註97〕《孟子・萬章下》，見（清）阮元校勘：《十三經注疏》，上海：上海古籍出版社，1997年版，第2746頁。

　　中原傳統漢文化與少數民族文化共同作用，滋養了元雜劇的繁榮發展，孕育了雜劇中多姿多彩的人物形象。其交流融合的過程包含了不同文化間的接觸、相互影響，最終形成一個「你中有我，我中有你」的整體。關於漢文化對雜劇的影響毋庸贅言，前人研究也多論及，故本文多從少數民族文化影響入手談起。

第二章　元雜劇中的女性形象

　　在歷代文學作品中，女性形象格外引人注意。從《詩經》中的氓妻和《谷風》之婦，到漢樂府的劉蘭芝和採蘼蕪的棄婦，再到唐傳奇中的崔鶯鶯，直至宋元南戲、話本中的桂英、霍小玉、趙貞女。這些女性大多是愛情、婚姻中的弱勢群體，她們善良、忍讓，甚至懦弱，符合封建倫理道德規範的要求，卻失去了與男性平等的地位。

　　在元雜劇中女性形象改變了，傳統文學中經常出現的閨閣佳人們，衝破了傳統禮教的束縛，比以往的同類形象更加潑辣大膽，出現了崔鶯鶯（《西廂記》）、張倩女（《倩女離魂》）、李千金（《牆頭馬上》）這樣的閨秀佳人，她們不僅取代男性變成了劇中的「一號人物」，而且在愛情中居於主導地位，掌握主動權，不再聽從父命、夫命去決定自己的命運，體現了元代少數民族文化對傳統女性形象的影響。在元雜劇中還出現了一大批鮮活的風塵女子形象。從良之前她們大多以正面的形象出現，她們獲得了前所未有的尊重，表現出美麗、堅強、聰敏、有膽有識的品質：俠肝義膽的趙盼兒（《救風塵》）透露出元代文化對風月手段和俠義精神的重新認識；士妓商愛情模式中的妓女們則表現出「重才輕財」的傳統在元代的新變；民族文化交融影響下，雜劇中出現了妓女與貞節這一對天然矛盾體的和諧統一。然而，風塵女子從良之後的形象發生了變化，她們或貪婪狠毒，或懦弱無助，是雜劇作家對重色輕德社會現象的反思；也是對傳統禮教的大膽反叛，挑戰了婚姻中男性的地位。如果說閨秀佳人還需要衝破禮教束縛的話，這些風塵女子眼中則根本沒有禮教的存在，她們的身上更突出地顯示了元代民族文化交融背景下文學作品中

女子形象的創新。此外，雜劇還有一些遵循著封建禮教規則的賢妻良母，如竇娥（《竇娥冤》）、梅英（《秋胡戲妻》）等，她們嚴格遵循著禮教的規範，有著近乎完美的人格，卻大多遭到惡勢力的迫害，而她們堅強勇敢地面對現實，反抗迫害，從反面再次證實了封建禮教的欺騙性，以及元代女性對傳統的反動和少數民族文化的影響。還有一些地位卑賤者也奮起與命運、與社會現實相抗爭，如《調風月》中的燕燕、《西廂記》中的紅娘，她們並沒有因為自己卑賤的出身而接受命運的擺佈，而是奮起抗爭，幫助自己甚至幫助他人爭取更大的自由。

雜劇中形形色色的女性形象，生動地反映了元代多民族雜居共處、文化交流融合的社會背景下，社會思想意識，尤其是女性觀、愛情觀的變化。

從先秦時期開始，傳統文化對於女性的態度就是輕視的。孔子曾說過：「唯女子與小人為難養也」〔註1〕，為後世文人對女子的態度定下了基調。《禮記》中的關於「三從四德」的規定更是成為後世對女子行為的規範。「三從」「四德」「三綱」「七出」等觀念充分體現了男尊女卑的社會地位，及女子在婚姻關係中的從屬地位。「三從」在《禮記》中是這樣解釋的：「婦人，從人者也；幼從父兄，嫁從夫，夫死從子。」〔註2〕董仲舒的「三綱」之說，強調貴陽賤陰——「君為臣綱，父為子綱，夫為婦綱」，「君臣、父子、夫婦之義，皆取諸陰陽之道。君為陽，臣為陰；父為陽，子為陰；夫為陽，妻為陰。」（《春秋繁露》卷11）女子一生都要以男子為自己遵從的對象，屈己從人成為終生的行為規範。所謂的「四德」，《周禮·天官·九嬪》是這樣描述的：「九嬪掌婦學之法，以教九御：婦德、婦言、婦容、婦功。」〔註3〕《後漢書·列女傳》中解釋為「女有四行：一曰婦德，二曰婦言，三曰婦容，四曰婦功。夫云婦德，不必才明絕異也；婦言，不必辯口利辭也；婦容，不必顏色美麗也；婦功，不必工巧過人也。清閑貞靜，守節整齊，行己有恥，動靜有法，是謂婦德。擇辭而說，不道惡語，時然後言，不厭於人，是謂婦言。盥浣塵穢，服飾鮮潔，沐浴以時，身不垢辱，是謂婦容。專心紡績，不好戲

〔註1〕《論語·陽貨》，見（清）阮元校勘：《十三經注疏》，上海：上海古籍出版社，1997年版，第2526頁。

〔註2〕《禮記·郊特牲》，見（清）阮元校勘：《十三經注疏》，上海：上海古籍出版社，1997年版，第1456頁。

〔註3〕《周禮·天官·九嬪》，見（清）阮元校勘：《十三經注疏》，上海：上海古籍出版社，1997年版，第687頁。

笑，絜齊酒食，以奉賓客，是謂婦功。此四者，女人之大德，而不可乏之者也。」〔註4〕要求女子含蓄內斂，沒有鋒芒，不必美麗、不必聰明、不必善辯、不必慧巧，只要溫順聽話、以男子爲自己世界的核心就可以了。但是僅僅這樣就可以了嗎？不是。即使做到了這些，女子仍然隨時有被丈夫拋棄的可能，「七出」就是爲此而找的藉口。《儀禮・喪服》賈公彥注疏中對「七出」的解釋是：「七出者，無子一也，淫洪二也，不事舅姑三也，口舌四也，盜竊五也，妒忌六也，惡疾七也。」〔註5〕女子的任何一點問題都可以被當做休棄的藉口。古代稱離婚爲休妻、歸妻、棄妻、出妻、逐妻、放妻、遣妻等，僅從這樣的名稱上就可以顯示男子在婚姻中的主導地位，女子幾乎沒有選擇權，只能被動接受。古代離婚還有一種情況叫做「義絕」，這是針對男女雙方的離婚條件。班固在《白虎通・嫁娶篇》中列出了「義絕」的內容：「悖逆人倫，殺妻父母，廢絕綱常，亂之大者，義絕，乃得去也。」〔註6〕《唐律・戶婚》中對「義絕」作了具體解釋：「義絕，謂毆妻之祖父母、父母，及殺妻外祖父母、伯叔父母、兄弟姑姊妹，若夫妻祖父母、父母外祖父母、伯叔父母、兄弟姑姊妹，自相殺，及妻毆詈夫之祖父母、父母，殺傷夫外祖父母、伯叔父母、兄弟姑姊妹，及與夫之緦麻以上親，若妻母奸，及欲害夫者，雖會赦皆爲義絕。」〔註7〕看似對夫妻雙方都做了規範，但不難發現，夫殺妻的外祖父母等親人，對應的是妻傷夫的外祖父母等，二者有明顯的程度差別，各自在婚姻中的地位可想而知。

在層層規範之下，女子的一生要端莊穩重、善解人意、謹言愼行、恭順克己，以纖柔爲美，以順從爲德。受此影響，女性自身也爲自己規定了諸多符合男性審美需求的守則，東漢女史家班昭撰《女誡》、唐朝女學士宋若莘撰《女論語》、明成祖徐皇后撰《內訓》、明末儒學者王相之母劉氏作《女範捷錄》等等皆爲此類。這樣的背景之下產生的女性形象，或空靈美豔如曹植筆下的洛神，或哀怨悲戚如《詩經》中的氓妻，她們符合男性主導的審美觀，

〔註4〕（南朝宋）范曄撰，（唐）李賢等注：《後漢書・列女傳》，北京：中華書局，1965年版，第2789頁。

〔註5〕《儀禮・喪服》注疏，見（清）阮元校勘：《十三經注疏》，上海：上海古籍出版社，1997年版，第1104頁。

〔註6〕（漢）班固：《白虎通》（叢書集成初編本），上海：商務印書館，民國25年版，第257頁。

〔註7〕（唐）長孫無忌著：《唐律疏議・戶婚》，見王云五主編：《萬有文庫第一集一千種唐律疏議》（三），北京：商務印書館，第4～5頁。

卻抑制了自己的自然心性，成爲男性的附庸，甚至是玩物，最大的抗爭就是以死亡昭示「寧爲玉碎不爲瓦全」的信念。

唐傳奇中雖然出現了許多具有自我意識的女性形象，但她們仍然是「戴著鐐銬跳舞」，表現出在規範之內的盡力反抗。最爲典型的就是元稹《鶯鶯傳》中的崔鶯鶯，雖然與張生私自結合，但最終仍然難逃被拋棄的命運，而她自己也默默接受了這樣的現實，認爲「固其宜也」。可見，禮教勢力的強大，讓受害者都能安之若素。

宋代文人多以詞表現女性形象，且其中增加了許多憐愛之情，還出現了柳永之類的風流文人，以妓女爲知己。但不難發現，女性形象更多地仍是作爲玩賞對象或者炫耀的資本，她們依然是作爲男性眼中的審美對象存在的，毫無主動性可言。而且，宋代文學作品中的女性多溫柔孱弱、楚楚可憐，符合傳統審美特徵。

進入元代，蒙古族登上了政治舞臺的最高位置，他們所代表的北方游牧文化不同於中原傳統的農耕文化。北方各少數民族與中原漢族之間在文化上的差別很大，在他們處於敵對時期時更多地表現爲雙方的衝突對壘，而在統一的背景下，文化之間以互補、交流、融合爲主。事實上，元代各民族文化交融的時間之長、影響之深、規模之大都是空前的。在這樣的背景下，元雜劇中的女性形象呈現出迥異於其它時代、其它文體作品中女性形象的特徵，表現了元代民族文化交融對時代女性觀、愛情觀的改變。

元雜劇中的女子不論是端莊俏麗的佳人閨秀，還是風情萬種的風塵女子，抑或淳樸善良的家庭主婦，甚至那些陰狠歹毒的反面女性，都表現出強烈的獨立意識和大膽的反抗精神。她們在愛情中居於主導地位，把「情」放在了她們價值取向的第一位，大膽地喊出了「姻緣薄全憑我共你，誰不待揀個稱意的」（《救風塵》）的心聲，而這樣的語言在單純傳統文化的背景下恐怕是不可想像的，遑論行動。「普天下有情的皆成了眷屬」（《西廂記》），成爲愛情婚姻雜劇的普遍結局。正如鄧紹基先生所說：「這種種女子強於男子的描寫在元人愛情婚姻劇中成爲一種重要現象，它在一定程度上顯示出傳統的『男尊女卑』觀念的削弱，甚至『顛倒』。」〔註8〕

〔註 8〕鄧紹基：《論元雜劇思想內容的若干特徵》，載《內蒙古民族師院學報》1987
年第 4 期，第 2 頁。

第一節　雜劇中的佳人閨秀形象

　　「才子佳人」是愛情婚姻雜劇中一個重要模式，也是中國古代文學的傳統模式。正如周貽白先生在《中國戲劇本事取材之沿襲》中所說：「中國戲劇的取材，多數跳不出歷史故事的範圍，很少是專爲戲劇這一體制聯繫到舞臺表演而獨出心裁來獨運機構，甚至同一故事，作而又作，不惜重翻舊案，蹈襲前人。」〔註9〕雜劇也不例外，尤其是才子佳人題材，大多是對前代文學，主要是對唐傳奇的繼承和發展。雜劇作家借助於前代作品的故事結構，抒寫屬於自己時代的精神和情感，並把原作中的進步思想進一步發揚光大，豐富了人物內涵。從作品的比較中不難發現，元雜劇中的佳人閨秀不僅較之前代文學中同類角色更加豐滿，而且更具魅力，可謂光芒四射。

　　雜劇中繼承前代題材的愛情婚姻劇主要包括：王實甫《西廂記》源於元稹《鶯鶯傳》，石君寶《曲江池》源於白行簡《李娃傳》，尚仲賢《柳毅傳書》源於李朝威《柳毅傳》，鄭光祖《倩女離魂》源於陳玄祐《離魂記》，喬吉《金錢記》源於許堯佐《柳氏傳》……我們可以通過同一人物發展、變化、豐富的過程，瞭解時代賦予作品和人物的特性。

一、崔鶯鶯形象之發展

　　崔鶯鶯這一形象最早出現在唐元稹的《鶯鶯傳》中。傳中的鶯鶯是位富家之女，「崔氏之家，財產甚厚，多奴僕」。她的性格含蓄內向，「貞慎自保，雖所尊不可以語犯之」，「藝必窮極，而貌若不知；言則敏辯，而寡於酬對；待張之意甚厚，然未嘗以詞繼之」，「愁豔幽邃，恒若不識；喜慍之容，亦罕形見」。這是一個內心豐富、思維敏捷、有敏銳洞察力的女子，但表現出來的卻是沉默寡言、穩重謹慎、嫻雅平和，頗具大家閨秀的風範。鶯鶯性格的特殊性，就在於其冷漠淡定的外表與熱情活躍的內心世界和諧統一。在與張生的愛情中，鶯鶯表現得比較被動。張生乍見「顏色豔異，光輝動人」的鶯鶯，先是「驚，爲之禮」，繼而「問其年紀」，接下來就「以詞導之」，鶯鶯表面上顯得很冷漠，「不對，終席而罷」，內心世界卻起了波瀾。所以當張生「綴《春詞》二首以授之」，鶯鶯便以《明月三五夜》回應，她已經準備好迎接愛情的到來。可是，平日所受的教育和處事謹慎的性格使她還不能完全

〔註9〕周貽白：《中國戲劇本事取材之沿襲》，見周貽白：《中國戲劇史長編》，上海：上海書店出版社，2007年版，第651頁。

拋卻顧慮，於是在見面時，鶯鶯「端服嚴容」，義正詞嚴地指責張生「非禮」，要求他「以禮自持，無及於亂」，導致張生絕望而歸。這種種看似矛盾卻有著內在合理性的行為，正表現了一個深受封建倫理道德約束的深閨少女，在愛情突然到來時的彷徨與憂慮，她既想自保，又不忍失去愛情，可以想像她的內心經歷了多麼激烈的掙扎。終於她拋卻了矜持，衝破了禮法的束縛，自薦枕席，與張生私自結合了。面對張生主動挑起的愛情，不論猶豫彷徨還是大膽接受，鶯鶯都表現得被動含蓄，甚至在與張生私會之時，也「終夕無一言」。張生要離開她去求取功名之時，鶯鶯「宛無難詞，然而愁怨之容動人」，始終不肯輕易透露自己的真實想法，正符合她溫和內斂的性格特點。當張生「文調及期」要再次離開她的時候，頭腦清醒的鶯鶯已經知道這將是訣別，但仍然「恭貌怡聲」地對張生說：「始亂之，終棄之，固其宜矣，愚不敢恨。必也君亂之，君終之，君之惠也；則沒身之誓，其有終矣，又何必深感於此行？然而君既不懌，無以奉寧。」鶯鶯心甘情願地把對愛情的選擇權完全交到了張生手上，自己只做一個被動的接受者，最終難逃被拋棄的命運。對此她表現得無怨無悔，在張生一別經年，鶯鶯寫給他的回信中，雖然「離憂之思，綢繆繾綣」，表白「兒女之心，不能自固」，卻認為錯在自己——「君子有援琴之挑，鄙人無投梭之拒」，對於張生「達士略情，捨小從大，以先配為醜行，以要盟為可欺」表示理解，而她自己則「骨化形銷，丹誠不泯，因風委露，猶託清塵」。對於背叛愛情的張生不僅毫無怨言，還要對他「丹誠不泯」！在「崔已委身於人，張亦有所娶」之後，張生希望「以外兄見」時，鶯鶯拒絕了，原因是「為郎憔悴卻羞郎」，但她並沒有怨恨張生，甚至還勸他「還將舊時意，憐取眼前人」，要求情郎用對待自己的情意去對待新人，怎樣的善良造就這樣的隱忍？聰明、善良、敏銳、多情的鶯鶯，為了追求自由、追求愛情，可以突破倫理道德的約束，但是她終不能無視倫理道德的存在。所以，當張生離開之後，她一邊回味著愛情帶來的悲歡離合，一邊又承認「有自獻之羞」，這也是她在追求愛情的過程中始終不能理直氣壯的一個原因，她只能被動地接受張生的追求和背棄，連氓之妻那樣的控訴都沒有，所幸的是，她沒有像劉蘭芝那樣「舉身赴清池」。這樣的鶯鶯只是歷代文學作品中常見的「棄婦」之一。一個如水般純潔的女子，在愛情與功利的角逐中做了犧牲品。鶯鶯最終嫁作他人婦，不知她會不會像賈寶玉說的那樣變成了渾濁的魚眼珠。

在唐代，門閥觀念影響了人們對於愛情和婚姻的判斷。文人多以攀附權貴爲榮，婚姻被視作改變命運的機會。崔鶯鶯僅是富家之女，對於張生的前途並無幫助，所以，張生的背棄得到了人們的稱讚，認爲他是「善補過」者，離開鶯鶯是可以原諒的。到了宋代，崔張故事依然流行，秦觀、毛滂、趙令畤等人都有相關詩詞。雖然宋代文人對鶯鶯給予了更多的同情，對張生譴責多了一些，但是對於故事沒有太大的改變。崔張故事發生根本性的改變，是金代董解元的《西廂記諸宮調》，即《董西廂》。

《董西廂》中崔鶯鶯的形象，不再是《鶯鶯傳》中妖人的「尤物」，她豐富了，豐滿了。她的身份、處境、性格、結局都發生了變化。

在《鶯鶯傳》中鶯鶯是一個待字閨中的富家之女，並非出自宦門；《董西廂》中鶯鶯的身份變成了相國千金，而且是表兄鄭恒的未婚妻。出身於官宦之家，鶯鶯所受的禮教薰陶自然比一般的富庶之家更甚，拘管也更嚴；而且作爲有夫之婦，鶯鶯要與張生結合，其面對的阻力之大可想而知。

《董西廂》中鶯鶯最初遇到張生時，並未產生什麼特殊的情感。雖然她「盡人顧盼，手把花枝撚」盡顯風情，但「佳人見生，羞婉而入」；二人月下依韻占詩，「張生聞語意如狂，相拋著大地苦不遠，沒些兒懼憚，便發狂言。手撩著衣袂，大踏步走至根前。早見女孩兒家心腸軟，諕得顫著一團，幾般兒害羞赧」（卷一〔仙呂調‧繡帶兒〕），除了少女乍見生人的羞澀，鶯鶯似乎對張生並無特殊好感。法堂做醮一段，鶯鶯沒有理睬張生的眉來眼去，可見彼時還沒有動真情：

> 〔大石調‧吳音子〕張生心迷，著色事破了八關戒。佛名也不
> 執，舊時敦厚性都改，抖搜風狂，擺弄九伯，作怪！作怪！　騁無
> 賴，旁人勸他又誰偢睬。大師遙見，坐地不定害澀奈，覷著鶯鶯，
> 眼去眉來。被那女孩兒，不睬，不睬。（卷一）

直到孫飛虎亂軍圍寺，要擄走鶯鶯，諕得張生及時相救。鶯鶯對張生的態度逐漸變化，她對禮教的反抗也越來越強烈。當亂軍圍寺、欲擄鶯鶯的時候，鶯鶯在「沒處投告」的情況下，爲「名全貞孝」打算跳階尋死。可見這時鶯鶯心目中禮教的觀念還是很深刻的。解困之後，老夫人推翻了之前把女兒婚姻作爲「懸賞」的承諾，拒絕了張生的求婚，讓二人以兄妹相稱。這時鶯鶯表現出對母親的不滿：

> 奈老夫人，性情怊，非草草，雖爲個婦女，有丈夫節操。俺父

親，居廊廟，宰天下，存忠孝。妾守閨門，些兒恁地，把人奚落。
司馬才，潘郎貌，不由我，難偕老。怎得個人來，一星星説與，教
他知道？（卷四〔鶻打兔〕）

雖然老夫人治家嚴謹，鶯鶯因禮教的約束難以口出怨言，但內心已經向張生
傾斜了，想把自己的想法告訴張生。但這些僅僅停留在思想深處，沒有付諸
行動，所以才會出現以詩簡約張生相見，卻又當面斥責的情況。直到張生爲
鶯鶯大病一場，鶯鶯悔悟：

如顧小行，守小節，誤兄之命，未爲德也。（卷五）

〔中呂調・古輪臺〕張兄病體尪羸，已成消瘦，不久將亡。都
因我一個，而今也怎支當？我尋思，顧甚清白救才郎！（卷五）

將張生的安危置於自己的名節之上，於是決定：「報德難從禮，裁詩可當媒。
高唐休詠賦，今夜雨雲來。」作爲一個成長於「閨門有法，家道蕭然」的環
境，而且已有婚約的相府小姐，鶯鶯做出以身相報的決定是何其艱難，也正
因爲艱難，這一舉動才分外地可貴！其突破禮教的決心和勇氣才更令人敬
佩！儘管鶯鶯還不敢把反抗禮教、爭取愛情的行爲公開化，她的反抗還只是
悄悄進行的，但較之前代的鶯鶯形象已經是一大進步了，也直接影響了王實
甫雜劇《西廂記》中同名人物形象的塑造。

元代獨特的文化環境爲雜劇作家的創作提供了豐富的素材，也爲他們的
思想提供了更廣闊的馳騁空間。王實甫的《西廂記》進一步豐滿了鶯鶯形象，
並且做了一些改變：

第一，鶯鶯一改愛情中被動接受的局面，更加主動地追求愛情，更加堅
決地捍衛愛情。這體現在三個方面：

首先，鶯鶯的年齡改變了。《鶯鶯傳》、《董西廂》中的鶯鶯是 17 歲，《王
西廂》中 19 歲，這樣的變化使得鶯鶯更加成熟，她對事物的認識更全面、透
徹。同時，這樣的年齡也使婚姻問題變得非常迫切。元政府規定的女子婚齡
標準是 15 歲，而平民女子的普遍結婚年齡在 14 至 16 歲之間，皇族的結婚年
齡更小。這與蒙古族的婚俗有很大關係，「成吉思汗立法，只要其種類子孫蕃
衍，不許有妒忌者」（《黑韃事略》）。蒙古族世代生活在草原，逐水草而居，
生存條件惡劣，爲了保證種族的延續，提倡早婚多育。進入中原後，他們保
持了這樣的婚育觀念。在漢族傳統文化典籍中也有相關記載。先秦時，女子
15 歲行笄禮，標誌著已經成人，可以出嫁，出嫁年齡通常在 15～20 歲之間。

《禮記・內則》：女子「十有五年而笄，二十而嫁」〔註10〕。《儀禮・士昏禮》：「女子許嫁，笄而禮之稱字」〔註11〕。此後，女子行成人禮一般都在15歲。宋代司馬光在《溫公書儀》中提到的女子笄禮也在十五歲，「女子許嫁，笄年十五，雖未許嫁亦笄」。不論漢族還是蒙古族，女子在 15 歲行過成人笄禮之後，就可以議婚了，而元代在蒙古族早婚習俗的影響之下，結婚呈現低齡化特點。而且超過一定的年齡不能成婚還有可能被官府治罪，「近日上司出下榜文，不論官宦百姓人家，但是女孩兒到二十以外，都要出嫁與人。限定一月之外，違者論罪」（《竹塢聽琴》楔子）。如此，難怪鶯鶯常有「暮春」之歎：「人值殘春蒲郡東，門掩重關蕭寺中。花落水流紅，閒愁萬種，無語怨東風」（第一本楔子）；「寂寂僧房人不到，滿階苔襯落花紅」（第一本第一折）；「早是離人傷感，況值暮春天道」（第二本第一折）；「青春女成擔擱」（第二本第四折〔離亭宴帶歇指煞〕）……帶著這種未能及時成婚的遺憾，鶯鶯對於英俊多情的張生一見傾心，後面發生的事情就順理成章了。

　　其次，鶯鶯與張生初遇場所的變化，宣示了「情感至上」的原則。在《鶯鶯傳》中，張生救了崔氏一家，崔母設宴答謝，崔張初遇；《董西廂》中，張生參觀佛殿之後，「花木陰陰，偶過垂楊院。香風散，半開朱戶，瞥見如花面」（卷一〔仙呂調・點絳唇纏〕），相遇在佛殿之外；《王西廂》中二人相遇在佛殿中。原本莊嚴神聖的佛殿，成了二人眉目傳情的場所，可見，在他們看來，愛情是不受時間、地點的限制的。這種「情感至上」的原則貫穿了全劇，所以，鶯鶯在與張生的感情糾葛中，從未受到父親去世的影響，兩人突破男女之大防、密約偷期的地點就在寺廟之中，父權、宗教對他們的約束力都不大。

　　再次，鶯鶯對男子提出了明確的要求──對愛情專一。元稹筆下的鶯鶯，在知道二人再見無期之後，不僅「不敢恨」，甚至認為自己被拋棄是「固其宜矣」，沒有愛情的自信，毫無主動權可言。董解元描繪的鶯鶯在二人第二次幽會時，告訴張生：「鶯鶯的祖宗你知麼？家風清白，全不類其它。鶯鶯是閨內的女，服母訓怎敢如何？不意哥哥因妾病，懨懨地染沉痾。思量都為我咱呵！

〔註10〕　《禮記・內則》，見（清）阮元校勘：《十三經注疏》，上海：上海古籍出版社，1997 年版，第 1471 頁。

〔註11〕　《儀禮・士昏禮》，見（清）阮元校勘：《十三經注疏》，上海：上海古籍出版社，1997 年版，第 970 頁。

肌膚消瘦，瘦得渾似削，百般醫療終難可。鶯鶯不忍，以此背婆婆。婆婆知道，除會聖，雲雨怎得成合！異日休要相逢別的，更不管負人呵！」（卷五〔應天長〕）鶯鶯為二人的結合找了一個合理的藉口——為恩人治病，並叮囑張生不可相負。王實甫的鶯鶯則更加直接，二人初次幽會之時，鶯鶯就告誡張生：「妾千金之軀，一旦棄之。此身皆託於足下，勿以他日見棄，使妾有白頭之歎。」（第四本第一折）這個鶯鶯絲毫不認為自己的行為有什麼不妥，既不會因自獻之羞而逆來順受，也不會為自己找一個冠冕堂皇的理由，可見「情」對她的重要性和合理性，她更認為對愛情的專一是張生的責任，「勿」的祈使語氣，顯示了她的堅定。

第二，鶯鶯雖然名為大家閨秀，但其舉止做派卻有許多「非禮」的行為，其潑辣大膽絲毫不遜於較少禮教束縛的少數民族女子。

「非禮」行為的第一個表現是依韻聯詩。《鶯鶯傳》中根本沒有這樣的情節。《董西廂》中張生事先並不知道鶯鶯在，吟詩之後瞥見鶯鶯；鶯鶯聽到有人吟詩，不知對方是誰，隨口相和。《王西廂》中，張生打聽到鶯鶯會去花園燒香，有意吟詩試探，鶯鶯在紅娘的提示之下，知道是誰，卻還要相和，而且之後還反覆回味：「好句有情聯夜月，落花無語怨東風」（第二本第一折）。這樣的有意為之，較之無意而為，需要更大的勇氣和決心，也表現出主人公的大膽逾禮。

第二個表現是她對張生的態度和幾番「回顧」上。初見張生，張生眼中的鶯鶯「他那裏盡人調戲嚲著香肩，只將花笑撚」（第一本第一折〔元和令〕）。調戲，當指張生情難自禁地對鶯鶯恣意顧盼。而鶯鶯毫不迴避，撚花而笑。「撚」與「拈」同意，皆指捏取。《五燈會元》卷一《七佛·釋迦牟尼佛》記載：釋迦牟尼在靈山會說法之時，拈花示眾，眾人不解其意，只有摩訶迦葉破顏微笑。後來常以拈花微笑比喻心心相印。這裏的鶯鶯全沒有一點受禮教規範約束的大家閨秀的樣子。其後的反應更是如此，當紅娘告訴她有生人來了，她「回顧覷末下」，完全不理會「非禮勿視」的規範。這就不同於《鶯鶯傳》中的始終不發一言，和《董西廂》中的「羞婉而入」。鶯鶯的行為，引得張生更加大膽，「臨去秋波那一轉。休道是小生，便是鐵石人也意惹情牽」（第一本第一折〔賺煞〕），認為鶯鶯「有顧盼小生之意」（第一本第二折）。就是在鶯鶯或明或暗的鼓勵之下，張生才會用情越來越深。鶯鶯對張生的態度也不同於前代作品。如在二人佛殿相遇後，張生私下對紅娘做了一番表白，紅娘認

爲他是「傻角」，鶯鶯卻囑咐「休對老夫人說」（第一本第三折）。做道場時，
鶯鶯對張生頗爲關注：

> （旦與紅云）那生忙了一夜。
>
> 〔錦上花〕外像兒風流，青春年少；内性兒聰明，冠世才學。
>
> 扭捏著身子兒百般做作，來往向人前賣弄俊俏。（第一本第四折）

可見鶯鶯注意到了張生，且對他印象頗佳，從外貌到内心細細考量了一番。
所以她自己承認「自見了張生，神魂蕩漾，情思不快，茶飯少進」，「往常但
見個外人，氲的早嗔；但見個客人，厭的倒褪；從見了那人，兜的便親」（第
二本第一折〔那吒令〕）。

我們看到的鶯鶯全沒有大家閨秀溫婉守禮的風範，其潑辣、大膽、絕少
顧忌倒讓人聯想到較少禮教束縛的少數民族女子。究其原因，元代城市經濟
發展，市民階層的崛起引起了雜劇作家的重視；加之少數民族文化與傳統中
原文化交流融合，爲雜劇作家的創作增加了新鮮的血液。

二、其它閨秀形象的發展

除了崔鶯鶯，元雜劇中還有許多大家閨秀的形象，她們也大多不同於以
往的同類形象，尤其是與唐傳奇中她們的原型大不相同，表現出元代民族文
化交融對這類形象創作的影響。

1、張倩女

鄭光祖《倩女離魂》中張倩女形象的原型是唐傳奇《離魂記》中的張倩
娘。陳玄祐在《離魂記》中講述了張倩娘與王宙的愛情故事。倩娘「端妍絕
倫」，其父張鎰曾口頭把她許給自己的外甥王宙。二人長大後相互思念，張鎰
卻將女兒另許他人，王宙憤而離去。倩娘「徒行跣足」追上王宙，並隨他至
蜀，五年生二子。後因思念父母歸家，才知道追隨王宙的是倩娘的幽魂。《倩
女離魂》的故事與《離魂記》基本一致，而人物形象更加豐滿，更具主動性、
反抗性。當母親不顧張王兩家曾指腹爲婚，要二人以兄妹相認時，王文舉毫
無怨言，倩女卻大膽表白：「可待要隔斷巫山窈窕娘，怨女鰥男各自傷。不爭
你左使著一片黑心腸，你不拘箝我可倒不想，你把我越間阻越思量」（楔子〔么
篇〕）。張母以「俺家三輩兒不招白衣秀士」（第一折）爲由催王文舉上京應試
時，王文舉諾諾而行，倩女根本不爲文舉「我若爲了官呵，你就是夫人縣君
也」（第一折）的憧憬，她所擔心的是「好事不堅牢」（第一折〔勝葫蘆〕）。

倩娘和倩女都是主動離魂,追隨愛人,但《離魂記》中的王宙見到倩娘後是喜出望外,「遂匿倩娘於船,連夜遁去,倍道兼行」,倩娘思念父母時,也是王宙來決定是否回去,回去後由他先行拜見,處處體現了男子在愛情中的主導地位。張倩女面對的王文舉卻不是這樣,第二折中當他得知倩女瞞著母親追來,首先怕老夫人知道,倩女告訴他:「做著不怕」(〔絡絲娘〕)。王文舉「做怒科」,接著擺出一副禮教衛道士的面孔批評倩女「私自趕來,有玷風化」。倩女則根本不理會其「聘則為妻,奔則為妾」的說教,告訴他「你振色怒增加,我凝睇不歸家;我本真情,非為相唬,已主定心猿意馬」(〔雪裏梅〕),最後,倩女表白「你若不中呵,妾身荊釵裙布,願同甘苦」,王文舉終於同意帶著倩女赴考。從倩娘到倩女,女主人公更加大膽、癡情,積極主動地把握自己的命運,始終把「情」放在第一位,她不因老夫人的反對而動搖,也沒有因為王文舉的懦弱而退縮。為了愛情,她可以魂身相離,雖不及杜麗娘的「生可以死,死可以生」,卻也充分體現了她以「情」為主的特徵。

在張倩女身上體現了元代民族文化交融背景下,女性形象的多樣性。倩女的肉身代表傳統禮教觀念下的女性形象,而其魂身代表的是元代新女性形象。倩女的肉身恪守著禮教的規矩,被折磨得「說話處少精神,睡臥處無顛倒,茶飯上不知滋味:似這般廢寢忘食,折挫得一日瘦如一日」(第三折〔中呂・粉蝶兒〕)。倩女的魂身敢愛敢恨,拒絕成為禮教的犧牲品,她蔑視一切禮教綱常,無視壓制人性的條條框框,不願虛度青春而主動追求愛情,是元代新女性的忠實代言人。

2、李千金(《牆頭馬上》)

在眾多閨秀形象中,李千金是獨具特色的一個。相較而言,她的反抗精神更加徹底。在未與裴少俊相見時,李千金就說:「我若還招得個風流女婿,怎肯教費工夫學畫遠山眉,寧可教銀缸高照,錦帳低垂;菡萏花深鴛並宿,梧桐枝隱鳳雙棲。這千金良夜,一刻春宵,誰管我衾單枕獨數更長,則這半床錦褥枉呼做鴛鴦被」(第一折〔混江龍〕),這比鶯鶯「花落水流紅,閒愁萬種」的表白更加直白、迫切。初見少俊即感歎「呀!一個好秀才也」(第一折),接著就想到「休道是轉星眸上下窺,恨不的倚香腮左右偎;便錦被翻紅浪,羅裙作地席」(第一折〔後庭花〕),這樣大膽直露地對自身欲望的表白,即使在今天恐怕也是羞於啟齒的。小丫鬟提醒她小心被人看見時,李千金更是坦承:「既待要暗偷期,咱先有意,愛別人可捨了自己」(第一折〔後庭花〕),

她絲毫不以此爲羞，所以在二人幽會被嬤嬤發現之後，她並不推卸責任，理直氣壯地承認：「是這牆頭擲果裙釵，馬上搖鞭狂客；說與你個聰明的奶奶：送春情是這眼去眉來。」（第二折〔菩薩梁州〕）李千金形象的特殊之處就在於她把自由的愛情、自主的婚姻當作人生而有之的權益，並把這一切放在了人格尊嚴被尊重的前提之下。李千金可以爲愛情拋捨了自己，卻不能放棄人格的尊嚴。她在裴府後花園隱忍七年，生下一雙兒女，卻被裴少俊休棄回家。當裴少俊得官後想和她重修舊好，李千金斷然拒絕。她並不是對丈夫、孩子沒有感情，她一直在擔心自己「撇下一雙兒女，又未知少俊應舉去得官也不曾」。但裴少俊的軟弱及其父母的粗暴干涉，讓千金認清了人情冷暖。這時她爆發出強烈的反抗精神，她寧肯孤獨終老，也不願再接受裴少俊，並舉出司馬相如和卓文君的故事，提出「怎將我牆頭馬上，偏輸卻沽酒當壚」（第四折〔耍孩兒〕），爲自己的愛情正名。李千金的個性率眞潑辣，個性張揚，不計得失，敢說敢做。有的學者認爲李千金的個性與她在劇中的身份並不相符。事實上，這種「不相符」正是源於當時獨特的社會背景。

　　蒙古族作爲統治民族，它的思想、文化在當時是處於強勢的，雖然其最終受到漢族文化的巨大影響，但在當時無疑極大地撼動了中原固有的傳統思想，禮教的統治鬆動了。在此背景之下，元代婦女意識覺醒，女性地位顯著提高，從元雜劇中女性的地位就可以看出這一點。雜劇中女性的地位較之唐傳奇有了很大提高，如鶯鶯由普通的「富二代」變身爲「官二代」——相國之女；《李娃傳》中李娃只是一般妓女，而《曲江池》中則是上廳行首；《柳氏傳》中柳氏的身份是李生幸姬，而在《金錢記》中則爲長安府尹的獨生女。女性對自我的認知與自信，再加上少數民族獨立自尊的思想意識的影響，出現李千金這樣的貴族小姐也是情理之中的。

三、民族文化融合與對傳統閨秀形象的改變

　　崔鶯鶯、張倩女、李千金這樣的閨秀佳人在元雜劇中並非特例，還有鄭彩鸞（《竹塢聽琴》）、蕭淑蘭（《蕭淑蘭》）、孟光（《舉案齊眉》）、劉月娥（《破窯記》）、董秀英（《東牆記》）等眾多閨閣佳人，她們敢愛敢恨，大膽衝破傳統禮教的束縛，積極追求自由平等的愛情。她們迥異於傳統文學作品中溫文爾雅、善良守禮的女性形象，身上多了許多少數民族女子的氣質，體現了元雜劇對女性形象的重塑，從中可以看出少數民族文化與中原漢族文化交流融

合對元代女性觀的影響。

元雜劇中的閨秀佳人們，在愛情中積極主動，撕掉了禮教罩在男歡女愛之上的面紗，毫不掩飾自己對情愛甚至是性愛的嚮往。她們是雜劇中的一號人物，左右著事態的發展方向，雜劇的結尾基本上都是遂了女主人公的心願；她們也是愛情的主導者，不再被動地等待男子的垂顧，而是處處掌握先機，以欣賞者的姿態觀察戀愛對象。

《西廂記》中崔鶯鶯眼中的張生「臉兒清秀身兒俊，性兒溫克情兒順，不由人口兒裏作念心兒裏印」（第二本第一折〔寄生草〕）。雖然在愛情發生發展的過程中，看似張生主動追求，但如果沒有鶯鶯的幾番回顧，引逗得張生認爲這位小姐對自己頗有情意，恐怕在重重壓力之下，張生也很難堅持。而二人發生肌膚之親，也是鶯鶯自薦枕席。在此期間的幾番反覆，幾乎都是鶯鶯掌握著主動權，張生基本上只能配合鶯鶯的各種決定。

《牆頭馬上》的李千金看裴少俊：「呀！一個好秀才也！」「杏花一色紅千里，和花掩映美容儀。他把烏靴挑寶鐙，玉帶束腰圍，眞乃是『能騎高價馬，會著及時衣』。」（第一折〔金盞兒〕）她眼中的「好秀才」，不僅自身樣貌好，而且衣著時尚，裝飾精美。她在沒有意中人的時候就想像了錦帳中的千金良夜，相見之後更是「恨不的倚香腮左右偎；便錦被翻紅浪，羅裙作地席」，對性愛的追求何等大膽！她不顧名分隨郎私奔，又不肯輕易放棄尊嚴重修舊好，把愛情、命運都掌握在自己的手中。

《蕭淑蘭》中蕭淑蘭愛上自家的坐館先生張世英的原因，首先是因爲他的相貌「俊雅」，其次是「內性溫良」，再次才是「才華藻麗」，因此認定他「非凡器也」。作爲一個未出閣的深閨少女，她主動示愛，在遭遇挫折之後毫不氣餒，也沒有改變初衷，表現了對愛情的執著和對禮教的大膽挑戰。

《竹塢聽琴》中鄭彩鸞和秦修然二人是指腹爲婚的夫妻，後來失散，爲避免因大齡不嫁受罰，彩鸞出家爲道。二人初次相見時，首先是被對方的樣貌吸引：鄭彩鸞首先感歎「一個好秀才也」，秦修然也驚呼「呀！一個好姑姑也」。（第一折）二人相認之後，馬上就在道觀這樣一個清修之地同居。可笑的是，爲彩鸞還俗而上門興師問罪的老道姑，一見到自己失散的丈夫立刻「丟了冠子，脫了布衫，解了環縧，我認了老相公，不強如出家」（第四折）。倫理道德、清規戒律在愛情、親情面前不堪一擊。

《東牆記》中董秀英和馬文輔初次相見於東牆內外，董秀英並不知道這

個秀才就是自己訂了親的未婚夫，她一見到這個陌生男子就「歡欣、可意人，一見了心下如何忍？送秋波眼角情，近東牆住左鄰，覷了可憎才有就因」（第一折〔天下樂〕）；她覺得那個秀才「生得眉清目秀，狀貌堂堂；我一見之後，著我存於心目之間，非為狂心所使，乃人之大倫」（第一折）。

《㑳梅香》中裴小蠻「一見那生眉疏目秀，容止可觀。年方弱冠，才名已遍天下」（第一折），首先看重的也是白敏中的相貌。

……

元雜劇之前的文學作品中，很少看到女性作為欣賞者對男子樣貌的描繪，這是因為女子始終作為男性的附庸，沒有取得獨立的社會地位，她們只是男性賞玩的對象，是被欣賞者。正如前面所提到的，在傳統「三從」、「四德」、「三綱」、「五常」的規範下，閨閣佳人們循規蹈矩，不敢越雷池一步，她們是否美麗要男性來肯定，她們的聰慧必須用在維護自己丈夫的利益或者自己的貞潔上才會被認可，否則便是違背了「三從四德」。這樣的女性毫無自主意識，連自己要成為一個什麼樣的人都要別人來決定，怎麼可能去欣賞品鑒給自己制定標準的人呢？能夠以平等的心態對待男性，以欣賞的眼光觀察男子，是元雜劇閨秀形象的獨特之處。

同樣是養在深閨的女性，不僅未婚的閨閣千金們表現得潑辣大膽、蔑視禮教，即使是已婚的婦人們也表現出相似特徵，最為突出的就是關漢卿雜劇《望江亭》中的官太太譚記兒。寡居的譚記兒與喪偶不久的白士中結為夫妻，白士中在結婚當天就啟程赴任。對譚記兒垂涎已久的楊衙內，上奏誣陷白士中，奉旨持勢劍金牌前往潭州要殺白士中。譚記兒得知後，設計智賺金牌，保護了丈夫，懲治了楊衙內。值得注意的是，譚記兒騙取金牌的方法。譚記兒假扮賣魚婦人，與楊衙內「眉來眼去」、打情罵俏，假意許親，騙得楊衙內神魂顛倒，把勢劍、金牌、文書都給了譚記兒。楊衙內失了憑據不能傷害白士中，還被隨後趕來的李秉忠依旨杖責削職。譚記兒所用的風月手段，是養在深閨的婦女們不會懂得的，更是她們做不出來的，這樣的描寫並不符合她在劇中的身份。這也使這位本該端莊典雅的官太太蒙上了濃厚的世俗氣息，甚至是風塵氣象。雜劇中出現這樣違背現實的人物，與元代多民族文化融合對傳統女性觀的衝擊是分不開的。

北方游牧民族中的女性地位相對較高。日常生產和家庭勞作大多由女性承擔。《蒙韃備錄》中記載：「其俗出師，不以貴賤，多帶妻孥而行，自云用

以管行李衣服錢物之類，其婦女專管張立氈帳，收卸鞍馬輜重車駄等物事。」
〔註12〕出師征伐尚且如此，日常生活更是離不開女性的照管，家中的人畜財
產都由女性負責照顧管理，男子則負責狩獵、征戰等外部事務，基本上是完
全的男主外女主內。女性在生產生活中發揮了重要的作用，她們的地位比中
原漢族地區的女性高，也擁有更多的發言權。這種不同於漢族傳統的婦女
觀，影響到社會的各個階層，使得元代婦女地位普遍有所提高，並在元雜劇，
尤其是愛情婚姻劇中充分地表現出來。正如么書儀所說：「元人愛情劇中，
女子地位的提高，她們性格、心理上的自信和行動上頑強追求的出現，傳統
的『男尊女卑』觀念在劇中顯示出來的某種程度上的削弱甚至『顛倒』，產
生的原因是複雜的、多方面的。這個問題，可以分兩個方面來進行考察。一
是由於社會情況的變異，以及由此引起的社會觀念、習俗標準的變化，二是
由於創作者的社會地位的改變而產生創作心理上的不同狀態。」〔註13〕「社
會情況的變異」就是指當時少數民族取代了漢族的統治，他們的價值觀念、
道德標準都對社會產生了顛覆性的影響，而漢族的思想意識經過年深月久的
積累，已經深入到人們的思想深處，不會輕易地改變，二者經過相互碰撞、
交流，直至逐步融合，形成了元代獨特的思維模式，它既不同於漢族的傳統，
也不照搬北方少數民族的觀念。因此，元代的女子獲得了相對寬鬆的生存環
境，《元史‧列女傳》中記載：「女生而處閨閫之中，溺情愛之私，耳不聆箴
史之言，目不睹防範之具，由是動逾禮則，而往往自放於邪僻矣。」〔註14〕
所以，元雜劇中的大家閨秀也表現出大膽逾禮的特徵。「創作者地位的改
變」，當指雜劇作家脫離士大夫階層，深入社會下層生活。正是因為雜劇作
家躋身市井，他們心中、筆下的閨閣佳人才有了那麼多的風塵氣象，或者說
是市井風情。

　　雜劇中表現出的元代女性觀的改變，除了對傳統閨秀形象的顛覆之外，
還包括對雜劇中新女性形象的塑造。

〔註12〕（宋）孟珙：《蒙韃備錄》，見（清）施國祁：《金源札記及其它二種》（叢書
　　　　集成初編本），上海：商務印書館，民國28年版，第8頁。
〔註13〕么書儀：《元人雜劇與元代社會》，北京：北京大學出版社，1997年版，第45
　　　　頁。
〔註14〕（明）宋濂等撰：《元史‧列女傳一》，北京：中華書局，1976年版，第4484
　　　　頁。

第二節　雜劇中的風塵女子形象

一、元代的妓女行業

　　妓女及其所代表的色情業，起源很早，範圍也很廣，世界各國都有。恩格斯在《家庭、私有制和國家的起源》中指出：人類脫離了蒙昧、野蠻，進入文明時代，推翻母權制，建立了父權制之後，隨著財產私有化和對偶婚的出現，女性改變了過去受尊敬的地位而「被貶低、被奴役，變成丈夫淫欲的奴隸，變成單純生孩子的工具」〔註15〕。在一夫一妻制的初期，一些有權勢的人採用的是一夫多妻的形式。部分沒有進入妻妾之列的女奴，就有意識地賣身來換取利益。此後，生產力發展，社會物質財富不斷增加，妓業沒有消失，反而發達起來，成為一夫一妻婚姻制度之外的一種性生活的補償形式。

　　中國的妓業產生也很早，夏商時期，宮廷中設置了專為天子和諸侯提供娛樂服務的倡優、女樂，這屬於宮伎。此外，還有官伎、家伎、私妓等。官伎，最早出自春秋時齊國宰相管仲開設的官營妓院，後為歷代所傚仿，並從中分立出服務於軍中的營妓。家伎，是官僚貴族、地方豪強等效法宮廷在自己家中蓄養的伎女。這幾種主要是提供歌舞等娛樂服務，而私妓則是真正意義上的青樓女子，以金錢為目的為男性提供性服務，其中又可以分為向政府註冊登記、隸屬教坊的「市妓」和私自營業的暗娼「私科子」。

　　風塵女子形象在唐傳奇中就受到了關注，如唐傳奇中的《霍小玉傳》和《李娃傳》，都是以風塵女子為描寫對象。然而，唐代繼承了魏晉以來注重門閥的傳統，在婚姻問題上注重門第。儘管這一現象曾引起皇帝的不滿，太宗時甚至命高士廉等人借修訂《氏族志》來貶低舊士族、提高皇族和新貴們的門第，但總體傾向並未改變，婚嫁中炫耀門第的風氣依然盛行。同時，唐代法律規定，不准賤民嫁於士族為妻，妓女要和士族成婚，只能做妾，妾的地位低下近於奴婢。唐傳奇的創作自然也受到了這種風氣的影響：雖然在唐傳奇中沒有把這些風塵女子作為玩弄的對象，作者看到了她們外貌之美、人格之美，也對她們付出了感情，甚至提出「男女之際，大欲存焉，情苟相得，雖父母之命不能制也」（《李娃傳》），但是，「情」並不能決定她們的命運。李娃能夠得到滎陽公的承認、得封汧國夫人，不是因為她對丈夫的一片深情，

〔註15〕〔德〕恩格斯著，中共中央馬克思恩格斯列寧斯大林著作編譯局譯：《家庭、私有制和國家的起源》，北京：人民出版社，1999年版，第57頁。

而是因為她的感情沒有影響到丈夫的仕途，她能夠助夫成功，維護了家族利益；霍小玉感情真摯熱烈，為李益可生可死，只求八年歡愛而不得，也是因為她身世淪落，門第低下。此外，多數唐傳奇作者都是科舉出身，屬於統治階層，與妓女的地位差別極大。再加上當時狎妓風氣盛行，唐傳奇作者不論在感情上怎樣希望與風塵女子接近，但身份、地位的懸殊是客觀存在的，他們心理上的優勢是明顯的，所以，在傳奇小說中對風塵女子多採用俯視的態度，如果對這些女子付出了感情也是一種恩賜。

宋代文人基本延續了這樣的傾向。宋代科舉制完善成熟，使文人有了實現自己「修齊治平」理想的最大可能。在這個時代，門第已經不能完全決定一個人的前途，出身寒微的士子們也有可能通過自己的努力實現理想和抱負。加之享樂之風盛行，士大夫們很願意在人生舞臺的前面扮演憂國憂民的國家棟樑，而轉到幕後，他們又是善於享受人生的風流才子。這樣的社會現實促使文人更加自信，甚至是自負。我們在宋代的「一代之文學」——詞中看到了很多他們和妓女的交往，其中不乏真摯的感情，張先、柳永、晏幾道等著名詞人與妓女的交往也曾是文壇的風流韻事。然而，二者的關係也不是平等的。不論文人怎樣的渲染和昇華，他們之間的關係始終是消費與被消費的關係。《夢粱錄》卷二十妓樂條記載：每當官員、士大夫有飲酒聚會的時候，就找來一些能歌善舞的妓女來侍宴佐酒、獻歌獻舞。客人們興之所至，往往即席賦詩作詞抒發胸中快意，或贈送給妓女，讚美她們的美貌或技藝。妓女的作用，或是作為演奏者，或是作為被歌詠的對象，與文人們常常讚頌的梅蘭竹菊無異。所以，當柳永放低身段接近妓女，對她們顯露了一些真誠的時候，就遭到了其它人的非議，認為他自甘墮落。

元雜劇作者對妓女的態度則不同。雜劇作家職業化，他們出入於勾欄瓦肆，不是作為消費者，而是從業人員，他們有時甚至會粉墨登場參與演出，可以說是無限貼近了這些淪落風塵的女子，二者並無距離感。所以雜劇作家筆下的書生士子對於風塵女子是平視的，甚至有了仰視的傾向，把她們視作與自己一樣的「人」，是「付出」感情的對象、結婚的對象，而非前代那樣的「施捨」感情。元代門第觀念淡薄，雜劇中多數士子妓女都能衝破門第局限，以對方的才貌和兩人的感情為取捨的標準。

在現存的 100 多個雜劇劇本中，涉及風塵女子形象的有 20 種之多。主要有：關漢卿雜劇《救風塵》中的趙盼兒、《金線池》中的杜蕊娘、《謝天香》

中的謝天香，馬致遠雜劇《青衫淚》中的裴興奴，楊顯之雜劇《酷寒亭》中的蕭娥，李壽卿雜劇《度柳翠》中的柳翠，張壽卿雜劇《紅梨花》中的謝金蓮，吳昌齡雜劇《東坡夢》中的白牡丹，石君寶雜劇《曲江池》中的李亞仙，李潛夫雜劇《灰闌記》中的張海棠，喬吉雜劇《兩世姻緣》中的韓玉簫、《揚州夢》中的張好好，楊景賢雜劇《劉行首》中的劉行首，賈仲明雜劇《玉壺春》中的李素蘭、《玉梳記》中的顧玉香，無名氏雜劇《百花亭》中的賀憐憐、《貨郎旦》中的張玉娥、《雲窗夢》中的鄭月蓮、《還牢末》中的蕭娥。以風塵女子為主人公或主要表現對象的雜劇在現存雜劇中佔了五分之一左右，也可以看出元代妓業發達，雜劇作者對風塵女子比較熟悉；這些風塵女子或善或惡，卻都愛憎分明，勇於鬥爭，敢於反抗，絲毫不以封建禮教為意，又體現了少數民族文化對女子形象塑造的影響。

元代是一個妓業發達的時代，這在史料中多有記載。夏庭芝《青樓集志》中說：「內而京師，外而郡邑，皆有所謂勾欄者……天下歌舞之妓，何啻億萬。」〔註16〕《馬可波羅遊記》中也有相關描述：「此輩娼妓為數亦夥，計有二萬有餘，皆能以纏頭自給，可以想見居民之眾。」〔註17〕此處所記二萬餘人還不包括宮中的女樂和不隸屬教坊的暗娼。京城如此，各路、州、縣亦然，僅在數量和規模上稍遜而已。妓業發達，不僅色情業繁榮，也促進了雜劇、講史等通俗文藝的繁榮，因為許多妓女本身就是藝人，她們所隸屬的教坊的基本職能就是管理祭祀等雅樂之外的音樂、舞蹈、百戲等事務。

雜劇作家與妓女交往密切，也是雜劇中盛產妓女戲的一個原因。傳統文學的過分嚴肅，阻礙了文人內心較為隱秘情感的宣泄，於是文人們便開始尋找新的導泄之途。雜劇無疑為文人宣泄情感提供了一個很好的通道。據鍾嗣成《錄鬼簿》記載，當時許多雜劇作家都與勾欄瓦舍關係密切。關漢卿被鍾嗣成稱為「驅梨園領袖，總編修帥首，撚雜劇班頭」〔註18〕，他的《南呂一枝花・不伏老》套曲中也自稱是「普天下郎君領袖，蓋世界浪子班頭。願朱顏不改常依舊，花中消遣，酒內忘憂」，「我是個蒸不爛、煮不熟、搥不匾、

〔註16〕（元）夏庭芝著，孫崇濤、徐宏圖箋注：《青樓集箋注》，北京：中國戲劇出版社，1990 年版，第 43～44 頁。

〔註17〕〔意〕馬可・波羅（ Polo，M.）著，馮承鈞譯：《馬可波羅行紀》，南京：江蘇文藝出版社，2008 年版，第 199 頁。

〔註18〕（元）鍾嗣成等：《錄鬼簿》（外四種），上海：上海古籍出版社，1978 年版，第 8 頁。

炒不爆、響璫璫一粒銅豌豆」,「銅豌豆」是妓院中對老嫖客的稱呼,他不僅不以這種生活為恥,而且帶有炫耀的成分:「我玩的是梁園月,飲的是東京酒,賞的是洛陽花,攀的是章臺柳。我也會圍棋、會蹴鞠、會打圍、會插科、會歌舞、會吹彈、會咽作、會吟詩、會雙陸」,這樣的生活讓他沉迷,所以「你便是落了我牙,歪了我嘴,瘸了我腿,折了我手,天賜與我這幾般兒歹症候,尚兀自不肯休!則除是閻王親自喚、神鬼自來勾,三魂歸地府,七魄喪冥幽,天哪,那其間才不向煙花路兒上走」!何等的決絕!其它雜劇作家也是如此,白仁甫「峨冠博帶太常卿,嬌馬輕衫館閣情,拈花摘葉風詩性。得青樓,薄倖名。洗襟懷,剪雪裁冰。閒中趣,物外景,蘭谷先生」〔註19〕;高文秀「花營錦陣統干戈,謝管秦樓列舞歌,詩壇酒社閒談嗑」〔註20〕;楊顯之和當時的著名雜劇演員順時秀等交好,「王元鼎,師叔敬;順時秀,伯父稱」〔註21〕;李壽卿「播閻浮,四百州。姓名香,贏得青樓」〔註22〕……幾乎每個作家都與妓女交往密切,甚至娶為妻妾,關漢卿與朱簾秀、楊顯之與順時秀、白仁甫與天然秀均屬此類。雜劇作家對待妓女沒有了前代文人那種居高臨下的優越感,這是作家的不幸。但是他們作為妓女的朋友,甚至是知己,相互瞭解、欣賞,共同創作,在雜劇中對妓女的描寫更加真實、細膩,自然也就生出許多前代文人所沒有的感情來,這是雜劇發展之幸。

雜劇中的妓女形象形形色色,既有正面人物如趙盼兒(《救風塵》)、李亞仙(《曲江池》)、張海棠(《灰闌記》),也有反面人物如張玉娥(《貨郎旦》)、蕭娥(《還牢末》),雖然她們的經歷各不相同,處事方式、性格追求也千差萬別,但她們有共同的特點:都有自己明確的人生目標,而且一旦認定就義無反顧。

二、正面的妓女形象

在雜劇中,作家表現出明顯的美化妓女傾向,尤其是在愛情劇中,這些

〔註19〕 (元)鍾嗣成等:《錄鬼簿》(外四種),上海:上海古籍出版社,1978年版,第10頁。

〔註20〕 (元)鍾嗣成等:《錄鬼簿》(外四種),上海:上海古籍出版社,1978年版,第11頁。

〔註21〕 (元)鍾嗣成等:《錄鬼簿》(外四種),上海:上海古籍出版社,1978年版,第14頁。

〔註22〕 (元)鍾嗣成等:《錄鬼簿》(外四種),上海:上海古籍出版社,1978年版,第14頁。

妓女不僅沒有風塵女子常有的惡習，反而表現得溫柔端莊，對戀愛對象專一執著，或者機智爽快、助人為樂。

1、趙盼兒——識人知己，成人之美

在正面妓女形象中以趙盼兒的形象最為動人，正如《曲海總目提要》中所說：「小說家所載諸女子，有能識別英雄於未遇者，如紅拂之於李衛公，梁夫人之於韓蘄王也；有能成人之美者，女商荊十三娘也。劇中所稱趙盼兒，似乎兼擅眾長。」趙盼兒慧眼識英雄，主要表現在她對於人的本性有清醒的認識，不僅能清楚地認識自己身邊的人，更能正視自己；能成人之美，雖然認為妓女從良千難萬難，卻甘心以身犯險救出宋引章，成全她和安秀實的姻緣。

宋引章被周舍迷惑，一心想「做一個張郎家婦，李郎家妻，立個婦名」，趙盼兒卻看透了這些「子弟」（嫖客）的「虛脾」（虛情假意）：「你道這子弟情腸甜似蜜，但娶到他家裏，多無半載周年相棄擲，早努牙突嘴，拳椎腳踢，打的你哭啼啼。」（第一折〔勝葫蘆〕）趙盼兒看重的是秀才安秀實「幼年間便習儒，腹隱著九經書」（第四折〔沾美酒〕），有識人之明。更可貴的是她對自己有自知之明——作為妓女，她們生活在社會的底層，飽受歧視和壓迫，從良嫁人是多數妓女最為強烈也最難實現的願望。趙盼兒清楚地知道這一切，她說：「尋前程覓下稍，恰便是黑海也似難尋覓」（第一折〔混江龍〕），所以她寧肯「一生裏孤眠」（第一折〔天下樂〕）。這種對人對己的清醒認識來自於她多年在風月場裏的經驗閱歷，當然並不是所有人都有參透的智慧和正視的勇氣，同樣是妓女的宋引章就顯得幼稚淺薄，輕而易舉地被周舍騙娶回家，最終吃盡了苦頭。面對宋引章的求助，趙盼兒沒有因為當初自己的勸告不被採納而置之不理，而是挺身而出伸出援手，表現出她的重情重義、俠肝義膽。

「俠」、「義」，是中華民族的傳統美德，這種美德到了元代，在多民族文化交融的背景下煥發出異樣的光彩。春秋戰國時期的魯仲連、專諸、侯嬴、豫讓等人以其俠義之舉名標青史，司馬遷撰寫《游俠列傳》表明了自己對「俠」「義」的仰慕、欣賞。儒家思想認為「士可殺不可辱」、「富貴不能淫，貧賤不能移，威武不能屈，此之謂大丈夫也」，與「俠」「義」精神有相通之處；道家崇尚自然，反對社會制度的約束力，追求逍遙自在，與「俠」的追求不謀而合；墨家「有力者疾以助人，有財者勉以分人」，助人為樂、講求信義與

忠誠都與「俠義」精神相似⋯⋯不難看出，中原傳統文化所弘揚的「俠義」有一個根本的宗旨，就是「寧爲玉碎，不爲瓦全」、勇於犧牲的精神，俠客們是不怕死的，推崇俠客的司馬遷也是不怕死的，甚至於「死」成爲立其俠名的手段。我們推崇俠客們對正義和眞理的追求，讚賞他們對理想的執著信念，但是也常常惋惜他們對於生命的輕視。這種悲劇在元雜劇中卻很少上演，元雜劇中更多的是大團圓的結局。這一方面是因爲雜劇作爲通俗藝術，市民階層是其主要欣賞者，他們在現實生活中已經有了諸多的不如意，進入劇場是爲了獲得精神上的愉悅，期待在雜劇的結局中得到心理慰藉、補償現實生活中的缺陷。演出商業化，促使雜劇作家追求更多的觀眾和更廣泛的關注，必然要迎合觀眾的口味，爲劇作安上一個皆大歡喜的結局。另外，中原漢文化與蒙元文化都崇尚圓滿，對「圓」情有獨鍾，雜劇作家受到其影響，創作時自然傾向於圓滿的結局。

趙盼兒也沒有採用傳統俠義之士喜愛的極端方法解決問題。她熟知周舍這樣的好色之徒的本性，用風月的手段解救姐妹，「掐一掐，拈一拈，摟一摟，抱一抱，着那廝通身酥，遍體麻，將他鼻凹兒抹上一塊砂糖，着那廝舔又舔不着，吃又吃不着，賺得那廝寫了休書」。（第二折〔浪裏來煞〕）趙盼兒的風月手段在傳統的道德觀念下是不可思議的，更是禮教所不允許的。但是，在元雜劇中趙盼兒用這樣的手段救了人，也沒有影響作者、演員和觀眾對她的喜愛。這正能體現市民意識中追求現實利益的原則，就是只要能達到自己的目的、符合自己的利益就是對的、好的。

中原的兵法的經典策略「三十六計」中有「美人計」、「李代桃僵」、「笑裏藏刀」等計謀，與趙盼兒的手段有不謀而合之處。兵家強調「兵不厭詐」，可以容忍一個女子以色相事人，以弱其志，達到自己的目的，但是「美人計」中的「美人」只是完成任務的工具，本身沒有自主性，是被利用、被玩弄的對象，是爲全大義而犧牲小節。趙盼兒則不同，她採用風月手段具有自主性，是她爲了達到自己的目的而作出的主動選擇，具有主動性，她是遊戲的主導者，而且她並不認爲這樣做犧牲了自己的節操，因爲在她心目中根本沒有禮教的存在。這與游牧民族的某些策略有神似之處。草原游牧民族，尤其是蒙古族，崇尚武勇、本性質樸，鄙視怯懦，但他們絕不會一味地逞匹夫之勇。加賓尼在《出使蒙古記》中描述了蒙古人作戰時的策略：在他們認爲無法以正面進攻打敗敵人的時候，他們就後退，並誘使敵人追趕他們，把對方引入

自己的埋伏圈，以便進行圍剿；在敵強我弱的時候，他們避開正面，轉向側翼，離開敵人主力，進攻其它地方；或者撤退到安全的地方，待敵人撤走後再伺機而動。這種戰爭智慧的根本，就在於對敵對己的清醒認識，能夠審時度勢，在敵眾我寡的時候，以退爲進，再利用自己的優勢攻擊敵人。這與趙盼兒的「風月救風塵」頗有相通之處。

蒙古族文化對趙盼兒形象塑造的影響，主要體現在「風月」手段的應用和俠義精神的張揚。在她眼中根本沒有禮法，自然不會受其束縛，這與蒙古族入主中原後禮教的衰微有很大關係，很難想像在宋代理學深入人心的時候會產生這樣的作品。此外，趙盼兒具有濃厚的俠義精神，她儼然變成了扶危濟困的女英雄，她的形象比西施更加動人。西施爲報國仇被送入吳國，致使夫差貪色誤國、眾叛親離。西施只是工具，她的形象也沒有脫離「紅顏禍水」的窠臼。趙盼兒則是有著獨立自主精神的女英雄，她雖然沒有跨馬提槍，但她扶危濟困、救人於危難之中，巾幗不讓鬚眉，是元代新女性形象的代表，也充分體現了元代女性意識的覺醒。在元代以前的文學作品中很少出現女英雄的形象，在雜劇中不僅出現了，而且是一個風塵女子充當了女英雄，這也證明了元代女性地位的提高和對妓女看法的改變。

2、士妓商愛情糾紛模式中的妓女形象——愛才輕財

士妓愛情劇中有一類常見的模式：書生與妓女兩情相悅同居歡聚，書生錢財耗盡，被貪財的老鴇嫌棄，老鴇又找來有錢的商人或軍官來企圖趕走書生，但妓女堅決不從，奮起抗爭，最終書生考中狀元得了官或者借助大官朋友的幫助，懲治了老鴇和情敵，有情人終成眷屬。

賈仲明雜劇《玉壺春》、《玉梳記》，無名氏雜劇《百花亭》、《雲窗夢》等均屬此類。這類雜劇有著相似的結構套路，人物也有相近之處。比如，其中的妓女多爲上廳行首，是妓女行中的魁首，不僅「生的十分大有顏色」（《玉梳記》、《玉壺春》第一折），而且 「十分聰明智慧，諧諧歌舞、撧箏撥阮、品竹分茶，無般不曉，無般不會，占斷洛陽風景，奪盡錦繡排場」（《百花亭》第一折），個個都是色藝雙絕的佳人，更重要的是，她們都鍾情於尚未發跡的書生，絲毫不被錢財和權勢所誘，爲書生們保持了最大限度的貞節。她們的戀愛對象——書生，也都是癡情種子，不僅外形俊朗，「能騎高價馬，慣着及時衣」（《百花亭》第三折〔金菊香〕），而且九流三教、諸子百家樣樣精通，對這些風塵女子溫柔呵護、關懷備至，正是「你覷似這等俏生員，伴著這女

嬋娟。吟幾首嘲詠情詩，寫數幅錦字花箋。慣播弄香嬌玉軟，溫存出痛惜輕憐」（《雲窗夢》第一折〔鵲踏枝〕）。與書生競爭的商人們則顯得粗俗不堪，動輒以錢勢壓人，他們對妓女沒有什麼真感情，只以獵豔、狎妓為目的，根本無法理解士妓之間的真情，所以他們嘴上經常掛著的就是：「小人二十載綿花，都與大姐，不強如那窮身破命的？」（《玉梳記》第一折）「你這等窮廝，我見有三十車羊絨潞紬哩！」（《玉壺春》第三折）「我多有金銀錢鈔哩。」（《雲窗夢》第一折）但是，商人的炫富並沒有打動妓女們，在她們看來，雖然都是「子弟」（嫖客），卻也分為「村的」、「俏的」，「那等村的，肚皮裏無一聯半聯。那等村的，酒席上不言語強言。那等村的，俺跟前無錢說有錢。村的是徹膽村，動不動村筋現，甚的是品竹調弦」，「俏的教柳腰舞困東風軟，俏的教蛾眉畫出春山淺，俏的教鶯喉歌送行雲遠，俏的教半橛土築就楚陽臺，村的教一把火燒了韓王殿」（《雲窗夢》第一折〔那吒令〕〔寄生草〕）。錢財不能打動妓女，令她們心動的是俊雅的相貌、滿腹的才華，還要善解風情，「遮莫是捶丸氣毬，圍棋雙陸，頂針續麻，拆白道字，買快探鬮？錦箏撥，白苧謳。清濁節奏，知音達律，磕牙聲嗽」，「遮莫是諸子百家，三教九流，作賦吟詩，說古談今，曲尾歌頭。灑銀鉤，奪彩籌。擷蘭擷竹，更身材十分清秀」（《百花亭》第二折〔上小樓〕〔么篇〕）。

《玉壺春》中書生李玉壺與商人甚舍的一段對話，反映了當時處在同一陣線上的妓女和書生對「才」與「財」的看法。

（甚舍云）我這般模樣，一表人物，我又有錢，你怎生比的我？
（正末云）也怪不著那虔婆看上你。（唱）

〔要孩兒〕這廝他村則村倒會做這等腌臢態，你向那兔窩兒裏呈言獻策。遮莫你羊絨紬緞有數十車，待禁的幾場兒日炙風篩？準備着一條脊骨捱那黃桑棒，安排着八片天靈撞翠崖。則你那本錢兒光州買了渭州賣，但行處與村郎作伴，怎好共鸞鳳和諧？

〔四煞〕則有分別騰的泥氈兒換了你眼睛，便休想歡喜的手帕兒兜着下頦。一弄兒打扮的實難賽：大信袋滴溜着三山骨，硬布衫攔截斷十字街。（甚舍云）我是山西客人甚黑子，便是看我打扮，比你全別。（正末唱）細端詳語音兒是個山西客，帶著個高一尺和頂子齊眉的氈帽，穿一對連底兒重十斤壯乳的麻鞋。

（甚舍云）你這等窮廝，我見有三十車羊絨潞紬哩！（正末唱）

〔三煞〕你雖有萬貫財，爭如俺七步才，兩件兒那一件聲名大？你那財常踏着那虎口去紅塵中走，我這才但跳過龍門向金殿上排。你休要嘴兒尖舌兒快，這虔婆怕不口甜如蜜缽，他可敢心苦似黃蘗。

（卜兒云）兀那李玉壺，你這等窮身潑命，俺女孩兒守着你做甚麼那？（正末唱）

〔二煞〕他飢寒守自然，我清貧甘分捱。他守我紫羅襴白象簡黃金帶，我直着駟馬車鼎沸這座鶯花陣，我將着五花誥與他開除了那面煙月牌。常言道：「老實的終須在。」我便是桑樞甕牖，他也情願的布襖荊釵。

書生與妓女不僅僅是兩情相悅的情侶，還是惺惺相惜的知音人！

中原傳統文化中，歷來重才輕財，這個「才」主要指才氣、才華、才學等等。雜劇中的「才」顯然不僅僅包括這些，外貌、才情也包括在內了。女性對於男性外貌的審美要求表明了女性在愛情中地位的上升，這在上文已經講到。而對於妓女來說，最重要的「才」是「才情」，就是要有才還要有情。才情中的「才」指才藝，不只是通讀四書五經、諸子百家，還要像關漢卿所說的那樣「會圍棋、會蹴鞠、會打圍、會插科、會歌舞、會吹彈、會咽作、會吟詩、會雙陸」（《南呂一枝花・不伏老》）。「情」指多情，要善解風情，懂得憐香惜玉，這是作為優秀「子弟」最基本的素質。雜劇中的妓女大多是上廳行首，多才多藝，風情萬種，她們希望找到懂得欣賞自己的知音。可見，妓女眼中的「才子」絕不是中原傳統文化中飽讀詩書的儒生，而是充滿了市井氣息的風流文人。這既與元代妓業發達有關，也是元代儒學發生新變的影響。

中原傳統文化中對於「錢財」一向比較輕視。「君子憂道不憂貧」〔註23〕、「君子固窮」〔註24〕、「不為五斗米折腰」……雖然這個「窮」未必就是貧困，但這些奠定了中國知識分子錚錚傲骨，也為潦倒文人提供了一個體面的庇護。李白「安能摧眉折腰事權貴，使我不得開心顏」（《夢遊天姥吟留別》），

〔註23〕《論語・衛靈公》，見（清）阮元校勘：《十三經注疏》，上海：上海古籍出版社，1997年版，第2518頁。

〔註24〕《論語・衛靈公》，見（清）阮元校勘：《十三經注疏》，上海：上海古籍出版社，1997年版，第2516頁。

更是把這種精神發展到了極致，錢財、權勢似乎與高尚的品德越來越遠。這種狀況在元代發生了變化。元代城市經濟興盛，商業經濟繁榮，商人地位上陸，錢財成為人們追求的目標，而不再是羞恥。在這樣的背景之下，雜劇中為什麼出現「輕財」的現象？除了傳統中原文化中恥於言利的思想影響，與北方少數民族不重錢財的習慣也有一定的關係。北方游牧民族，尤其是蒙古族，在進入中原之初，剛剛擺脫了奴隸制社會，商業經濟還沒有發展起來，對於「錢財」的概念比較淡漠。草原上的蒙古族經常會熱情接待素不相識的客人，而分文不取。即使在進入中原以後，由於本身不善於管理財務，常把財物交給色目人打理。所以，在元代雖然商品經濟發展起來，人們喜歡錢財帶來的物質享受，卻並不是財富至上。在雜劇中表現出來的「輕財」也並不是輕視財富本身，而是並沒有因為財富而改變對庸俗商人的看法，其實在雜劇中也有很多勤勞善良商人的讚美，這在下文會進一步論述。可以說，元雜劇中對於商人和財富的認識，較之單一中原傳統文化背景下的態度更加單純和客觀。

3、「非風塵之態，乃貞節之婦」

賈仲明雜劇《玉壺春》中秀才李斌對妓女李素蘭的評價，很能說明當時雜劇作者心目中的妓女形象：「此妓非風塵之態，乃貞節之婦，故此留心於他，實非李斌荒淫。」（楔子）這是李斌為自己留戀風月做出的解釋，然而，妓女與貞節，似乎是一對天然的矛盾體，在雜劇中卻把二者統一起來，看似矛盾，卻恰恰表現了元代民族文化融合對雜劇，甚至是對社會意識的巨大影響。

「貞」字出現很早，在甲骨文、金文等都出現過，但其本意為占卜，與女性之貞無關。在先秦時期出現了以「貞」作為對女性從一而終的要求，《易·恒·象》中有「婦人貞吉，從一而終也」；《禮記》中夫死不嫁的記載，當為貞節觀之濫觴。最初關於「貞節」的要求主要是針對已婚寡居的女性，丈夫死而不改嫁就是貞節。此後，隨著男權社會的發展，對女性貞節的要求愈演愈烈，「忠臣不事二君，貞女不更二夫」（劉向《說苑·立節》），「餓死事極小，失節事極大」（程頤《河南程氏遺書》卷22）……最終形成了針對女性的畸形榮辱觀：要保持從一而終的貞節，必要時要犧牲生命去保衛自己的貞節。經過程頤朱熹的大力鼓吹、政府的積極倡導，宋代開始對於婦女的貞節要求逐步升級，甚至達到了荒謬的程度，儘管在現實生活中改嫁的事屢有發生且未受到輿論的過多譴責，但其對後世的影響是非常惡劣的。

　　《元史・列女傳》中涉及女性近200人，而《宋史》中列女不過50人，《金史》中22人，《遼史》中只有5人。這是否表明元人對貞節觀更加強化了呢？這與我們前面提到的元代節潔觀的改變是否矛盾呢？答案是否定的。

　　這首先要看遴選者及其採用的標準。宋遼金史的修撰者爲元人，其修《列女傳》時，遵行的標準不僅僅是「貞」，還要取其「賢」者。《遼史・列女傳》就明確強調「與其得烈女，不若得賢女。天下而有烈女之名，非幸也」〔註25〕。《金史・列女傳》：「若乃嫠居寡處，患難顛沛，是皆婦人之不幸也。一遇不幸，卓然能自樹立，有烈丈夫之風，是以君子異之。」〔註26〕《宋史・列女傳》強調女性以其賢名被載入史冊是很難的：「女子生長環堵之中，能著美行垂於汗青，豈易得哉。」〔註27〕對於「列女」的要求要高一些。而明朝對婦女的貞節是最爲提倡的，獎勵也是最有力的，所以明人在修《元史・列女傳》時，爲「敦教化、美風俗」，對貞節烈女大加表彰，並以「貞、節、烈」作爲標準進行分類，「貞」指未婚夫亡而不嫁或能保全貞節者；「節」指夫亡後不改嫁，從一而終者；「烈」則指夫死殉節或抗暴致死者。這樣的取捨標準下，《元史・列女傳》人數激增。這種現象反映的恰恰是明人對「貞節」的重視，而非元人。

　　其次，看現實效果。排除元明修史者取捨標準不同對史載列女人數的影響，元代統治者對女子的教化宣傳和獎勵旌表，也的確促使列女的實際人數有所增加。元代以《列女傳》和《女誡》爲女子的必修課和判斷婦德的標準，延續了宋代理學對「貞節」的重視；同時，政府對貞節者的旌表使其享有莫大榮譽，還可以免除全家的賦稅。如此，「貞節」逐漸內化爲女性自身的價值觀，再加上外部名與利的雙重誘惑，元代貞烈之女的人數確實不少。然而其中不乏沽名釣譽之人，所以在《元典章》中就出現了對「節婦不節」現象的批評，「今各處所見，往往指稱夫亡守志，不見卓然異行，多係富強之家，規避門役」。其實，以中原傳統文化的倫理道德觀念影響蒙古統治者，只是一些漢儒的願望，在當時並沒有取得實際的效果，「如孝行有復役，節婦有旌議，婚姻立學，師表淑慝，忠臣義士，歲有常秩之類，非不家至戶曉，然終無分寸之效者，徒

〔註25〕　（元）脫脫等撰：《遼史》卷107，北京：中華書局，1974年版，第1471頁。

〔註26〕　（元）脫脫等撰：《金史》卷130，北京：中華書局，1975年版，第2797～2798頁。

〔註27〕　（元）脫脫等撰：《宋史》卷460，北京：中華書局，1977年版，第13478頁。

文具虛名而已」〔註28〕，可見當時中原漢文化的倫理道德標準並沒有被廣泛地接受。反而是北方少數民族的風俗影響到了某些中原地區，「浙間婦女，雖有夫在，亦如無夫，有子亦如無子，非理處事，習以成風」〔註29〕；更有甚者，「浙西風俗之薄者，莫甚於以女質於人，年滿歸，又質而之他，或至再三然後嫁。其俗之弊，以爲不若是，則眾誚之曰：『無人要者。』蓋多質則得物多也。蘇、杭尤盛」〔註30〕。即使在南方，中原傳統文化根深蒂固的地方，也已經出現了違背禮教規範的現象。

　　正如許多學者所主張的，正史中許多東西是頗耐斟酌的，不可不信，不可全信。《元史·列女傳》的人數恐有不盡不實之處。我們卻可以從修史者的態度看出他們的價值取捨，元代社會對於貞節的認識似乎發生了某些變化，也正是這些變化致使元雜劇中反映出不同的貞節觀。變化從何而來呢？

　　北方游牧民族進入中原地區帶來迥異於前的文化習俗，是造成這些變化的重要原因。契丹、女眞、蒙古都是北方草原上的游牧民族，他們在進入中原之前，剛剛完成從原始氏族社會向奴隸制社會的過渡，在文化發展上無法與傳襲千年的中原地區相比。但是，他們沒有深厚的積纍，也少了保守與僵化，沒有男尊女卑、三從四德、三綱五常的觀念的束縛，對男女交往也較爲開放。就以飽受譏諷的「收繼婚」風俗爲例，蒙古、匈奴、突厥、烏孫、唐兀、欽察、畏兀兒等北方游牧民族都有收繼婚的風俗。收繼婚，也稱爲「接續」或「轉房」，指男子可以收娶與自己沒有血緣關係的兄嫂、弟婦、庶母、嬸母，甚至繼祖母等，除了生身母親和同母姐妹外都可以收繼。這樣做保證了家族財產的穩定性，不會因爲寡婦改嫁而使家族蒙受財產的損失。在游牧民族看來，離婚、再嫁都是可以接受的，他們的「貞節」觀念比較淡漠。成吉思汗的妻子孛兒帖曾被人擄走爲妻，成吉思汗打敗敵人奪回妻子。孛兒帖不僅做了他人之妻，還生下了兒子術赤，成吉思汗不以爲意，仍然對她寵愛有加。但是游牧民族並不是完全沒有貞節要求的，他們崇尚忠誠，一個男人只要有能力就可以娶無數個妻子，但是卻不可以通姦；妻子可以爲保全性命委身他人，卻不可以偷情。這與

〔註28〕　（元）王惲：《上世祖皇帝論政事書》，見李修生主編：《全元文》第6冊，南京：江蘇古籍出版社，1999年版，第23頁。

〔註29〕　（元）孔齊：《至正直記》卷2，上海：上海古籍出版社，1987年版，第70頁。

〔註30〕　（元）孔齊：《至正直記》卷2，上海：上海古籍出版社，1987年版，第53頁。

元雜劇中的貞節觀是相符的。雜劇《玉梳記》中荊楚臣本與妓女顧玉香交好，金盡後被鴇母逼走，後趕考得官。顧玉香被富商柳茂英糾纏，無奈逃走，又遭柳途中劫持脅迫，玉香不從，險些喪命。荊楚臣趕到，救下玉香。荊楚臣對玉香說：「這是關係性命，暫時隨順，省致如此狼狽。」「權時之事，何故認真？」「且免一時危難，也不為過。」（第三折）荊楚臣主張不必為了保貞節而喪失了性命，看到了生命的可貴和貞節的無謂。

進入中原以後，蒙古族統治者受漢文化的影響，也曾經提倡貞節教化，正如上文提到的統治者採取教化宣傳、獎勵旌表等政策，目的不外就是維護既有的倫理道德秩序，但是在現實中實行的效果並不理想。而且統治者本身的文化習俗也潛移默化地影響到了社會各個階層，更加劇了推行此類政策的難度。

基於這種對於貞節的認識，書生在難中得到妓女的垂顧，自然心存感激，而妓女又能對他們不離不棄，在與他們定情之後不再接受其他人，他們自然願意選擇既往不咎，並以「貞節」相贊。這就形成了雜劇中「妓女」與「貞節」的奇妙關聯。

三、從良後的妓女形象

在士妓愛情劇中的妓女都有著強烈的從良願望。比如《曲江池》中李亞仙初逢鄭元和就「心堅石穿，準備着從良棄賤」（第一折〔賺煞〕）；《青衫淚》中裴興奴的願望是「幾時將這纏頭紅錦，換一對插鬢荊釵」（第一折〔混江龍〕）；《謝天香》中謝天香希望「怎生勾除籍，不做娼棄賤得為良」（第二折〔賀新郎〕）；《金線池》中的杜蕊娘更是直擊妓業，「我想一百二十行，門門都好着衣吃飯，偏俺這一門，却是誰人制下的，忒低微也呵」（第一折），認為這個行業就不應該存在。即使是對於妓女從良沒抱什麼希望的趙盼兒，也曾經動過從良的心思，只是她對於自己、對於那些「子弟們」有著清醒的認識，所以才準備好「一生裏孤眠」。妓女們對於從良的渴望，不僅表現出她們對正常生活的嚮往，更反映了她們對於自己作為一個「人」的正當權力的認識與渴望。然而，從良後的妓女會怎麼樣呢？元雜劇中描繪了兩類從良後的妓女形象。

1、兩類從良後的妓女形象

一是張玉娥等毒如蛇蠍、悍妒淫蕩的婦人。

《貨郎旦》中的張玉娥，是個上廳行首，從良嫁給李彥和爲妾，剛一進門就氣死正妻。但她並不安心和李彥和過日子，而是一心想著舊相好魏邦彥，並與魏邦彥合謀燒了李家房子。李彥和一家逃到河邊，又被張玉娥和魏邦彥推到河裏。十三年後，李彥和的兒子長大成人做了官，瞭解了事情的眞相，將張玉娥和魏邦彥捉拿法辦。《酷寒亭》和《還牢末》中的蕭娥等，也有著相似的經歷。她們在從良前都是上廳行首，棄賤從良後嫁人爲妾，之後便氣死正妻，虐待正妻的兒女，更與人通姦，與姦夫合謀要害死自己的丈夫，把夫家攪得家破人亡、妻死子散。她們的結局都是遭了惡報，被殺甚至剜心剖腹而亡。作者的目的顯然是告誡人們：妓女性淫，不可以娶之爲婦——「我勸你這一火良吏，再休把妓女娶爲妻，則我是傍州例」（《還牢末》第一折〔青哥兒〕）；「勸君休要求娼妓，便是喪門逢太歲，送的他人離財散家業破。鄭孔目便是傍州例」（《酷寒亭》第二折）。

二是張海棠般尋求社會認可的女性。

《灰闌記》中的張海棠因貧困淪爲妓女，做了上廳行首，後從良嫁給員外馬均卿爲妾，生有一子。馬員外正妻妒恨海棠，製造海棠與其兄的矛盾，並謊稱海棠有姦夫，馬員外信以爲眞，與海棠吵鬧。正妻借機藥殺馬員外，並誣陷海棠謀殺親夫、奪子圖財。海棠拒絕私了，鬧上公堂。正妻又與姦夫趙令史合謀，買通街坊作證，海棠被迫承認自己毒死員外、兒子爲正妻所生。幸得包拯斷明此案，海棠得以洗冤，惡人被定罪問斬。此劇本爲斷獄題材，從中卻不難看出妓女從良後的艱難。

張海棠出自「祖傳七輩」的「科第人家」，不幸「家業凋零」，因母親「無人養濟」，才「賣俏求食」。張海棠爲贍養母親而成爲娼妓，還要忍受哥哥張林的辱罵。海棠懷有多數妓女都有的夢想——從良嫁人，恰好有個「幼習儒業」的馬均卿與之「兩意相投」，本以爲從此脫離苦海，「再不愁家私營運，再不管世事商量」，可以過上正常良家婦女的生活。她處處小心、時時謹慎，即使自己哥哥窮困潦倒求告上門，也不敢把自己的「衣服頭面」送給哥哥，因爲這些都是「馬員外與姐姐的」。可惜不管如何小心謹慎，最終還是難免被馬均卿懷疑，僅憑正妻馬氏在丈夫面前的一面之詞，那個「有疼熱的夫主」馬均卿就信以爲眞，「原來海棠將衣服頭面與姦夫去了。可知道來，她是風塵中人，有這等事」。海棠曾經淪落風塵，這是她永遠難以抹去的經歷，即便她「畢罷了淺斟低唱，撇下了數行鶯燕占排場」，卻仍然無法得到丈夫眞正的信

任。

張海棠的從良過程，就是她尋求社會認可的過程。她甘居妾位而毫無怨言，對於馬家的財產絲毫沒有掌控的欲望，生了兒子完成了為馬家傳宗接代的任務，符合良家婦女應有的規範。《禮記》中關於婚姻的記載，規定了婦女在婚姻中的地位和責任，「將和二姓之好，上以事宗廟，而下以繼後世也」〔註31〕，婚姻的目的是為了維護家族的利益和傳宗接代，婦女承載了這樣的重任，在家庭中卻沒有經濟地位，對於家庭財產沒有處置權，「子婦無私貨，無私畜，無私器，不敢私假，不敢私與」〔註32〕。張海棠在從良後，為了得到社會的認可，對這些教條身體力行，絲毫不敢違逆，但她無法改變自己的歷史，作為一個做過妓女的人，她是無法得到社會的接納和認可的。

2、從良妓女與民族文化融合

從良前的妓女端莊善良、機智從容，面對社會時遊刃有餘，而從良後的妓女或者惡毒貪淫、或者懦弱無助，呈現出巨大的變化。為什麼這些妓女在從良前後會有這麼大的變化？雜劇作家的態度對從良前後的妓女為什麼如此不同？這反映了當時怎樣的社會現實？

首先，這是雜劇作家對元代社會重色不重德現象的反思。雜劇作家在才子佳人劇中塑造了眾多的閨閣佳人形象，她們與情郎的初次相遇，都能一見鍾情，就是因為雙方看重的首先都是對方的樣貌，美貌對於愛情起到了至關重要的作用，由對外貌的最初吸引，進而產生真摯感情。在士妓愛情劇中也是一樣，妓女都是色藝雙絕、風華綽約。她們與書生們癡纏苦戀，最終戰勝了層層阻礙結成眷屬，遵循了與才子佳人劇同樣的情感軌跡。對於美貌的重視成為愛情婚姻劇共同的特點，而且貌美之人大多德才兼備、重情重義，即便淪落風塵也都端莊賢淑、堅貞自持。

但是現實中的妓女們既不可能全都是風華絕代的佳人，也不可能都能做到視錢財如糞土。元末夏庭芝《青樓集》中記載了114名歌舞伎，她們大多以歌舞棋畫等技藝獨步於世，相貌的魅力還在其次。有些妓女相貌平平，如朱錦繡「姿不逾中人，高藝實超流輩」；陳婆惜善於彈唱，但是「貌微陋，而談

〔註31〕《禮記·昏義》，見（清）阮元校勘：《十三經注疏》，上海：上海古籍出版社，1997年版，第1680頁。

〔註32〕《禮記·內則》，見（清）阮元校勘：《十三經注疏》，上海：上海古籍出版社，1997年版，第1463頁。

笑風生，應對如響，省縣大室，皆愛重之」；王玉梅善於唱慢調和雜劇，但是「身材矮小，而聲韻清圓」；甚至還有身有殘疾之人，平陽奴「一目眇，四體文繡。精於綠林雜劇。又有郭次香，亦微眇一目」，這並不妨礙她們「馳名金陵」……如此可見當時的妓女並不都是色藝俱佳的，但是在雜劇作家的筆下，妓女們個個風流蘊藉、能歌善舞，大多是上廳行首，更難得的是她們都對書生一往情深、矢志不渝，絲毫不為金錢、權勢所動。實際上，元代商業發達，商人地位上陞，這一現象在元雜劇中也有反映，在後文會具體講到。商人的社會地位隨著其經濟實力的增強而上陞，已經成為書生追求妓女的有力競爭對手，而且，書生在與商人的愛情競爭中，敗多而勝少。

藝術源於生活，而又高於生活。它之所以能高於生活，就是因為它經過了藝術家的提煉、加工和再創造。同樣，雜劇反映了元代的社會現實，更反映了雜劇作家心目中期望的社會。雜劇作家混跡於社會底層，與妓女朝夕相處，產生真摯的感情。但是，不可否認，在愛情的角逐中，文人的競爭力是很弱的。所以，他們在創作中為自己勾畫出了理想的愛情對象——美麗、善良、堅貞……幾乎包括了所有他們需要的優秀品質。但是，社會現實一再證實，這只是美好的幻想而已，現實是不能這麼美好的，妓女這一職業本身的特點就決定了她們的趨利性，她們對於金錢和利益的渴望是很大的，大多數妓女不可能成為他們理想中的樣子。同時，雜劇作家骨子裏殘存的文人士子們千百年來培養出的清高和孤傲，也在告誡他們，一旦進入妓女這一行業，就很難再被納入正常的家庭倫理系統中。因此，他們在雜劇作品中表現的從良後的妓女，或者如張玉娥、蕭娥們一般，難改妓院中培養出來的淫蕩本性而害夫毀家，或者如張海棠一般不被信任釀成家庭悲劇。

其次，這些從良後的惡婦們，都有一個姦夫，如果撇開禮教的堅持和對其出身背景的耿耿於懷，她們對於禮教的反叛是大膽的，也極大地挑戰了男性在婚姻中的地位。《貨郎旦》中的李彥和、《還牢末》中的李榮祖、《酷寒亭》中的鄭嵩，他們為娶妓女回家，在正妻面前獨斷專行，頗有封建家長的作風，但是對於迎娶回家的妓女卻束手無策，甘受擺佈，任由她把自己家攪得天翻地覆。而張玉娥和蕭娥們為了和自己的姦夫長相廝守，殺人放火無不敢為，「貞節」在她們眼中視如無物，丈夫在家庭中權威更是被踩在了腳下。甚至那些姦夫們也是無所作為，整個過程幾乎都是這些婦人在出謀劃策，作出決定。此外，《還牢末》中蕭娥買通劉唐殺死李榮祖，足見其在經濟上已經擺脫了完

全依附丈夫的地位，「子婦無私貨，無私畜，無私器，不敢私假，也不敢私與」（《禮記‧內則》）的教條對她是行不通的。

總體看來，雜劇中的妓女可以分爲從良前和從良後兩類。對於從良前的妓女，雜劇作家基本都採用了理想化的方式去描繪，她們或機智潑辣，或慧眼識才，或貞節自守；而對於從良後的妓女，作家大多採取了貶斥的態度，她們或是自作孽不可活，或是人謀事而天敗之，幾乎都釀成了家庭悲劇。

雜劇中的妓女形象，改變了傳統文學中對妓女形象的塑造，雜劇作家給予她們更多平等的關注，爲我們塑造了一大批活色生香的妓女形象，體現了民族文化交融影響下元代社會對於妓女形象的重新認識。

第三節　雜劇中的其它女性形象

元雜劇中的新女性形象，除了妓女之外，還有不同於傳統的賢妻良母形象和地位卑賤者。

一、賢妻良母

雜劇中做主角的未婚女性大多出現在愛情劇中，而已婚的女性做主角通常是在公案劇和社會問題劇中，值得關注的是關漢卿雜劇《竇娥冤》中的竇娥和石君寶雜劇《秋胡戲妻》中的羅梅英，在她們的身上既可以看到傳統禮教的作用，也體現了元代民族文化交融的影響。

竇娥和梅英的故事都是採自歷史題材，卻被賦予了新的時代精神。

1、兩劇的主要內容和歷史淵源

《竇娥冤》講述竇天章無力償還蔡婆的高利貸，又想上京求取功名，就把女兒竇娥抵給蔡婆做了童養媳。竇娥長大後，成婚不久丈夫即病死，遂與蔡婆相依爲命。蔡婆在索債時，險被賽盧醫殺害，幸被張驢兒父子救下。誰知張驢兒父子強行逼婚，要蔡婆和竇娥嫁給他們父子，遭到竇娥拒絕。張驢兒借蔡婆生病之機想藥死蔡婆，不料藥死了自己的父親，他反誣竇娥所爲，欲逼竇娥就範。竇娥自信無辜，與張驢兒同去官府，卻被施刑拷打，最後爲免婆婆受罪，認了罪名，被判死刑。在刑場上，竇娥立下誓願——如果蒙冤，死後血上白練、六月飛雪、亢旱三年。竇娥死後，誓願一一應驗。數年後，竇天章以肅政廉訪使的身份巡查至此，竇娥鬼魂向其訴冤。竇天章重審此案，爲竇娥洗冤，將惡人正法。

此劇最早的源頭是《淮南子・覽冥訓》中所載傳說：

> 庶女叫天，雷電下擊，（齊）景公臺隕，支體傷折，海水大出。

許慎《淮南子注》：「庶女，齊之少寡，無子養姑，姑無男有女，女利母財而殺母，以誣告寡婦，婦不能自解，故冤告天。」庶女被冤，天現異象。這可能是我國最早的冤獄傳說。

《淮南子》之後，庶女的冤獄故事逐步衍化成爲東海孝婦故事：

> 東海有孝婦，無子，少寡，養其姑甚謹，其姑欲嫁之，終不肯。其姑告鄰之人曰：「孝婦養我甚謹，我哀其無子、守寡日久我屢累壯丁奈何」！其後，母自經死，母女告吏曰：「孝婦殺我母」，吏捕孝婦，孝婦辭不殺姑，吏欲毒治，孝婦自誣服，具獄以上府，于公以爲養姑十年以孝聞，此不殺姑也。太守不聽，屢爭不能得，於是于公辭疾去吏。太守竟殺孝婦，郡中枯旱三年。後太守至，卜求其故，于公曰：「孝婦不當死，前太守強殺之，咎當在此」。於是殺牛祭孝婦冢，太守以下自治焉，天立大雨、歲中熟，郡中以此敬于公。
>
> （《說苑・貴德》）

東海孝婦被冤殺後，出現了三年大旱的異常現象。

到東漢時，這個故事被記錄進入《漢書》，後來，經過六朝、唐、宋的發展，到了元代，成爲元雜劇的重要題材。王實甫、梁退之、王仲元等都有相關創作，但都未見傳本。關漢卿將這一傳說故事與元代社會現實相結合，創作了《竇娥冤》雜劇，在當時產生很大影響。在孟漢卿雜劇《魔合羅》中張鼎有「霜降始知節婦苦，雪飛方表竇娥冤」（第三折）的念白，把竇娥的故事當作典故來使用，可見當時該雜劇流傳甚廣。

雜劇《竇娥冤》與前代同類題材作品相比主要有以下幾個變化：一是庶女、孝婦終於有了自己的名字「竇娥」；二是增加了惡勢力（張驢兒父子）和官府對冤婦的迫害；三是由上天感其不幸而降災異，變爲冤婦自誓；四是增加了一個「光明的尾巴」——清官申冤、惡人被正法。

《秋胡戲妻》講述的是，羅梅英與秋胡成親三日後，秋胡即被徵去當兵，一去十年。其間，李大戶看中梅英，逼迫梅英父母勸梅英改嫁，梅英不從，一心侍奉婆婆。十年後，秋胡得官回家，路遇採桑的梅英，二人互不相識，秋胡對梅英百般調戲，遭梅英斥責。秋胡回到家中，見到母親和妻子。梅英發現丈夫就是在桑園中調戲自己的人，便要秋胡寫下休書，經婆母勸說才與

秋胡和好。李大戶不知秋胡回來，前來搶親，被秋胡送官懲處。

　　關於秋胡故事的最早文獻資料是西漢劉向《古列女傳‧節義》中的「魯秋潔婦」故事：

　　　　潔婦者，魯秋胡子妻也。既納之五日，去而官於陳，五年乃歸。
　　未至家，見路旁婦人採桑，秋胡子悅之，下車謂曰：「若曝採桑，吾
　　行道遠，願託桑陰下飡，下齎休焉。」婦人採桑不輟。秋胡子謂曰：
　　「力田不如逢豐年，力桑不如見國卿。吾有金，願以與夫人。」婦
　　人曰：「嘻！夫採桑力作，紡績織紝以供衣食，奉二親，養夫子。吾
　　不願金，所願卿無有外意，妾亦無淫泆之志，收子之齎與笥金。」
　　秋胡子遂去。至家，奉金遺母，使人喚婦至，乃向採桑者也，秋胡
　　子慚。婦曰：「子束髮修身，辭親往仕，五年乃還，當所悅馳驟，揚
　　塵疾至。今也乃悅路旁婦人，下子之裝，以金予之，是忘母也。忘
　　母不孝，好色淫泆，是污行也，污行不義。夫事親不孝，則事君不
　　忠。處家不義，則治官不理。孝義並亡，必不遂矣。妾不忍見，子
　　改娶矣，妾亦不嫁。」遂去而東走，投河而死。

　　　　君子曰：「潔婦精於善。夫不孝莫大於不愛其親而愛其人，秋胡
　　子有之矣。」君子曰：「見善如不及，見不善如探湯。秋胡子婦之謂
　　也。」《詩》云：「惟是褊心，是以為刺。」此之謂也。

　　　　頌曰：秋胡西仕，五年乃歸，遇妻不識，心有淫思，妻執無二，
　　歸而相知，恥夫無義，遂東赴河。

劉向記錄此故事是為宣揚忠孝服務的。漢代是中央集權的專制時代，推行以
忠孝治天下，所以劉向借君子之口對秋胡妻的讚美實際上是對漢代忠孝觀的
張揚。

　　魏晉時期，這一題材受到了文人的關注，產生了一批以此為題材的作品，
有傅玄《秋胡行》兩首、顏延之《秋胡行》一首，梁邵陵王蕭綸《代秋胡婦
閨怨詩》一首，葛洪《西京雜記》也講到了這個故事。這個時期是中國歷史
上一個「覺醒」的時代，文學覺醒、「人」的意識覺醒，對生命的思考更深入，
所以在對秋胡妻「美此節婦，高行巍峨」（傅玄《秋胡行》）、「黃金徒以賦，
白矽終不渝」的行為進行讚美的同時，也對其輕易結束生命表示遺憾：「彼夫
既不淑，此婦亦太剛。」（傅玄《秋胡行》）

　　唐代社會經濟文化發展迅速，男子外出謀求功名或經濟收入成為普遍現

象，留守的女子就要承受更多的家庭責任和相思之苦，造成了唐代文學多閨怨題材，因而，秋胡故事也被賦予了閨怨的內涵。高適《秋胡行》中秋胡妻「勞心苦力終無恨，所冀君恩即可依」，「誓將顧恩不顧身，念君此日赴河津。莫道向來不得意，故欲留規誡後人」，她可以承受繁重的家務勞動和刻骨的相思煎熬，但是卻無法忍受丈夫的背叛，她結束生命是為了捍衛愛情的尊嚴。敦煌變文中的唐代《秋胡變文》殘篇，繼承了《魯秋潔婦》的故事結構，加以藝術的想像，賦予其新的時代特徵。如秋胡母親不忍見新婦苦守空房，決定任其改嫁，秋胡妻卻以孝為重，不肯離去。秋胡母親此舉無疑是對人情、人性的重視，而秋胡妻在得知秋胡回家時也煥發出多年埋藏的感情，「乃畫翠眉，便拂芙蓉，身著嫁時衣裳，羅扇遮面，欲似初嫁之時」，發現丈夫就是調戲自己的人時，「面變淚下交流，結氣不語」，表現出對丈夫輕薄行徑的失望、傷心。變文對這一故事的藝術加工顯示了唐人對人性的重視與肯定。

宋代涉及此題材的幾首詩，明顯側重於對貞操的強調：「若使偶然通一笑，半生誰信守孤燈」（錢穎《秋胡子》），「誓言奉姑嫜，秋霜擬貞潔」，「婦義不移天，黃金欲何為」（釋文《秋胡詩》），「為妾謝使君，風化關庭闈」（黃庚《秋胡妻》）。這種強調源於程朱理學形成階段對女性禁錮的加強。

元雜劇《秋胡戲妻》對於秋胡故事的改變主要有以下幾點：一是秋胡妻第一次有了名字——羅梅英，並成為劇中的一號人物；二是增加了外來的阻礙，由秋胡母親勸兒媳改嫁，變為李大戶逼其改嫁；三是改秋胡妻投河而死為夫妻團圓、惡人受懲的大團圓結局。

2、竇娥與梅英形象的時代意義

竇娥和梅英的故事都是歷史流傳故事，經過歷代的傳承發展，一度成為統治者宣傳封建禮教及其道德規範的工具。元代雜劇作家結合社會現實進一步加工創作，使其成為觀眾喜聞樂見的雜劇作品。作為通俗文藝形式的雜劇，較之史傳文學更能表現時代特色和普通百姓的心聲，也更能體現元代民族文化交融對此類題材的影響。

第一，竇娥和羅梅英都是封建禮教的忠實踐行者，但她們的遭遇卻證明了禮教的欺騙性。

竇娥在丈夫死後，「我將這婆侍養，我將這服孝守，我言詞須應口」（第一折〔天下樂〕），一心要恪盡孝道，奉養婆婆。她不僅自己堅貞守節，還對婆婆提出了同樣的要求。在知道婆婆為人脅迫答應婚事之後，竇娥對婆婆諷

刺挖苦，毫不留情：

〔後庭花〕過時辰我替你憂，拜家堂我替你愁。梳着個霜雪般白鬢鬏，怎戴那銷金錦蓋頭？怪不的「女大不中留」。你如今六旬左右，可不道到中年萬事休。舊恩愛一筆勾，新夫妻兩意投，枉教人笑破口！（第一折）

〔南呂・一枝花〕他則待一生鴛帳眠，那裏肯半夜空房睡；他本是張郎婦，又做了李郎妻。有一等婦女每相隨，並不說家克計，則打聽些閒是非，說一會不明白打鳳的機關，使了些調虛囂撈龍的見識。

〔梁州第七〕這一個似卓氏般當壚滌器，這一個似孟光般舉案齊眉，說的來藏頭蓋腳多伶俐。道着難曉，做出纔知；舊恩忘卻，新愛偏宜。墳頭上土脈猶濕，架兒上又換新衣。那裏有奔喪處哭倒長城？那裏有浣紗時甘投大水？那裏有上山來便化頑石？可悲可恥，婦人家直恁的無仁義。多淫奔，少志氣，虧殺前人在那裏，更休說百步相隨。（第二折）

其實，蔡婆在本劇開始的時候就已經是一個寡婦了，當時竇娥才七歲，到張驢兒父子逼婚的時候，蔡婆守寡至少有十三年了，所以「墳頭上土脈猶濕，架兒上又換新衣」之類的指責根本無從談起。蔡婆雖然是在生命受到威脅時屈從改嫁，後來她和張老還生出感情來，也不算完全的逼勒成親。而且元代的社會對於婦女改嫁的態度相對寬鬆，甚至還有專門為無子寡婦設計的要求改嫁的狀紙：

告狀人王阿厶

右阿厶年幾歲無疾孕係厶裏厶都籍民已死人王大妻屬伏為狀告有阿厶元係厶里民戶人王大妻室自來不曾養育子息於厶年月日夫王大因病身死當已行持服營喪安葬了當即目戶下別無事產可以養贍委是貧難生受若不具告給據改嫁情實竇居過活生受謹狀上告

厶縣伏乞　詳狀施行所告執結是實伏取　裁旨

年　　月　　日　　告狀人　王阿厶　　狀〔註33〕

〔註33〕《婦人夫亡無子告據改嫁狀式》，見黃時鑒輯點《元代法律資料輯存》，杭州：浙江古籍出版社，1988年版，第236～237頁。

可見，在元代，如果夫亡無子且無事產，寡婦改嫁是不受限制的。即使是丈夫在世，如果雙方感情不和，只要雙方同意就可以離婚，妻子可以改嫁，《大元通制》中就規定了「若夫婦不安諧，兩願離棄者，聽」。在雜劇中也有妻子為達到某種目的而逼迫丈夫寫休書，如《遇上皇》中的劉月仙、《秋胡戲妻》中的羅梅英等。改嫁在元代是非常普通的事情，所以蔡婆改嫁於情於理都無不妥。竇娥卻不依不饒，她不僅自己堅守從一而終，還要求婆婆也做到貞節自守，所以她對婆婆打算改嫁一事，極盡諷刺挖苦，甚至指責婆婆「豈不知羞」（第一折〔賺煞〕），竇娥這類的訓話在劇中有很多，她之所以能夠如此理直氣壯，就是因為她掌握著禮教的利器，背後有封建道德規範撐腰，這時候她幾乎成為禮教的化身、「貞烈」的堅決捍衛者。

除了對「貞」的捍衛，對於「孝」竇娥也是身體力行。她在指責婆婆改嫁時表現得非常堅決、執著，卻並不妨礙她孝順婆婆，為婆婆甚至可以捨去性命。竇娥在公堂上「捱千般打拷，萬種淩逼」，忍受著「一杖下，一道血，一層皮」（第二折〔感皇恩〕）的非刑折磨，昏死三次，始終不肯承認藥死公公，「打的我肉都飛，血淋漓，腹中冤枉有誰知。則我這小婦人，毒藥來從何處也？天那，怎麼的覆盆不照太陽暉」（第二折〔採茶歌〕），一再的申冤叫屈，最終卻因為怕婆婆受杖刑而招偽供；臨刑之際，為了避免婆婆看見自己受刑而捨前街走後街。即使在死後，竇娥的魂魄也要行孝：竇娥的鬼魂告狀，竇天章為她報了仇，她最後的一個願望竟然是讓自己的父親將蔡婆「收恤家中，替你孩兒盡養生送死之禮。我便九泉之下，可也瞑目」（第四折）。

竇娥用自己的生命踐行著「貞」與「孝」，《秋胡戲妻》中的羅梅英同樣以「貞」與「孝」為行動指南。

羅梅英從小攻書寫字，「曾把毛詩來講論，那關雎為首正人倫」（第一折〔混江龍〕），對於倫理道德熟諳於胸。她對丈夫是一見傾心，「自從他那問親時一見了我心先順」（第一折〔油葫蘆〕），以此感情為基礎，梅英十年如一日保持了對丈夫的忠貞。在李大戶要強搶她為妻時，她義正詞嚴「我既為了張郎婦，又著我做李郎妻，那裏取這般道理」（第二折〔倘秀才〕），甚至拳腳相向。採桑時遭遇陌生人調戲，梅英更顯出潑辣來，「你瞅我一瞅黥了你那額顱，扯我一扯削了你那手足，你蕩我一蕩拷了你那腰截骨，掐我一掐我著你三千里外該流遞，摟我一摟我著你十字街頭便上木驢。哎，吃萬剮的遭刑律，我又不曾掘了你家墳墓，我又不曾殺了你家眷屬」（第三折〔三煞〕）。為了保持

「貞節」，梅英使出了渾身解數，甚至拿出市井女子的潑辣手段來，哪像個柔弱的大戶千金？

與新婚的丈夫一別十年，梅英代替丈夫恪盡孝道。爲了養活婆婆，她「與人家縫聯補綻，洗衣刮裳，養蠶擇繭」，「與人家擔好水換惡水」。她只願婆婆與丈夫「子母們早些兒歡會」，她自己則「媳婦是壁上泥皮」，微不足道。梅英的婆婆曾表白：「想他這等勤勞，也則爲我老人家來。只願的我死後依舊做他媳婦，也似這般侍養他，方才報的他也。」（第三折）可見，梅英對待婆婆已經超出了一般的兒媳對婆婆的標準，對孝道的執行近乎完美。

竇娥和梅英，她們遵循著封建禮教的規範，讓自己具備了禮教要求的美德，是禮教的執行者和捍衛者，但是她們得到了怎樣的回報呢？竇娥爲保持貞節，不肯與張驢兒私了，她相信官府能爲自己做主，結果被判刑；爲了盡孝，認了罪，枉擔了罪名，最終被冤殺。梅英十年苦守，克己盡孝，卻被自己的丈夫背叛。這不正充分顯示了禮教的欺騙性嗎？雖然最終在故事結尾都有一個「光明的尾巴」，但是僅就二人堅持的道德規範來說，她們無疑是失敗的，她們堅守的禮教規範並沒有帶給她們幸福，甚至連基本的生命安全都難以達到。她們的經歷證明了封建禮教的欺騙性。

竇娥臨刑前的控訴表現了她對封建禮教等級秩序的質疑：

〔正宮・端正好〕沒來由犯王法，不提防遭刑憲，叫聲屈動地驚天！頃刻間遊魂先赴森羅殿，怎不將天地也生埋怨？

〔滾繡球〕有日月朝暮懸，有鬼神掌著生死權，天地也，只合把清濁分辨，可怎生錯看了盜跖顏淵？爲善的受貧窮更命短，造惡的享富貴又壽延。天地也，做得個怕硬欺軟，卻原來也這般順水推船。地也，你不分好歹何爲地？天也，你錯勘賢愚枉做天！哎，只落得兩淚漣漣。（第三折）

這兩段唱指天罵地，矛頭指向代表封建等級秩序的天地。對於「孝」，她也有所質疑：「本一點孝順的心懷，倒做了惹禍的胚胎。」（第四折〔梅花酒〕）一心學做東海孝婦，結果卻惹禍上身，「孝」道毒害匪淺。竇娥七歲被父親抵債成爲童養媳，剛剛成婚丈夫就去世了，親情和愛情都缺失了，面對悲慘的命運，她生存的支持就是「貞」與「孝」──對丈夫從一而終、奉養婆婆以盡孝道，她本認爲堅持這樣的原則、安分守己就可以過上安心的生活，張驢兒代表的惡勢力、桃杌代表官府奪取了她生存的權力，她一貫堅守的禮教原則

不僅沒有幫助她擺脫厄運，反倒成爲毀滅她的推手，這終於打破了竇娥對於禮教的信任。

梅英也是同樣。她之所以能夠抵抗張大戶和秋胡的威逼利誘，完全是因爲對「貞節」的堅守，源於對丈夫的忠誠與信任。而當這種信仰轟然倒塌時，她拒絕再做貞順的犧牲品，忿然向丈夫索要休書，「貞心一片似水清，郎贈黃金妾不應。假使當時陪笑語，半生誰信守孤燈？秋胡，將休書來，將休書來」（第四折），宣佈了對夫權的不信任，「整頓我妻綱」（第四折〔鴛鴦煞〕）的宣言更是振聾發聵，昭示了自己主宰命運的決心。

隨著竇娥和梅英的覺醒，她們對於禮教的堅守受到了自己的質疑。這份質疑的眞正擁有者是雜劇的作者。所以，儘管劇中的女主人公在行爲上難以有進一步的突破，然而，其所表示的對禮教的質疑卻是非常明確的，禮教的虛僞性、欺騙性彰顯無遺。

第二，小人物與權貴者的鬥爭，挑戰了特權，表現出對生命的珍視與堅持，反映了其對「人」的認識和生命意識的覺醒。

儘管竇娥和梅英在劇中是一號人物，是主角，而她們代表的卻是現實生活中的小人物，是普通的家庭主婦。面對邪惡勢力，也許她們是渺小的，但她們毫不氣餒、絕不屈服，顯示了對自己作爲一個「人」的獨立自主人格的捍衛。此外，包括竇娥和梅英在內，雜劇中的人物在面對困難、面對迫害的時候，很少有以死抗爭者，他們都是努力保全性命，活著反抗。這與前代文學作品有很大差別，當劉蘭芝、紫玉、霍小玉等人遇到類似的問題時，她們選擇的是結束自己的生命。相較而言，雜劇中的人物更加珍視自己的生命，表現出生命意識的覺醒。

所謂生命意識，是指人們對於生命及自我存在價值的認識與反思。幾乎所有人都有生命意識，從簡單的感歎「老了」到對死亡的恐懼，從「逝者如斯夫」到「高堂明鏡悲白髮，朝如青絲暮成雪」的感歎，每個人都有對於生命的認識，差別在於認識的深淺。淺層次的認識是對生命物質形式的追求，就是對生存的眷戀和對死亡的恐懼。深層次的認識是對生命存在價值的追求，就是個體將自己有限的生命化作無限永恒的嘗試。〔註34〕竇娥、梅英等人物形象，珍視生命、熱愛生命，爲實現自己的生命價值而努力，絕不輕易

〔註34〕詳見拙作《蔣捷詞中的生命意識》，載《內蒙古大學學報（人文社會科學版）》，2006年第5期，第69～73頁。

放棄自己的生命。

　　竇娥面對的惡勢力一個是流氓張驢兒，另一個是桃杌代表的官府。劇中沒有介紹張驢兒的身世，但看他的表現——一聽說蔡婆家有個守寡的媳婦就馬上想到要霸佔，遭到拒絕就要行兇；竇娥不從，又想毒死蔡婆達到霸佔竇娥的目的；無意間藥死自己老子之後，他毫無悲痛之情，反而利用此事要挾竇娥就範……完全是一副流氓惡霸的嘴臉。面對這樣的流氓，竇娥毫不退縮，孤軍奮戰。原本與竇娥相依為命的婆婆在這場爭鬥中不僅沒有給她任何實際的支持，有時甚至成為對方的幫兇，這使得竇娥陷入了孤立無援的困境。蔡婆初把張驢兒父子領回家時，想勸竇娥一起改嫁給張氏父子，竇娥一口拒絕並將湊上來的張驢兒推得跌倒。在張孛老被藥殺之後，張驢兒誣陷竇娥，蔡婆再次勸竇娥「孩兒也，你隨順了他罷」（第二折），竇娥不從，也沒有理會張驢兒的威脅不肯私了，而是選擇了官休。打官司時，竇娥要面對的是楚州太守桃杌，這是一個怎樣的官員呢？按他自己的話說就是「我做官人勝別人，告狀來的要金銀。若是上司當刷卷，在家推病不出門」（第二折），何其貪財！何其昏庸！尤其是他見了告狀人就下跪的場景，活畫出了一個貪官的嘴臉。面對這樣的官吏，竇娥自然有口難辯，卻寧肯忍受酷刑折磨也不肯屈打成招。但當桃杌要責打蔡婆時，竇娥急忙攔阻：「住住住，休打我婆婆。情願我招了罷，是我藥死公公來。」（第二折）這時蔡婆也沒有辯解自己沒有丈夫，竇娥何來公公，而只是感歎「竇娥孩兒，這都是我送了你性命」（第二折）。可以說蔡婆充當了張驢兒和桃杌的幫兇，把竇娥一步步推向了斷頭臺。但是竇娥從未屈服，即便是迫不得已認了罪，也沒有放棄自己的生命，她本以為還會復勘此案，哪知道竟然直接被問了斬罪，她仍然不認輸，臨行前許下三樁誓願，讓自己的冤屈昭示天下。死後冤魂不散，一定要報仇雪恨，將自己的仇人繩之於法。竇娥對自己的生命絕不輕易放棄，活著的時候要反抗，死了也不肯善罷甘休，一定要討回公道，堅持自己認定的真理。

　　羅梅英也是這樣，在錢勢和權勢面前，她毫不屈服，努力捍衛自己的人格和生命的尊嚴。當李大戶以錢財相誘的時候，她對李大戶毫不留情：「把這廝劈頭劈臉潑拳搥，向前來我可便摑撓了你這面皮。（帶云）這等清平世界，浪蕩乾坤，（唱）你怎敢把良人家婦女公調戲？」（第二折〔醉太平〕）「我道你有銅錢則不如抱著銅錢睡。」（第二折〔叨叨令〕）金錢是不能買走自己的人格尊嚴的，即使是父母勸她改嫁也絲毫沒有動搖梅英的決心。秋胡對梅英

詩歌挑逗、言行暴力、金錢誘惑，梅英痛罵：「兀那禽獸你聽者，可不道『男子見其金易其過，女子見其金不敢壞其志。』那禽獸見人不肯，將出黃金來，你道黃金這般好用的？」「你個富家郎慣使珍珠，倚仗著囊中有鈔多聲勢，豈不聞財上分明大丈夫？不由咱生嗔怒，我罵你個沐猴冠冕，牛馬襟裾。」（第三折）梅英沒有因為身份低微和貧窮無助而在富家子面前示弱，反而處處佔了上風。在她發現自己苦等了十年的丈夫就是桑園中的浪蕩子時，她沒有像前代同一題材故事中的秋胡妻那樣投河而死，而是向秋胡索要休書，體現了對生命的珍視，對自我價值的認知。金錢、權勢、父權、夫權，都沒有動搖梅英捍衛自己人格尊嚴的決心，自己是為實現生命的價值而活的。

除了竇娥、梅英，雜劇中還有很多表現出強烈生命意識的人物形象。如《東堂老》中的翠哥，當她的丈夫揚州奴將家產揮霍蕩盡之後要懸梁自殺時，她斷然拒絕了丈夫一起死的要求，「當日有錢時都是你受用，我不曾受用了一些，你吊殺便理當，我着甚麼來由」（第三折），決不當丈夫的殉葬品，挑戰了夫權，彰顯了生命的強音。此外，那些為了愛情而衝破禮教的閨閣千金和風塵佳麗們，她們對愛情的追求也是為了使自己的生存更有價值，不願做禮教壓迫下婚姻的犧牲品，她們對於生命價值的認識已經超越了簡單的「活著」，而是要活出質量、活出精彩。

第三，竇娥死前許下的三樁誓願，表現得決絕而剛烈，有少數民族女子的風範。

竇娥的故事題材，來自於歷史流傳的故事，主要取材於漢代的「東海孝婦」傳說。前代的傳說只為雜劇提供了故事框架，雜劇的人物形象則富於時代感。在傳說故事中，「雷電下擊」、「海水大出」和「郡中枯旱三年」都是上天感應到人間的不幸而降的災異，突出的是上天的好生之德。干寶《搜神記》中增加了冤婦自誓導致血水倒流，這一異常現象顯示的是其「冤」。到雜劇中，所有異象都是竇娥的誓願感應，她的誓願變成了三個，而且一個比一個更激烈：血上白練，僅關乎個人，要與污濁的世界決裂；六月飛霜，要告知天下人自己的冤枉；亢旱三年，則是對人世間不分黑白的懲罰。這種決絕、剛烈的氣度，完全不像崇尚溫柔和順之美的漢族文化所培養出來的。她在劇中的性格特徵，除了對禮教的堅持之外，就是「氣性最不好惹的」（第一折），這是蔡婆的評價，再看她的表現——見到張驢兒說的第一句話是：「兀那廝，靠後！」張驢兒強行拉扯時，被她推跌了一跤，張驢兒也感歎：「這歪剌骨！便

是黃花女兒，剛剛扯的一把，也不消這等使性，平空的推了我一交，」可見
其態度之堅決、行爲之激烈。而她雖然竭力捍衛禮教，以貞孝爲自己的行爲
準則甚至是生命的支撐，但看她在規勸蔡婆時言語激烈、措辭犀利，很難想
像這是一個恪守孝道的媳婦對婆婆說的話，已經遠遠超出了漢族的禮儀限
度。她在大堂上，寧肯被打死也不枉擔罪名，其烈性讓人震撼。竇娥所表現
出來的堅強、執著、剛烈、坦率、不服輸等性格特徵，雖然在漢族女子身上
也有，而如此強烈、直接的表達，卻很罕見，這也與當時民族文化交融的大
背景相關。正如前面提到的，少數民族中女子地位較高，又沒有漢族女子那
麼多倫理道德規範的約束，個性發展更加純樸自然，感情表達更加直白熱烈。
竇娥的身上就表現出此類特徵，顯示了民族文化交融對其形象塑造的影響。

　　第四，雜劇放棄了其原型的悲劇結局，而代之以大團圓式的結局。雜劇
中竇娥雖然未免餐刀之苦，但最終依靠父親懲治了惡人、彰顯了正義。「東海
孝婦」故事中的孝婦雖然也得到了清官的平反，但是僅僅是殺牛祭冢，惡人
未能受懲罰。羅梅英的結局改變更大，傳說故事中秋胡妻投河自盡，悲劇收
場，雜劇中則以夫妻團圓、懲治惡人收尾。不僅《竇娥冤》《秋胡戲妻》如此，
元雜劇中大團圓結局佔了多數，王季思主編的《全元戲曲》中，收錄現存全
本 227 種，以大團圓結局的 205 中，占總數 90%以上。大團圓結局大量出現
的原因，受到了學者的關注。總體來說，既受到傳統中原文化中儒釋道思想
的影響，也有農耕民族審美心理、審美趣味的制約，加之心理補償和心理慰
藉因素，還有蒙古族等北方游牧民族的信仰、價值觀等對雜劇創作的影響。
前輩學者對前幾個因素論述較多，這裏僅對少數民族文化的影響作簡單的論
述。

　　現存的雜劇劇本很多是元代宮廷保留下來的，取捨之間受到蒙古族文化
的影響是必然的，尤其是在元代民族文化交融的大背景之下，雜劇創作受到
少數民族文化的影響是可想而知的。

　　一是元代統治階層信仰薩滿教，對雜劇創作的影響。薩滿教的靈魂觀念
較爲複雜，崇尚萬物有靈、多神崇拜。蒙古族崇拜天，認爲「天」戰無不勝，
他們敬畏天神，稱其爲「長生天」。他們也崇拜日、月，這些都是圓的。蒙古
人認爲圓是美好的象徵，這與他們的宗教信仰密切相關。在元代民族文化交
流的背景下，蒙古族的薩滿教信仰對雜劇創作者自然會產生直接或間接的影
響。

　　二是蒙古族的價值觀對雜劇的創作的影響。蒙古族崇尚天人和諧。這不同於漢族出於哲學意義上的追求天人感應，他們是一種自然的價值觀。草原游牧民族必須與草原和諧相處，保護環境才能保證自己的生存，草原與人類和諧共存。他們在死後不封不樹，盡自己最後的能力保護草原。他們追求人與自然的和諧相處，這種自然價值觀，不僅具有現代環保的意識，而且對整個社會的價值觀產生了影響。另外，游牧民族的生產勞動方式決定了他們的人生價值觀。他們的生存環境惡劣，這使他們崇尚英雄，希望英雄可以戰無不勝，不留遺憾，渴望圓滿。游牧民族的價值觀不能完全改變整個社會的價值取向，但必定能對其產生影響，不管這種影響是深是淺，也不管其是顯是隱，身處其間的雜劇作家耳濡目染，會受到一些影響，崇尚圓滿，渴望完美。

　　三是統治者的愛好對雜劇創作的影響。游牧民族，尤其是蒙古族，大都熱愛文藝、喜好歌舞，而且他們喜愛的是通俗性的歌舞戲劇。元代的很多戲劇是為宮廷演出使用的，我們現存的很多劇本也是來自於宮廷。給皇帝演出用的劇本，喜慶的內容自然比較容易被接受。統治者的喜好對文人創作的影響是很大的，自然也會對雜劇創作產生影響，團圓完滿的結局也就大行其道了。

　　當然，中原傳統漢文化對雜劇創作的影響也是很大的，正是漢文化與少數民族文化的共同影響才造就了元雜劇中豐富多彩的女性形象。傳統的賢妻良母在雜劇中形象的變化再次驗證了民族文化交融對雜劇創作的影響，也成為雜劇塑造的新女性形象之一。

二、地位卑下的侍女丫鬟

　　元代的新女性形象還包括一些地位卑賤的侍女丫鬟。唐代以前的敘事文學中，很少出現婢女的形象。唐傳奇小說中相關描述多了起來，並開始關注她們在溝通男女戀情中的作用，如《裴航》、《孫恪》中都是靠婢女傳書遞信，充當愛情的媒介。元稹《會真記》更是如此，紅娘不僅是傳書的魚雁，還是為張生出謀劃策的參謀，如果沒有紅娘的謀劃，張生恐怕很難與鶯鶯成就好事。元雜劇中出現了眾多丫鬟婢女的形象，雖然她們中的大多數仍然只是個符號化的人物，甚至她們的名字都一樣——「梅香」，但其中也出現了一些光彩奪目、個性鮮明的形象，如《調風月》中的燕燕、《西廂記》中的紅娘、《㑇梅香》中的樊素、《貨郎旦》中的張三姑、《五侯宴》中的李氏等。最引人矚

目的是紅娘和燕燕。

　　雜劇作家對奴婢的注意，與元代社會的現實相關。元代奴婢數量極大，歷代少有。蒙古貴族在南征北戰中，攻城略地的同時，掠奪了大量的人口，使之成為奴隸。《南村輟耕錄》中記載：「今蒙古色目之臧獲，男曰奴，女曰婢，總曰驅口。蓋國初平定諸國日，以俘到男女匹配為夫妻，而所生子孫永為奴婢。」「奴婢男女止可互相婚嫁，例不許聘娶良家，若良家願娶其女者聽。」「刑律：私宰馬牛，杖一百。毆死驅口，比常人減死一等，杖一百七。所以視奴婢與馬牛無異。」〔註35〕奴婢自相婚配，子孫永為奴婢，不可以聘娶良家女，卻要任由良家聘娶自己的女兒；其性命賤如牛馬，主人打死奴婢只需杖責一百七下。「諸奴詬詈其主不遜者，杖一百七，居役二年，役滿日歸其主」〔註36〕，奴婢辱罵主人，對主人不敬，所受的懲罰比主人打死奴婢還要重，可見其地位低下至極。現實生活中大量奴婢的存在，觸發了作家的創作靈感，他們在雜劇中塑造了眾多的奴婢形象，雖然大部分都符號化了，沒有什麼個性可言，但是紅娘和燕燕形象的塑造成為文學史上的典型，她們有膽有識、勇於承擔、決不妥協，其性格中表現與出少數民族女子性格相似的特徵。

1、紅娘

　　盤蕙碩人評論紅娘這一形象：「看《西廂》者，人但知觀生、鶯，而不知觀紅娘。紅固女中之俠也。生、鶯開闔難易之機，實操於紅手，而生、鶯不知也。倘紅而帶冠佩劍之士，則不為荊、諸，即為儀、秦。」〔註37〕這一評價概括了紅娘的性格特徵——有膽有識、俠義心腸。

　　最能表現紅娘膽識的是第四本中《拷紅》一折。鶯鶯與張生歡會之後，兩情繾綣，未及掩飾，終於被老夫人察覺。老夫人招紅娘去責問，甚至要打紅娘，紅娘只得招供：「他兩個經今月餘則是一處宿，何須你一一問緣由？」（第四本第二折〔禿廝兒〕）面對老夫人「這端事都是你個賤人」的責難，紅娘毫不退縮：「非是張生小姐紅娘之罪，乃夫人之過也。」而且引經據典，言之鑿鑿：

　　　　信者人之根本，「人而無信，不知其可也。大車無輗，小車無軏，

〔註35〕　（元）陶宗儀：《南村輟耕錄》，北京：中華書局，1959年版，第208頁。
〔註36〕　（明）宋濂等撰：《元史·刑法志三》，北京：中華書局，1976年版，第2653頁。
〔註37〕　（明）盤蕙碩人：《玩西廂記評》，見吳毓華編著：《中國古代戲曲序跋集》，北京：中國戲劇出版社，1990年版，第236頁。

其何以行之哉？」當日軍圍普救，夫人所許退軍者，以女妻之。張
生非慕小姐顏色，豈肯區區建退軍之策？兵退身安，夫人悔却前言，
豈得不爲失信乎？既然不肯成其事，只合酬之以金帛，令張生捨此
而去。却不當留請張生於書院，使怨女曠夫，各相早晚窺視，所以
夫人有此一端。目下老夫人若不息其事，一來辱沒相國家譜，二來
張生日後名重天下，施恩於人，忍令反受其辱哉？使至官司，夫人
亦得治家不嚴之罪。官司若推其詳，亦知老夫人背義而忘恩，豈得
爲賢哉？紅娘不敢自專，乞望夫人台鑒：莫若恕其小過，成就大事，
捆之以去其污，豈不爲長便乎？（第四本第二折）

不識字的紅娘，竟然搬出了孔聖人的話來教導老夫人，並指出老夫人首
先失信於人，接著不該把張生留下使二人有機會朝夕相對，最終「做下來了」。
這是老夫人所犯的錯誤，接著紅娘又曉以利害，指出老夫人只能接納崔張二
人的感情，否則便辱沒了相國家譜，得罪了有著無量前程的張生，還有可能
得個治家不嚴之罪。經過紅娘伶牙俐齒的一番辯駁，老夫人啞口無言，最終
接受了二人的感情，紅娘大獲全勝。

紅娘之所以能如此大義凜然地爲崔張辯駁，與她身上的俠義之氣是分不
開的。如前所述，俠義精神是中華民族的傳統美德，按照太史公的說法，「儒
以文亂法，俠以武亂禁」，俠是既有秩序的破壞者，他們擁有非常的本領、急
公好義、扶危濟困、重諾守信，對於弱者有著天然的同情心。盤薖碩人稱讚
紅娘有俠義精神，是「女中之俠」，正是看到了紅娘的同情心。紅娘本是老夫
人的人，她的任務是監視鶯鶯，但是在執行任務的過程中，她萌生了對張生
與鶯鶯的同情心，在他們需要幫助的時候慨然出手，不管老夫人的嚴令和鶯
鶯的猜忌，開始忙活這件和自己幾乎一點關係都沒有的婚事。「同情心，正是
貫串在她的所有行動之中，黏合了其才、其膽、其識，從而成爲使她能夠充
分發揮能量的內驅力」〔註38〕。正如黃天驥先生所說，王實甫給紅娘的形象
賦予了俠義精神，並這個讓出身卑微的丫鬟成爲崔張愛情發展中主掌「開闔
難易之機」的重要角色。這與唐以來關注下層婦女的俠義精神和在愛情婚姻
發展中所起的作用有關，也是由於宋金元時期市民階層日益壯大，成爲勾欄
瓦肆的主要觀眾，市民階層的價值觀、審美趣味對雜劇作家產生了深刻影響。

〔註38〕黃天驥：《情解西廂：〈西廂記〉創作論》，廣州：南方日報出版社，2011年版，
第276頁。

王實甫將同情心及其發揮出的能量，寄託在紅娘身上，反映了下層百姓的民主思想和人性意識的覺醒。〔註 39〕除此之外，少數民族的女性觀和價值觀對於作者塑造人物形象也有影響。雜劇作家將眼光下移，看到以前不被文學創作重視的下層奴婢，對她們平等看待，將過去只能賦予重要的、社會地位較高的人身上的美好品質賦予她們，給她們活潑潑的靈氣。這與少數民族相對較爲平等的女性觀的影響是分不開的。同時，紅娘身上那種活潑爽朗、幹練潑辣的性格，也與少數民族女子未經禮教約束、自然純眞的氣質有異曲同工之妙。

《㑇梅香》中的樊素，與紅娘頗有幾分相似，她也是促成白敏中與裴小蠻婚事的關鍵人物，她也曾刁難裴小蠻使她遵守約定，也曾經質問裴夫人。但是她始終表現出冷靜和理性的特徵，較之紅娘她身上多了許多的文人氣質，常常談古論今、引經據典。這種文人氣質使樊素距離市民階層更遠，過分的理性和矜持也使她失去了一個年輕女子的活潑。這也許是因爲小蠻和樊素在歷史上確有其人，作爲大詩人的姬妾，雜劇作者在她們的身上賦予了更多理想化的特徵，反而使她們缺乏時代感，也使樊素距離自己身爲下層奴隸的身份較爲疏遠。

2、燕燕

燕燕是關漢卿雜劇《調風月》中的正旦。以一個丫鬟爲劇中的一號人物，即使在雜劇中也不多見，可見作者對這一人物的重視。《調風月》講述燕燕受借住在主人家的小千戶的欺騙，與之交好，小千戶許諾要娶她做小夫人。不久小千戶另有所愛，燕燕不肯再與他和好，並去向小千戶將娶的小姐鶯鶯揭露小千戶的行爲，卻遭到鶯鶯的白眼。燕燕便在小千戶與鶯鶯成婚之時，當眾揭穿了小千戶欺騙她的事實，並詛咒了他們的婚姻，兩家無奈間應允了燕燕做小夫人，與鶯鶯同日完婚。

與紅娘、樊素等婢女相比，燕燕反抗的利己性更加突出。紅娘、樊素無私地爲他人的愛情婚姻幸福而奔走，她們的俠義心腸促使她們煥發出無窮的人格魅力，也使他們的反抗脫離了單純利己的局限，爲了他人甚至爲了天下人爭取幸福，因此她們的反抗更加徹底。燕燕則不同，她所有的反抗只是爲了自己，爲了捍衛自己作爲「人」的基本權力，不屈服於命運的安排，爲擺

〔註39〕黃天驥：《情解西廂：〈西廂記〉創作論》，廣州：南方日報出版社，2011 年版，第 278 頁。

脫被奴役、被玩弄的地位而大膽抗爭，雖然沒有了紅娘等人俠義心腸的感人力量，卻顯得更加真實，更加親切。

燕燕是個地位卑賤的奴婢，有著改變自己命運的強烈願望，所以面對小千戶的關懷時，她想到自己「無男兒只一身，擔寂寞受孤悶」（第一折〔元和令〕），便決定「自堪婚，自說親」（第一折〔上馬嬌〕），大膽成就這「一夜恩」（第一折〔勝葫蘆〕）。但是她要面對的是「一個個忒忺新，一個個不是人」（第一折〔後庭花〕），「一個個背槽拋糞，一個個負義忘恩」（第一折〔柳葉兒〕）的現實。在發現了小千戶另有所愛時，燕燕強烈的自尊心使她憤而離去，最能表達她心意的是第二折中的幾段唱：

　　〔耍孩兒〕我便做花街柳陌風塵妓，也無那則忺過三朝五日。你那浪心腸看得我忒容易，欺負我是半良半賤身軀。半良身情深如你那指腹為親婦；半賤體意重似拖麻拽布妻。想不想在今日，都了絕爽利，休盡我精細。

　　〔四煞〕待爭來怎地爭？待悔來怎地悔？怎補得我這有氣分全身體？打也阿兒包髻真價要戴，與別人成美況圍衫怎能夠披？他若不在俺宅司內，便大家南北，各自東西。

她絕不受辱，也絕不放棄。她曾努力「着幾句話破了這門親」，未能成功。又大鬧婚禮，終於達成所願，棄賤從良做了世襲千戶的小夫人。如果不是這樣，她只能嫁個奴隸，世代為奴。婚禮上的舉動充分展示了她剛烈、潑辣、絕不屈服的個性。

燕燕經過艱苦的鬥爭，改變了自己的命運。不難想像，靠這樣的手段得來的「小夫人」身份恐怕很難給她帶來愛情，但是試想如果不靠這樣的手段，燕燕還有什麼方式可以改變自己的命運呢？皇帝賜婚？負心人迴心轉意？似乎都不可能。從這個意義上說，燕燕的方式是正確的，甚至是唯一的，在與命運的抗爭中，她勝利了，她為自己爭取了一個做正常人的權力。

燕燕身上拒不妥協、勇於捍衛自己利益的精神，也頗有少數民族女子的風采。而且從劇中的語言使用可以看出，燕燕應該是一個女真族女子。劇中多次出現燕燕對男女主人的稱呼：「阿媽」、「阿者」，從她對女真語的使用可以判斷燕燕的女真人身份。作為少數民族女子，她潑辣大膽，為了自己的愛情敢想敢幹，甚至是不擇手段的。在小千戶背信棄義與鶯鶯成婚的當日，當眾揭穿其醜事，實際上也將自己的醜事公之於眾，把自己推到了風口浪尖上，

試想一個漢族女子在禮教的重重壓力下，怎會有如此膽量？這樣的情況恐怕只會發生在元代這樣的民族文化廣泛交融的時代。開放的時代，相對解放的思想，給了雜劇作家擴大的視野和胸襟，才會創作出如此動人的人物形象。

小　結

　　本章論述元雜劇中的女性人物形象所表現出來的民族文化交融特徵，主要表現在女性觀的變化。元代以前的女性觀，基本上可以用「女子無才便是德」來概括，女性大多是男性的附庸。到了元代，這種狀況改變了，這一點從雜劇中的女性形象不難看出。

　　1、性格變化：她們不再一味忍讓、軟弱，而是變得大膽、主動、熱情，敢於擔當，掌握了愛情的主動權。如崔鶯鶯、李千金、張倩女等。

　　2、生命意識強烈：對生命更加珍視，不會輕易結束自己生命，而是運用自己的聰明智慧保全性命、活著反抗。如羅梅英、趙盼兒等。

　　3、無視貞節觀念：雜劇中出現了對傳統貞節觀念的質疑，如竇娥、梅英等；甚至無視貞節，如譚記兒。她們大膽地休夫、再嫁，挑戰了傳統貞烈觀。

　　4、反對父權、夫權，女性依附感減弱。如李千金、譚記兒、崔鶯鶯、羅梅英等。甚至出現了趙盼兒、紅娘等具有俠義精神的女英雄。

　　可以說，元代女性已經意識到自己作為女人也是社會中的一分子，擁有和男性一樣的權益，是能夠獨立自主地主宰自己命運、安排自己生活的人，是自己的主人。

　　這是受到游牧民族女性觀的影響。草原民族女子擁有與男子同等重要的地位和作用，他們獲得了和男子一樣的發展機會，在日常生活和戰爭遷徙中，女性都發揮著重要的作用，她們可以充當男子在社會生活中的一切角色。這與漢族女子被禁錮在家庭內從事家務勞動，只能是男子的附庸，而游離於社會生活之外完全不同。所以在雜劇中表現出與中原傳統文化不同的女性觀。

　　雜劇中還有一類女性形象——女商人，為保持商人形象的完整性和論述的方便，放在下章的《雜劇中的商人形象》一節中。

第三章　元雜劇中書生、商人形象

　　雜劇中的女性形象形形色色，男性形象也是林林總總。有突破傳統的書生形象，也有隨城市經濟的興起而崛起的商人，還有官吏、僧道、醫藥卜筮等百業之人等，他們不同於前代文學中的同類形象，甚至是前代文學作品中沒有的，從而也可以看出當時民族文化交融的影響。

第一節　雜劇中的書生形象

　　與雜劇中的女性形象相比，書生形象較爲單一。他們身上反抗禮教的堅決性和徹底性都不及女性形象那麼明顯和強烈，但同樣受到民族文化交融背景的影響，如其愛情觀、功名觀的改變。

一、才子佳人劇中的書生——以張生爲代表

　　才子佳人劇中的書生大多遵循著同一模式：趕考途中，偶遇佳人，偷期密約，暗赴雲雨，被老夫人發現，強逼或主動前去赴考，狀元及第，奉旨成婚。具體情節有很多變化，但總的模式不變。這個模式幾乎成爲中國戲劇的固定套路，引來後人許多詬病，但是在這個固定的模式中還是可以看出時代對它的影響。總體來說，在追求愛情的過程中，才子們反禮教輕功名；對待愛情則重貌重情重欲。這類書生中以張生最具代表性。

1、對待感情與禮教的態度

　　《西廂記》中的張生是才子佳人劇中的典型形象。他經過了元稹、董解元、王實甫等歷代作家的加工、豐富，最終形成了我們喜愛的「志誠種」「傻

角」張君瑞。從人物對情與禮態度的發展變化中可以看出元代民族文化交融的影響。

元稹《鶯鶯傳》中的張生：

> 性溫茂，美風容，內秉堅孤，非禮不可入。或朋從遊宴，擾雜
> 其間，他人皆洶洶拳拳，若將不及，張生容順而已，終不能亂。以
> 是年二十三，未嘗近女色。知者詰之，謝而言曰：「登徒子非好色者，
> 是有凶行。余真好色者，而適不我值。何以言之？大凡物之尤者，
> 未嘗不留連於心，是知其非忘情者也。」詰者識之。

好一個道貌岸然的君子！加之後來救人於危難之中，又為他平添了幾分英雄的豪氣。至此，張生是一個克己守禮的美好形象。但是，見到了「顏色豔異，光輝動人」的鶯鶯之後，他又是如何呢？「張驚，為之禮」，之後便「問其年紀」，還「以詞導之」，得不到響應，就跑去對紅娘「私為之禮者數四」，哪像一個堅守禮儀規範的君子？這也許可以用愛慕鶯鶯為藉口，但是紅娘勸他納媒求娶時，他說：「若因媒事而娶，納采問名，則三數月間，索我於枯魚之肆矣。」顯然沒有和鶯鶯結為婚姻的誠意，二人的結合從開始就預示了悲劇的結局。其後綴春詞以授、梯樹逾牆相會，這一系列的行為哪裏看得出禮教約束的影子？逾禮而合的結局卻是遺棄，這時張生又擺出一番大道理：

> 大凡天之所命尤物也，不妖其身，必妖於人。使崔氏子遇合富
> 貴，乘寵嬌，不為雲為雨，則為蛟為螭，吾不知其變化矣。昔殷之
> 辛，周之幽，據百萬之國，其勢甚厚。然而一女子敗之。潰其眾，
> 屠其身，至今為天下僇笑。予之德不足以勝妖孽，是用忍情。

將一個對自己傾心相愛的女子比為妖孽，把自己的負心薄幸說成「忍情」！這樣的張生可以用「無恥」來形容！正如魯迅先生所說的「文過飾非，遂墮惡趣」（《中國小說史略》）。可見，禮教對於張生來說，只是為其始亂終棄的行為提供了藉口託詞甚至是保護傘，張生最終回歸了禮教，他把自己塑造成為一個回頭浪子。

張生形象引起了宋代文人的不滿，「密意濃歡方有便，不奈浮名，旋遣輕分散。最恨多才情太淺，等閒不念離人怨」（趙令畤《商調蝶戀花鼓子詞》）。他們試圖把張生塑造成一個更加多情的人，「張生一見春情重」，「更覺玉人情重」（秦觀《調笑轉踏》其七），以表示對張生薄情的不滿。但是他們沒有改變故事的結局，仍然以悲劇結尾。

　　董解元的《西廂記諸宮調》，改變了故事的結局，崔張二人最終獲得了團圓，而且他們面對的禮教阻力更大，情與禮的衝突表現得更激烈一些。與鶯鶯從富家女變成相國之女的身份相對應，張生也變成了已故禮部尚書的公子，二人身份相稱，他們受禮教的約束更多。再加上鶯鶯已經訂婚的身份，讓他們爭取愛情婚姻的過程更加艱難。而張生的「四不」宣言——「不以進取爲榮，不以干祿爲用，不以廉恥爲心，不以是非爲戒」——之中，前兩條是針對功名富貴的，後兩條是針對禮教規範的。可見，張生在情與禮的選擇中已經明確地表明了自己對愛情的重視。當他「夜則廢寢，晝則忘餐。顛倒衣裳，不知所措」地思念鶯鶯，千方百計地接近鶯鶯時，他根本沒有考慮禮教的規範和自己的處境。二人面對老夫人的再次賴婚，竟然想要雙雙殉情，「君瑞懸梁，鶯鶯覓死」（卷八〔般涉調·哨遍纏令〕），他們看待愛情是重於自己的生命的——「生不同偕，死當一處」（卷八）。儒家倫理學經典《孝經·開宗明義章》中指出：「身體髮膚，受之父母，不敢毀傷，孝之始也。立身行道，揚名於後世，以顯父母，孝之終也。」〔註1〕張生其時已經進士及第，被任命爲翰林學士，志得意滿，社會地位提高，身價倍增，立身揚名之事本已唾手可得。但他卻要毀傷自身、結束生命，連「孝」道最基本的要求都做不到，遑論「孝之終」。而他秉受皇恩，已經是朝廷命官，倘若殉情而死，何談爲國盡忠？《孟子·滕文公下》中說：「不待父母之命，媒妁之言，鑽穴隙相窺，逾牆相從，則父母國人皆賤之。」〔註2〕張生與鶯鶯悖逆父母之命，沒有媒妁之言，已屬苟合。而且，「逾牆相從」，先姦後娶，爲禮教所不容。爲了鶯鶯，張生對於「忠孝」「廉恥」等禮教觀念棄之不顧，可見「情」在他心目中的分量是很大的。

　　王實甫《西廂記》雜劇繼承了諸宮調中張生對禮教的態度，在情與禮之間取「情」而捨「禮」，張生表現出更明顯的反禮教態度。《鶯鶯傳》中張生見鶯鶯是在解了蒲州兵亂之後，此事只是爲二人相見提供一個契機。《董西廂》中張生解圍是在見了鶯鶯之後，而且其間張生頗多刁難。在孫飛虎兵變圍寺、鶯鶯欲捨身救眾之時挺身而出。但在挺身而出之後，又與寺僧一番爭辯，一

〔註1〕《孝經·開宗明義章》，見（清）阮元校勘：《十三經注疏》，上海：上海古籍出版社，1997年版，第2545頁。

〔註2〕《孟子·滕文公下》，見（清）阮元校勘：《十三經注疏》，上海：上海古籍出版社，1997年版，第2711頁。

方面說自己有解圍的能力，另一方面又說「生死人常理，何須恁怕怯」，「我雖負勇，他無所求，我何自舉」，直至老夫人出面相求才慨然應允：「不是咱家口大，略使權術，立退干戈。除卻亂軍，存得伽藍，免那眾僧災禍。您一行家眷須到三五十口，大小不教傷著一個。恁時節，便休卻外人般待我！」（卷三〔小石調・花心動〕）他出手相救是有條件的——不以「外人」相待。退賊之後他反覆表白自己對崔氏母女有恩，「念自家，雖是個淺陋書生，於夫人反有深恩」（卷三〔高平調・於飛樂〕），「思量俺，日前恩非小」（卷五〔仙呂調・朝天急〕），「那夫人，感恩義，許鶯鶯與俺為妻」（卷八〔越調・渤海令〕）。看來，他不僅是為了和鶯鶯的感情而出手，也是為了滿足自己的自尊心，如此一來，鶯鶯與他的結合就帶有報恩的成分了。《王西廂》中的張生就顯得單純一些，老夫人一許婚，張生馬上出來獻策退敵，沒有那一番口舌，解圍救人的動機很單純，就是為了老夫人的「懸賞」——以鶯鶯為妻。

《董西廂》中張生取得功名回來，聽說鶯鶯又許給了鄭恒，他是有過猶豫的：「生思之：鄭公，賢相也，稍蒙見知。吾與其子爭一婦人，似涉非禮。」（卷七）在禮與情的天平上似乎再次發生了反向的傾斜。而他看到鄭恒醜陋的樣貌、粗俗的舉止，「覷了他家，舉止行為，真個百種村！行一似揀老，坐一似猢猻，甚娘身份！駝腰與龜胸，包牙缺上邊唇。這般物類，教我怎不陰哂——是閻王的愛民」（卷七〔青山口〕）。看著心愛的人即將嫁給一個這樣的人，他居然「陰哂」暗笑，難以想像這是那個為情悖禮的秀才。《王西廂》中張生遇此情況則努力挽回，極力表白。當老夫人和紅娘指責他置鶯鶯於度外，又做了衛尚書家女婿時，他賭咒發誓：

> 夫人聽誰說？若有此事，天不蓋，地不載，害老大小疔瘡！
>
> ⋯⋯
>
> 和你也葫蘆提了也。小生為小姐受過的苦，諸人不知，瞞不得你。不甫能成親，焉有是理？
>
> 〔攪箏琶〕小生若求了媳婦，則目下便身姐。怎肯忘得待月迴廊，難撇下吹簫伴侶，受了些活地獄，下了些死工夫。不甫能得做妻夫，見將着夫人誥敕，縣君名稱，怎生待歡天喜地，兩隻手兒分付與，你劃地倒把人贓誣。（第五本第四折）

張生對鶯鶯的一片癡情，不因外界阻力而動搖，不因受人污蔑而改變。他在

情與禮的選擇上較之《董西廂》中的同名人物更加堅定徹底，這一點在二人成就婚姻的過程中表現得更加明顯。《董西廂》中崔張二人私奔至杜確處成婚，以既成事實逼迫老夫人接受，還是退讓了一步。而《王西廂》中，張生據理力爭，在老夫人面前與鄭恆對質，終於得到老夫人承認，得諧連理。這較之私奔成婚，更加光明正大、名正言順，對禮教的反抗也更鮮明。

　　《董西廂》產生的金代和《王西廂》產生的元代，是代表著北方游牧民族文化的女真族文化和蒙古族文化已經開始和中原的農耕文化發生交流融合的時代。女真族進入中原較早，漢化程度也較深，對禮教道德較為重視。所以《董西廂》中表現出禮教與感情之間的搖擺。元朝比金代的疆域範圍更大，蒙古族的民族自信心更強，其文化在與漢文化交流融合的早期佔據較強勢地位，受禮教約束少，所以會產生《王西廂》《牆頭馬上》《倩女離魂》等這樣一批反禮教的作品。

2、對待感情與功名的態度

　　《鶯鶯傳》中張生兩次離開鶯鶯都是為了功名，在他的心目中，功名是要重於愛情的。二人愛情的阻力來自於張生的負心，而導致張生負心的原因是唐代流行的門閥觀念。《新唐書・杜兼傳》中記載：「民間修婚姻，不計官品而上閥閱。」〔註3〕人們競相攀託高門，通過聯姻來提高自身地位。據陳寅恪先生考證，「鶯鶯所出必非高門，實無可疑也」，「惟其非名家之女，捨之而別娶，乃可見諒於時人」〔註4〕。陳先生認為張生是作者元稹的自況，根據元稹的家世生平作出了這樣的判斷。而小說中也只提到「崔氏之家，財產甚厚，多奴僕」，男主人亡故、子女尚幼，既非高門，亦非宦門。鶯鶯只是富家女，沒有顯赫的背景，不足以打動張生與之結姻。張生若與鶯鶯結合，難從妻家借力，所以張生始終不肯輕易許婚。也正是由於這樣的社會風氣影響，張生的背信棄義沒有被譴責，反而被贊為「善補過」。

　　《董西廂》中張生對鶯鶯的感情已經不僅僅是見色起意，而是投入了感情在其中。他初見鶯鶯即為其美貌所傾倒，「被你風魔了人也嗏，風魔了人也嗏」（卷一〔中呂調・香風合纏令〕），他的「四不」宣言中前兩項「不以進取為榮，不以干祿為用」（卷一），就是針對功名與愛情做出的選擇。

〔註3〕（宋）歐陽修、宋祁撰：《新唐書》，北京：中華書局，1975年版，第5206頁。
〔註4〕陳寅恪：《元白詩箋證稿・讀鶯鶯傳》，見陳寅恪：《陳寅恪史學論文選集》，
　　　　上海：上海古籍出版社，1992年版，第646、647頁。

　　　　難睹鶯鶯面，更有甚身心，書幃裏做功課？百般悄如風漢。水
　　幹了吟硯，積漸裏塵蒙了書卷。千方百計，無由得見。小庭那畔，
　　不見佳人門畫掩。列翹著腳兒，走到千遍。數幅花箋，相思字寫滿，
　　無人敢暫傳。正是：咫尺是冤家，渾如天樣遠。（卷一〔大石調・玉
　　翼蟬〕）

他爲了鶯鶯如癡似狂，功名利祿都拋在了腦後。不僅在初見鶯鶯時這樣，即
使後來老夫人聽信了鄭恒的調唆賴婚，將鶯鶯重許鄭恒之時也沒有改變。須
知這時候張生已經是翰林學士了，再娶絕非難事，正如法聰所說：「學士何娶
不可？無以一婦人爲念。」（卷八）但張生重視的是二人的感情，「男女佳配，
不易得也。加以情思，積有日矣。一旦被讒，反爲路人，所以痛餘心也」。他
願意放棄大好的仕途前程與鶯鶯共同赴死殉情。

　　《王西廂》中的張生延續了《董西廂》中重情感輕功名的形象特徵。佛
殿中一見鶯鶯便神魂顛倒，「眼花撩亂口難言，魂靈兒飛在半天」（第一本第
一折〔元和令〕）。二人連話都沒有搭過，就決定「小生便不往京師去應舉也
罷」（第一本第一折），就在寺裏借了一間僧房住下來。從此他朝思暮想惦記
著鶯鶯，千方百計接近鶯鶯，挖空心思向鶯鶯表白，功名前途都拋在腦後。
張生在老夫人賴婚之後，每日「睡昏昏不待觀經史」，只知道「筆下寫幽情」
（第三本第一折〔油葫蘆〕），紅娘都勸他「休教那淫詞兒污了龍蛇字，藕絲
兒縛定鶼鵬翅，黃鶯兒奪了鴻鵠志；休爲這翠幃錦帳一佳人，誤了你玉堂金
馬三學士」（第三本第一折〔寄生草〕），「你本是個折桂客，做了偷花漢；不
想去跳龍門，學騙馬」（第三本第三折〔得勝令〕），足見他當時「心不存學海
文林，夢不離柳影花陰，則去那竊玉偷香上用心」（第三本第四折〔天淨沙〕）。
張生是把愛情看得比功名更重要的。

　　在愛情與功名的抉擇上，《王西廂》中的張生終究勝了一籌。在《董西廂》
中，張生得到了鶯鶯的愛情、老夫人的許婚之後，原先被拋在腦後的科舉功
名立刻回來了，他甚至主動要求上京趕考。老夫人發現二人私會，找張生來
問話，並沒有如《王西廂》中一樣說什麼「俺三輩兒不招白衣女婿」（《王西
廂》第四本第二折），只是說「鶯未服闋，禮不可廢」（《董西廂》卷六），張
生馬上主動要求：「今蒙文調，將赴選闈，姑待來年，不爲晚矣。」「功名，
世所甚重，背而棄之，賤丈夫也。我當發策決科，策名仕版，謝原憲之圭竇，
衣買臣之錦衣，待此取鶯，愜余素願。無惜一時孤悶，有防萬里前程。」（《董

西廂》卷六）為了科舉功名，不惜與愛人相別離。鶯鶯雖然難以割捨，但也勸張生：「少飲酒，省遊戲，記取奴言語。必登高第。專聽著伊家，好消好息；專等著伊家，寶冠霞帔。」（卷六〔鬥鵪鶉〕）二人在愛而不得之時，可以把功名利祿拋諸腦後，得到愛情之後，便為了功名前程輕易別離。

　　在《王西廂》中的張生和鶯鶯則不同。老夫人知道二人私會之事後，強逼張生去上朝取應，才又激發了張生的豪情壯志：「憑著胸中之才，視官如拾芥耳。」（第四本第三折）而鶯鶯對功名更加痛恨：「蝸角虛名，蠅頭微利，拆鴛鴦在兩下裏。」（第四本第三折〔朝天子〕）她認為「但得一個並頭蓮，煞強如狀元及第」（第四本第三折〔么篇〕）。張生雖然也有「青霄有路終須到，金榜無名誓不歸」（第四本第三折）的豪言，但他與鶯鶯分別時卿卿我我，分別後魂夢相牽，也曾埋怨「都則為一官半職，阻隔得千山萬水」（第四本第四折〔絡絲娘煞尾〕），尚未分別，相思已成。他中狀元後，在翰林院編修國史，自稱「自離了小姐，無一日心閑」，「甚麼文章做得成」（《王西廂》第五本第二折），高官厚祿也不能影響他對鶯鶯的思念之情。可以看出，《王西廂》中的張生重情義，看重鶯鶯勝過功名富貴，是個愛情的「志誠種」。

　　正如前面談到的，元代科舉不像前代那麼頻繁，科舉對知識分子在思想上的牽制減少。知識分子雖然仍然懷念前代科舉考試造就的輝煌，但社會現實讓他們在思想上改變了對科舉功名的認識，科舉功名已經不僅僅是證明自身價值與能力的方式，還可以為愛情保駕護航，愛情的重要性上陞，功名與愛情的地位呈現此消彼長的態勢。

3、重貌重情重欲的愛情觀

　　在民族文化交流融合的影響下，禮教控制力下降，書生們的愛情觀表現出重貌重情重欲不重貞節的特點。

　　對於「貌」的重視，幾乎是所有愛情題材文學作品共同的特點，但是很少有作者讓自己筆下的人物僅僅因為美貌獲得愛情，甚至有很多作者讓美貌成為女性的原罪。元稹《鶯鶯傳》中的張生愛慕鶯鶯的美貌，為自己拋棄鶯鶯所找的藉口也是鶯鶯的美貌——太美的女子就是妖孽，需要有大德之人才能駕馭。這正暗合了禮教「四德」對於「婦容」的要求——溫婉，而無需美麗。王實甫《西廂記》中張生絲毫不避諱自己對鶯鶯美貌的癡迷。在他的眼中鶯鶯無處不美、無時不美：

　　　　我見他宜嗔宜喜春風面，偏宜貼翠花鈿。（第一本第一折〔上馬

嬌〕)

則見他宮樣眉兒新月偃，斜侵入鬢雲邊。……未語人前先腼腆，櫻桃紅綻，玉粳白露，半晌恰方言。(〔勝葫蘆〕)

恰便似嚦嚦鶯聲花外囀，行一步可人憐。解舞腰肢嬌又軟，千般裊娜，萬般旖旎，似垂柳晚風前。(〔么篇〕)

恰便似檀口點櫻桃，粉鼻兒倚瓊瑤，淡白梨花面，輕盈楊柳腰。妖嬈，滿面兒撲堆著俏；苗條，一團兒衠是嬌。(第一本第四折〔得勝令〕)

正是這樣的美貌讓張生「風魔了」(第一本第一折〔後庭花〕)：

顛不刺的見了萬千，似這般可喜娘的龐兒罕曾見。則着人眼花撩亂口難言，魂靈兒飛在半天。(第一本第一折〔元和令〕)

小姐呵，則被你兀的不引了人意馬心猿。(〔柳葉兒〕)

餓眼望將穿，饞口涎空咽，空着我透骨髓相思病染，怎當他臨去秋波那一轉！休道是小生，便是鐵石人也意惹情牽。(〔賺煞〕)

想着他眉兒淺淺描，臉兒淡淡妝，粉香膩玉搓咽項。翠裙鴛繡金蓮小，紅袖鸞銷玉筍長。不想呵其實強：你撇下半天風韻，我拾得萬種思量。(第一本第二折〔三煞〕)

這樣的描寫在劇中還有很多，張生把鶯鶯當做「南海水月觀音」(第一本第一折〔寄生草〕)。鶯鶯的美貌甚至傾倒了寺廟中的僧眾：

大師年紀老，法座上也凝眺；舉名的班首真呆僗，覷着法聰頭做金磬敲。(第一本第四折〔喬牌兒〕)

老的小的，村的俏的，沒顛沒倒，勝似鬧元宵。穩色人兒，可意冤家，怕人知道，看時節淚眼偷瞧。(〔甜水令〕)

着小生迷留沒亂，心癢難撓。哭聲兒似鶯囀喬林，泪珠兒似露滴花梢。大師也難學，把一個發慈悲的臉兒來朦着。擊磬的頭陀懊惱，添香的行者心焦。燭影風搖，香靄雲飄；貪看鶯鶯，燭滅香消。(〔折桂令〕)

不論是紅塵中的風流書生，還是佛門中的修行之人，在美麗容貌面前都難以自持，把一個本該莊嚴肅穆的道場攪擾得一片混亂。這樣的肖像描寫在前代文學作品中是不多見的。在漢樂府《陌上桑》中關於羅敷的描寫，全從虛處

著筆，以旁觀者的表現反映羅敷的美貌，但也止乎禮儀。而張生眼中的鶯鶯，不僅是美麗，甚至有了現代意義上的「性感」的成分，這在前代文學中是不可能出現的。

對貌的重視，不僅僅適用於女性，也同樣適用於男性。正如上文講到的，雜劇中的女主人公對戀愛對象的相貌非常重視，開始欣賞男子的外在美，有著俊朗外表的男子總是能得到更多的青睞，而他們的情敵的外表則大多醜陋不堪。這不僅表現了女子在愛情中地位的上陞，同時表現出雜劇作家對於人類感情中原始本能的重視。正如雌性動物總是依靠雄性動物的外表來選擇的，人類也是本能地通過外表首先形成初步判斷的，所以才會有一見鍾情式愛情的產生。

仍以《西廂記》為例。鶯鶯對張生相貌的欣賞已如前述，紅娘眼中張生和鄭恒的對比，正好反映了女子在擇偶過程中的心理：

> 你值一分，他值百十分，螢火焉能比月輪？……君瑞是個「肖」
> 字這壁着「立人」，你是個「木寸」「馬户」「尸巾」。（第五本第三折
> 〔調笑令〕）

> 他凭師友君子務本，你倚父兄仗勢欺人。齏鹽歲月不嫌貧，博
> 得個姓名新、堪聞。〔禿廝兒〕）

> 訕筋，發村，使狠，甚的是軟款溫存。硬打揵強為眷姻，不睹
> 事強諧秦晉。〔么篇〕）

> 喬嘴臉、腌軀老、死身份，少不得有家難奔。〔絡絲娘〕）

> 那吃敲才怕不口裏嚼蛆，那廝待數黑論黃，惡紫奪朱。俺姐姐
> 更做道軟弱囊揣，怎嫁那不值錢人樣鰕胊。（第五本第四折〔折桂令〕）

紅娘是鶯鶯的貼身侍婢，且是崔張愛情的「撮合山」，她最瞭解小姐的心意——愛的是外形俊朗、風流瀟灑的書生，不喜歡仗勢欺人、搬弄是非的公子哥兒。而張生眼中的情敵也是腌臢不堪：

> 那裏有糞堆上長出連枝樹，淤泥中生出比目魚？不明白展污了
> 姻緣簿？鶯鶯呵，你嫁個油煤猢猻的丈夫；紅娘呵，你伏侍個煙熏
> 貓兒的姐夫；張生呵，你撞着個水浸老鼠的姨夫。這廝壞了風俗，
> 傷了時務。（第五本第四折〔慶東原〕）

愛情中男女雙方都重視外貌的吸引力，男貌女貌同樣重要。如《牆頭馬上》

中，李千金看裴少俊是「能騎高價馬，會着及時衣」的英俊秀才，裴少俊看李千金「霧鬟雲鬢水肌玉骨，花開媚臉，星轉雙眸」的「洞府神仙」（第一折）；《東牆記》中董秀英看馬彬「眉清目秀，狀貌堂堂」，馬彬見到董秀英便害了相思病，「行思坐想，有甚心情看書」（第一折）；《倩女離魂》中的王文舉和張倩女，一個是「嬌帽輕衫小小郎」，一個是「繡帔香車楚楚娘」，「恰才貌正相當」……他們男則俊朗瀟灑，女則豔冶風流，充分顯示了「貌」在愛情中的重要作用。當然，才高八斗也是男性贏得愛情的必要條件，因為他們還要金榜題名、奉旨成婚。

宋代徐夢莘《三朝北盟會編》中記載了女真的婚俗：「其婚嫁，富者則以牛馬為幣，貧者則女年及笄，行歌於途。其歌也，乃自敘家世、婦工、容色，以伸求侶之意。聽者有未娶欲納之者，即攜以歸，其後方具禮偕女來家以告父母。」保留了較為原始的以歌為媒的婚俗，男女雙方在選擇配偶時，有較大的自主權，而且各自的外在條件起了很大的影響作用。

蒙古族人「大凡結親呵，兒孩兒便看他家道，女孩兒便看她顏色。」（《元朝秘史》卷一）男看家道，主要指財產的多寡；女看顏色，即指容貌的優劣。

少數民族的婚俗，在他們進入中原之後並沒有發生根本的改變，直接影響到中原農耕地區。他們對於容貌外表的重視也滲透到各族男子擇偶的標準中。其實，選擇外表漂亮的對象為配偶是符合人的生物本性的。而以延續種族為目的的婚姻，為了後代的品質優良，也會對配偶外表提出要求。只是受中原傳統禮教的局限，唯恐背負「好色」的壞名聲，人們會刻意迴避對美色的喜好。更有人將亡家滅國的罪名安在陪伴在君王之側的美女身上，於是孔夫子的「唯女子與小人為難養也」便成為至理名言，「紅顏禍水」成為讓人心痛的規律。雜劇的作者們卻背棄了這一規律，雜劇中的男女主人公幾乎都是先為對方的外貌所動，進而產生了感情。外貌成為愛情的先決條件。

由於漂亮外表的吸引而結識，進而產生感情，甚至欲望，是愛情發展的必然趨勢。愛情雙方對於「情」的態度在前面已經講到，總體來說，就是情大於禮、情大於功名，以感情為主成為他們愛情觀中重要的組成。由「情」而「欲」、由「欲」而「性」，在雜劇中也得到了承認甚至讚美。

《牆頭馬上》中李千金對於性渴望毫不掩飾，初見面就幻想能夠倚香腮被翻紅浪、羅裙坐地席，而裴少俊接到李千金相約的詩簡的反映是：「慚愧，這一場喜事非同小可。只等的天晚，便好赴約去也。（詩云）偶然間兩相窺望，

引逗的春心狂蕩。今晚裏早赴佳期，成就了牆頭馬上。」（第一折）二人是心照不宣，見面後便共赴雲雨，成就了一段姻緣。

《東牆記》中馬文輔與董秀英往來的詩簡更是春意濃濃。董秀英詩簡：「瀟灑月明中，潛身牆角東。鳴琴離恨積，入夜繡幃空。夢繞三千界，雲迷十二峰。仙郎休負却，我意若春濃。」馬文輔回簡：「客館枕淒涼，孤眠春夜長。瑤琴撥一弄，春色在東牆。勿問詩中意，相思病染床。情人在咫尺，何日赴高唐。」幾乎是赤裸裸的性挑逗。

《碧桃花》中張道南遇到自己死去未婚妻碧桃的孤魂，頓生愛慕之情，未知對方姓名，便誠意相邀：「小官獨居旅邸，若小娘子不嫌，就書院中略敘片時何如？」碧桃明知其意，卻欣然前往，進入書齋之後，道南提出進一步的要求：「小官未曾婚娶，小娘子又守空房，咱兩個成合一處，可也好麼？」提出了明確的要求，碧桃建議「花前同酌酒，燈下細論文」，道南反駁道：「如此好天良夜，只合早成就了洞房花燭，有甚心情還論文哩。」（第一折）雖說二人曾訂過親，但此時相見，道南並不知道這是未婚妻的「一靈眞性」，對他來說這只是個初次見面的鄰家女，他提出了性要求，並得到了滿足。這中間，「欲」的作用是不言而喻的。

《留鞋記》中落地秀才郭華喜歡上賣胭脂的王月英，借買胭脂接近她，便表示：「若能夠打動他，做得一日夫妻，也是我平生願足。」（楔子）僅求一日夫妻，便「平生願足」，直接明確地表達自己滿足一念之「欲」的目的。

與這些作品相比，《王西廂》中對於「欲」和「性」的描寫更加優美，較之《董西廂》也內斂得多：

〔元和令〕綉鞋剛半拆，柳腰兒够一搦。羞答答不肯把頭抬，只將鴛枕捱。雲鬟彷佛墜金釵，偏宜鬆鬢兒歪。

〔上馬嬌〕我將這紐扣兒鬆，把縷帶兒解，蘭麝散幽齋。不良會把人禁害，咍，怎不肯回過臉兒來？

〔勝葫蘆〕我這裏軟玉溫香抱滿懷。呀，阮肇到天台。春至人間花弄色。將柳腰款擺，花心輕拆，露滴牡丹開。

〔么篇〕但蘸着些兒麻上來，魚水得和諧，嫩蕊嬌香蝶恣採。半推半就，又驚又愛，檀口搵香腮。（第四本第一折）

即便如此，較之前代作品，尤其是戲劇以外其它文體形式的作品，這樣的描寫實在是太過濃烈了，所以這些描寫被認爲是「誨淫」之作，甚至屢遭禁燬：

語意皆露，殊無蘊藉。〔註5〕

《西廂》等書，人以爲文才絕世，風流蘊藉，未甚淫褻，無大害也。那知他文筆太妙，竟害了天下多少文人。蓋其書處處癡情幻景，勾引淫媒，非比鄉里山歌，滿紙淫詞穢語，自非中人以下者，鮮不憎而棄之。惟《西廂》等記，以極靈極巧之文心，寫至微至渺之春思，只須淡淡寫來，曲曲引進，目數行下，便覺戀戀，遊思相擾，情興頓濃，如飲醇醪，不覺自醉，心神動蕩，機械漸生，習慣自然，情不自禁，醇謹者暗中斲喪，放蕩者另覓邪緣，其味愈甘，其毒愈盛，則《西廂》等記，乃所以引誘聰俊之人，是淫書之尤者也，安可不毀。〔註6〕

被禁燬是因爲其文字優美，惹人聯想，這不也正表明該劇在當時大受歡迎？正說明其描寫是符合人性的嗎？

中原傳統禮教是不承認「欲」的合理性的，「存天理滅人欲」宣揚封建禮教的規範，抑制了人性自然本眞的欲望。但是「情」與「欲」本就是相成相生的。正如黃天驥先生所說：「情與欲，實際上是結合在一起的。人世上，不可能有柏拉圖式的戀愛。男性和女性之間，那種沒有『欲』的情，乃屬親情、友情，而不是愛情；同樣，沒有情的『欲』，只是動物本能的衝動，更不是愛情。」〔註7〕

關於「情」與「欲」的描寫在元雜劇中產生了，不論它們在後代遭到怎樣的詆毀，在元代，它們被寫出來了，演出了，而且得到了觀眾的喜愛。儘管遭到禁燬，《西廂記》仍然成爲演出最繁、歷史最長、刻本最多的作品。正如雲峰先生所說：「元雜劇這種描寫也就具有強烈的反封建禮教色彩，同時也具有恩格斯所說的現代性愛的意味。」〔註8〕恩格斯對「現代性愛」的解釋是：「現代的性愛，同古代人的單純的性要求，同厄洛斯『情慾』，是根本不同的。第一，性愛是以所愛者的對應的愛爲前提的；從這方面說，婦女處於同男子

〔註5〕（明）何良俊：《四友齋叢說》，北京：中華書局，1959年版，第339頁。

〔註6〕王利器輯錄：《元明清三代禁燬小說戲曲史料》，上海：上海古籍出版社，1981年版，第404頁。

〔註7〕黃天驥：《情解西廂：〈西廂記〉創作論》，廣州：南方日報出版社，2011年版，第233頁。

〔註8〕雲峰：《民族文化交融與元雜劇研究》，北京：人民出版社，2012年版，第168頁。

平等的地位，而在古代的厄洛斯年代，決不是一向都徵求婦女同意的。第二，性愛常常達到這樣強烈和持久的程度，如果不能結合和彼此分離，對雙方來說即使不是一個最大的不幸，也是一個大不幸；為了能彼此結合，雙方甘冒很大的危險，直至拿生命孤注一擲，而這種事情在古代充其量只是在通姦的場合才會發生」〔註9〕。

這充分說明了雜劇對於愛欲的描寫是符合人性的。《禮記》中曾記載了孔子對這一問題的看法：「飲食男女，人之大欲存焉。」〔註10〕孔子是承認人性本眞欲望的，但是經過了後人的發展，尤其是宋代理學家的改造，就拒絕承認人之欲念了。後來對於元雜劇中這一現象的詆毀也正說明了理學的虛弱。元朝實現大一統及其後的執政過程中，爲了維護穩定，比較注重推行漢文化，吸收中原文化中的精髓，推重儒學，尊崇理學爲官學。但是，這樣的背景之下，爲什麼反而產生了如此之多的大膽反抗禮教、重視人的自然情感的作品？

這是政策與其實際執行效果之間的差距。元代社會等級界限較爲嚴格，但是觀念形態方面則比較鬆弛。雖然官方制定了諸多的規則條例，但在實際執行中，會有很多因素對其產生影響。多元文化的背景就是一個很大的影響因素。游牧民族崇尚自由、追求無拘無束生活的個性，是中原禮教所無法約束和改變的。這種個性對於時風卻助力良多。雜劇作家在潛移默化之中對於愛情的本質有了新的認識，恢復了愛情的自然屬性——情與欲的結合，表現在雜劇中就是出現了諸多具有強烈反抗精神、重視人的自然本性的人物形象。

二、其它雜劇中的書生

較之才子佳人劇中才子形象的理想化，士妓愛情劇等其它雜劇中的書生形象更能反映元代士子的眞實生活狀況。

（一）

士妓愛情劇中的書生們風流倜儻、才華橫溢，與妓女眞心相愛，在床頭金盡之時受盡白眼，甚至會有富商惡霸出來與他們競爭，最終他們靠著自己的才華爭取到了愛情。有意思的是，才子佳人劇中的才子們因爲愛慕佳人閨

〔註9〕　〔德〕恩格斯著，中共中央馬克思恩格斯列寧斯大林著作編譯局譯：《家庭、私有制和國家的起源》，北京：人民出版社，1999年版，第79頁。

〔註10〕　《禮記·禮運》，見〔清〕阮元校勘：《十三經注疏》，上海：上海古籍出版社，1997年版，第1422頁。

秀而稍顯弱勢，但他們的內心是強大的，其表現類似於現代的「紳士風度」；而士妓愛情劇中的士子們在妓女面前表現出一種心理上的弱勢，稍有挫折就氣餒，常常需要別人（主要是妓女）出面保護。

才子佳人劇中的佳人們大多是大家閨秀，出身非富即貴，才子們多與之相當而稍遜一籌。如《西廂記》中鶯鶯是故相國千金，張生是前禮部尚書公子；《鴛鴦被》中李玉英是府尹之女，張瑞卿是個普通的應考舉子；《碧桃花》中徐碧桃是知縣的女兒，張道南是縣丞的兒子……

士妓愛情劇中妓女多為上廳行首；士子大多沒什麼出身，最初「怕不有些錢鈔」（《雲窗夢》第一折），但在妓院中耽擱得久了，錢鈔使盡，飽受老鴇白眼，甚至被趕出妓院。這時，重情義、識大體的妓女們便出來保護士子了，她們資助士子去趕考，激勵他們的鬥志，最終得到完美的結局。

在身份地位較高的大家閨秀面前，才子們雖然有戀愛中的惶惑，但他們的心理是健康的、強大的，知識分子的自尊自信、清高灑脫依然存在；而在淪落風塵、備受歧視的妓女面前，士子們卻不僅僅是惶惑了，他們脆弱、敏感，有時候不知所措，甚至需要妓女的保護。這證明了妓女地位提高的同時，也證明了士人們社會地位和心理的變化。

《兩世姻緣》中鴇兒要趕走韋皋，數落他沒有志氣。韋皋沒有和鴇兒辯解而是轉向韓玉簫：「大姐，你娘支我哩。」玉簫為他撐腰做主：「解元放心，現有我哩，睬他怎的。」（第一折）玉簫成為他的主心骨、保護神和趕考的資助者。韓玉簫眼中的韋皋：「想着他和薔薇花露清，點胭脂紅蠟冷。整花朵心偏耐，畫蛾眉手慣經。梳洗罷將玉肩並，恰似對鴛鴦交頸。」（第二折〔後庭花〕）本該灑脫偉岸的男兒，卻善調胭脂、慣畫蛾眉，確實少了幾分男兒豪情。

《百花亭》中王煥錢物用盡，被鴇兒趕走。與之相好的賀憐憐也被賣給軍需官高常彬。王煥化裝成賣查梨條兒的小販與賀憐憐相會，恰逢高常彬醉酒而歸，幸得憐憐巧言掩飾，才沒有引起高的懷疑。憐憐又資助王煥投軍。賀憐憐也成為王煥的保護者和資助人。

《玉梳記》中荊楚臣見到鴇兒給顧玉香領來了富商柳茂英，他的第一反應是「姐姐，有錢的來了，小生告回」（第一折），自己先打了退堂鼓。玉香告訴他「我怎肯錢親人不親」、「休想我新人換舊人」，之後，荊楚臣便袖手旁觀，看玉香怎樣對付柳茂英和鴇兒，自己則充當一個被保護者的角色。

與妓女在一起的書生們，每當遇到困難，常常需要他人來保護。與鴇兒、

富商作鬥爭的時候，妓女站出來保護他們；得官回來也常常要依靠高官友人或皇王聖旨來終成眷屬。書生們表現出的怯懦、無助，反映出失去心理優越感之後的彷徨和對自我價值的迷茫。

　　春秋戰國時期，統治者對知識在統治中的作用就有了較爲清醒的認識，一時之間養士成風，諸家學說盛行，思想活躍，士人們意氣風發，一旦得到君王諸侯的賞識就可以施展抱負，成就一生的事業。漢代「罷黜百家，獨尊儒術」，學術定於一尊，似乎推崇儒術，實際上卻是內法外儒，限制了讀書人思想的自由，抑制了文學的創造性。隋唐時期興起的科舉考試，曾讓統治者欣喜異常，「天下英雄入吾殼中」（李世民語）成爲歷代君王共同的理想。到清末被徹底廢除，科舉制在中國存在了1300多年，其間，科舉成爲文壇的指揮棒，讓多少書生皓首窮經，難以自拔，真是「賺得英雄盡白頭」。

　　不論統治者採用何種手段，他們的目的無非是籠絡人心、爲己所用。而讀書人在一代代地爲政治效命中，培養了強烈的政治責任感。「天下興亡匹夫有責」、「先天下之憂而憂，後天下之樂而樂」，成爲歷代文人的信條。元代統治者之所以遭到激烈的反抗，除了對其少數民族身份的介懷之外，阻斷文人仕進之路也是一個很重要的原因。不論中斷科舉本身的客觀效果如何，它對文學創作興盛起到了什麼樣的實際作用，它對知識分子獨立人格的建立怎樣推進，僅從當時知識分子的心理來講，這是難以接受的。當知識分子發現自己游離於統治階層之外，原本抬頭可見的政治前途變得不可捉摸時，其內心的失落可想而知。千百年來壓在肩上的政治責任被卸掉之後，知識分子感到的不是釋去重負的輕鬆，而是失去依託的彷徨失措。與政治地位同時失去的還有經濟地位，隨著城市經濟的興起，錢財成爲人們追逐的目標，商人從原本的「四民」之末崛起，竟與原本居「四民」之首的士子相競爭。失去優越感和歸屬感的士子們，進退失據、尷尬無助，在風月場中找回一點自信，卻在有著強大經濟實力的商人面前難以維持，只好縮在妓女的身後，淪爲被保護的對象。

　　《曲江池》中的鄭元和，是這類書生中尤其值得注意的一個。他奉父命赴京趕考，在曲江池遇到名妓李亞仙，一見鍾情，滯留下來。後來元和錢鈔使盡，被鴇兒趕走，淪落到給人唱挽歌謀生。元和父鄭府尹知道後前來將其打得昏死過去，棄之荒野。元和被李亞仙救起後，又被鴇兒逼走，落得雪中乞食。李亞仙不顧鴇兒的反對，用積蓄贖身，與元和相依爲命。元和在李亞

仙的激勵下，考中了狀元，並在父親治下做了縣令，卻不肯與父親相認，經李亞仙解勸才相認團聚。鄭元和在錢財使盡之後，受盡鴇兒的歧視欺凌，他根本沒有反抗的能力和勇氣。若不是李亞仙的救助，鄭元和不是被父親打死，就是在風雪中凍餓而死。而他值得注意的地方，不僅在於他與前面幾位書生一樣受到妓女的保護、鼓勵和資助，更在於他對父權的反抗。在雜劇中有很多女性為了爭取婚姻自由而反抗父權，但男性，尤其是書生，受其文化背景的影響，很少直接反抗父親的，因為維護了「父權」才能維護「夫權」，進而維護男性的特權。像鄭元和那樣長篇大論地數落父親，更是罕見：

> 吾聞父子之親，出自天性，子雖不孝，為父者未嘗失其顧復之恩；父雖不慈，為子者豈敢廢其晨昏之禮？是以虎狼至惡，不食其子，亦性然也。我元和當挽歌送殯之時，被父親打死，這本自取其辱，有何讎恨？但已失手，豈無悔心？也該著人照覷，希圖再活。縱然死了，也該備些衣棺，埋葬骸骨。豈可委之荒野，任憑暴露，全無一點休戚相關之意？（歎科）嗨，何其忍也！我想元和此身，豈不是父親生的？然父親殺之矣。從今以後皆托天地之蔽祐，仗夫人之餘生，與父親有何干屬，而欲相認乎？恩已斷矣，義已絕矣，請夫人勿復再言。（第四折）

雖然是父親給了自己生命，但是也沒有權力隨便地奪去。這與傳統觀念不同，《禮記》中說：「父母有過，下氣怡色，柔聲以諫；諫若不入，起敬起孝，說則復諫。父母怒，不說，而撻之流血，不敢疾怨，起敬起孝。」〔註11〕父母有錯誤要和顏悅色地勸諫，即使父母不採納自己的建議，也要保持恭順的態度；甚至父母生氣而責罰自己也不可以有任何的不滿，依然要保持恭順，正所謂「君要臣死，臣不得不死；父要子亡，子不敢不亡」。鄭元和所表現的觀念則截然相反，充分顯示了主體意識的覺醒。他意識到自己是獨立自主的個體，自己的命運由自己支配而非他人，即使這個人是自己的父親也不可以。

　　傳統中原文化，為了維護統治秩序，必須建立以個體——家庭——國家為次序遞進的鏈條，就是「君君臣臣父父子子」，君臣父子各司其位、各謀其政，不得僭越，君父對臣子具有絕對權威，甚至對其生命也是隨心所欲地處置。

〔註11〕《禮記·內則》，見（清）阮元校勘：《十三經注疏》，上海：上海古籍出版社，1997 年版，第 1463 頁。

游牧文化則更重視個體的發展。由於游牧生活分散性的特點，他們在更多的時候需要獨自面對挑戰，這種挑戰來自於大自然，也來自於戰爭。不論大自然的挑戰還是人類的戰爭，都是情況瞬息萬變，機會稍縱即逝。這就需要反應敏捷、判斷準確，靈活機智。即使需要配合，也是強調協調，而非一味服從。這種機制之下，每個人可以充分發揮自己的長處，獲得更多展示自我的機會，也更容易發現自己，建立自尊自信。而在此過程中，對於生命的認識更加透徹，更加慎重，不會輕易捨棄性命。受這種文化思想的影響，雜劇中的人物不會輕易自殺，他們大多有極強的生存願望，即使身處絕境也不放棄。女性如梅英，男性如鄭元和，對於愛情、親情的失望沒有讓他們對生命絕望，反而更激起了他們進取的勇氣和力量。這也是元雜劇大團圓結局普遍存在的原因之一。

（二）

雜劇中有些書生，不僅樣貌出眾，善解風情，而且文能安邦，武能定國。

《百花亭》中的王煥，「通曉諸子百家，博覽古今典故，知五音，達六律，吹彈歌舞，寫字吟詩，又會射箭調弓，掄槍使棒，因此人皆稱為風流王煥」，「貌賽潘安，才過子建，舉止風流」（第一折），「水晶毬，銅豌豆，紅裙中插手，錦被裏舒頭。金杯浮蠟蟻春，紅炭炙肥羊肉。惜玉憐香天生就，另一種可喜風流。淹潤慣熟，玲瓏剔透，軟款溫柔。」（第二折〔普天樂〕）。文武兼備，「十八般武藝，弓弩槍牌，戈矛劍戟，鞭鍊撾槌，將龍韜虎略溫習。方信道風月無功三不歸，劃的着俺不存不濟。則為俺半生花酒，耽閣盡一世前程，枉受了十載驅馳」（第三折〔逍遙樂〕）。王煥在賀憐憐的資助下投軍後，屢立戰功，擢升為西涼節度使。終於從高常彬處奪回妻子。

《兩世姻緣》中的韓玉簫思念韋皋以致鬱鬱而亡，就是因為韋生「容貌兒實是撐，衣冠兒別樣整，更風流更灑落更聰明。唱一篇小曲兒宮調清，一團兒軟款溫柔情性。兀的不坑了人性命，引了人魂靈」，「想著他錦心繡腹那才能，怎教我月下花前不動情。即席間小曲兒編捏成，端的是剪雪裁冰。惺惺自古惜惺惺。」（第二折〔醋葫蘆〕〔金菊香〕）而這位「幼習儒業，博覽群書」（第一折）的儒生，在平定吐蕃作亂時「領兵西征，一戰而收西夏」（第三折），做了鎮西大元帥。終於再遇轉世重生的玉簫女，成就了兩世姻緣。

樣貌英俊、文武雙全，是這類書生的共同特點。這當是受了蒙古族等北方少數民族重視武勇習慣的影響。「韃人生長於鞍馬間，人自習戰，自春徂冬，

旦旦逐獵，乃其生涯」〔註12〕。雷納·格魯塞《蒙古帝國史》中記載了這樣一個故事：成吉思汗與其部下討論，何為人生最快樂之事，博爾術認為春日騎馬打獵乃人生樂事。成吉思汗卻不同意，他認為人生最快樂的事情是戰勝敵人，追逐他們，搶掠他們的財物和女人。〔註13〕蒙古人的崇武尚勇由此可見一斑。受其影響，雜劇中出現了文武雙全、才貌兼備的書生。有趣的是，這些書生雖然擁有武功，但他們奪回愛人卻不是依靠武力，而是憑藉聖人或上級官長來解決問題，這恐怕又是中原文化的傳統在發揮作用了。

中原傳統文化是不崇尚武力的。被歷代軍事家視為軍事教科書的《孫子兵法》的《謀攻篇》中說：「凡用兵之法，全國為上，破國次之；全軍為上，破軍次之；全旅為上，破旅次之；全卒為上，破卒次之；全伍為上，破伍次之。是故百戰百勝，非善之善者也；不戰而屈人之兵，善之善者也。故，上兵伐謀，其次伐交，最次伐兵，最下攻城。」武力相向、兵戎相見並非最好的戰爭策略，以謀略勝才是最高明的。蒙古族的戰爭策略中也崇尚謀略，只是其民族性格中崇武尚勇的因素一直佔據主導地位。

雜劇中文武雙全的書生形象是蒙漢文化交融的載體。在他們身上既可以看到蒙古族崇尚武勇、以武功立業的理念，也可以看出漢文化中避免使用武力的思想。

另外，雜劇中還記載了許多遊戲、體育項目，是前代文學作品中不多見或受輕視的，而在雜劇中這些遊戲屢屢被提到，且是作為值得驕傲的本領或令人愉悅的遊戲出現的。如《百花亭》中，清明時節「郊外果然是好景致，只見香車寶馬，仕女王孫，蹴踘鞦韆，管絃鼓樂，好不富貴也呵」（第一折），蹴踘鞦韆的遊戲代表著富貴安逸的生活。「此生世上聰明，今時獨步，圍棋遞相，打馬投壺，撇蘭攧竹，寫字吟詩，蹴踘打諢，作畫分茶，拈花摘葉，達律知音，軟款溫柔，玲瓏剔透。懷揣十大曲，袖褪樂章集，衣帶鶴鶉糞，靴染氣毬泥。九流三教事都通，八萬四千門盡曉，端的個天下風流，無出其右」（第一折），「捶丸氣毬，圍棋雙陸，頂針續麻，拆白道字，買快探鬮」（第二折〔上小樓〕），會玩這些項目的人就是惹人羨慕的風流人物。「頂針續麻，拆

〔註12〕（宋）孟琪：《蒙韃備錄》，見（清）施國祁：《金源札記及其它二種》（叢書集成初編本），上海：商務印書館，民國28年版，第4頁。

〔註13〕〔法〕雷納·格魯塞著，龔鉞譯，翁獨健校：《蒙古帝國史》，北京：商務印書館，1989年版，第228頁。

白道字」這類的遊戲尚「靜」的遊戲，以智取勝，多屬於漢族的傳統遊戲，為漢族知識分子所喜愛。「捶丸氣毬」、「打馬投壺」這類尚「動」的遊戲，靠力量和技巧勝，更為蒙古族等游牧民族所喜愛，體現了他們熱情豪放、樂觀向上的氣質。這中間沒有優劣之分，只是喜好不同罷了。而兩種文化之間相互影響，出現了智力並重、動靜結合的現象，對風流王煥的反覆讚揚就是這種取向的反映。

（三）

雜劇中還有一些負心人的形象。

發跡變泰後的書生負心，在文學作品是一個非常普遍的現象，尤其在元代以前的文學作品中俯拾即是，男女愛情悲劇的一個很大原因就是男子的變心。而這一現象在元雜劇並不多見，主要有：關漢卿《詐妮子調風月》、《風流郎君三負心》（佚），尚仲賢《海神廟王魁負桂英》（佚），楊顯之《臨江驛瀟湘秋夜雨》，石君寶《魯大夫秋胡戲妻》。現存雜劇中的負心人，主要有《調風月》中的小千戶、《秋胡戲妻》中的秋胡、《瀟湘雨》中的崔通。

這些負心人雖然沒有受到什麼懲罰，甚至都得了個大團圓的結局，但是其中折射出來的是對男子在愛情中的責任要求。由於元代女子地位提高，原本只對女子提出的忠貞的要求，也要男子遵守。

《調風月》中的小千戶本與婢女燕燕相好，答應日後娶她為小夫人，但後來又看中了富家小姐鶯鶯，而且厚顏無恥地讓燕燕為他提親。燕燕在他成親的日子當眾揭露其行徑，得償所願嫁作小夫人。

《秋胡戲妻》中的秋胡在外從軍十年，得官回家途中調戲民女，不想這個女子正是自己苦守十載的妻子梅英。梅英見到自己苦苦思念的丈夫竟然是個見色起意的不孝之徒，憤而提出離婚，後因秋胡母親以死相逼才肯作罷。

《瀟湘雨》中的崔通趕考途中，路過伯父崔文通家，與伯父義女張翠鸞成婚。考中狀元後，崔通另娶試官女兒為妻，並將尋上門來的張翠鸞誣為逃婢，刺配沙門島。其實娶不娶試官的女兒對於崔通的仕途影響並不大，「有婚，着他秦川做知縣去；若無婚，我家中有一百八歲小姐與他為妻」，「崔甸士，我今日除你秦川縣令，和我女兒一同赴任去」，同樣是委派秦川縣令。但崔通卻不這麼想，他認為：「我伯父家那個女子，又不是親養的，知他那裏討來的，我要他做甚麼？寧可瞞昧神祇，不可坐失機會。」（第二折）在毫無好處的情況下還要背負盟約！張翠鸞來找他的時候，崔通竟忍心在她臉

上刺字發配，「差個能行快走的解子，將這逃奴解到沙門島，一路上則要死的，不要活的」，「如今這一去。遇秋天陰雨，棒瘡發呵，他也無那活的人也」（第二折），何其狠毒殘忍！待張翠鸞以廉訪使女兒的身份再與他相見時，他竟然說：「我早知道是廉訪使大人的小姐，認他做夫人可不好也。」（第四折）何等厚顏無恥！最終張翠鸞念在崔通伯父是自己救命恩人的分上，原諒了崔通，「你若肯不負文君頭白篇，我情願舉案眉共百年。也非俺只記歡娛不記冤，到底是女孩兒的心腸十分樣軟」。

三個故事最終都是平和的大團圓結局：小千戶得享齊人之福，秋胡夫妻團圓，崔通鸞鳳和諧。對於負心人的懲戒似乎太過仁慈，但是若與前代文學作品（如《鶯鶯傳》張生始亂終棄還被讚譽「善補過」）相參照，則可以發現這在當時已經是一種進步了。畢竟原本只對女子提出「貞節」要求，現在要求男子也要對愛情負責任，對女子負責任，不可以隨意地拋棄、背叛。

在其它雜劇作品中也反覆出現了女子囑咐情郎不要負心的情況。

《西廂記》中鶯鶯在二人初次幽會後就提出：「勿以他日見棄，使妾有白頭之歎。」（第四本第一折）鶯鶯貴為相國小姐，二人又是兩情相悅、歷經苦難方成正果，仍然擔心被拋棄。「你休憂文齊福不齊，我則怕你停妻再娶妻」（第四本第三折〔二煞〕）恐怕是所有支持情郎謀求功名的女子的共同心聲。《倩女離魂》中張倩女叮囑王文舉：「哥哥，你若得了官時，是必休別接了絲鞭者！」（第一折）《兩世姻緣》中韓玉簫資助韋皋去趕考，也囑咐：「解元，你若得官呵，便休負了我也。」

這一方面說明不論是貴為官宦小姐還是賤如風塵娼妓，都會擔心情郎負心薄幸辜負自己。這與千百年來男尊女卑的社會地位是密切相關的。另一方面，對男女雙方在愛情中的責任一視同仁，這也是社會進步的表現，至少在這一問題上男性與女性面對的是平等的要求。如前所述，這一問題的原因，是元代士人能夠以平等的心態對待女性，他們願意與她們一起承擔愛情的責任，雙方是平等的，女性不再是男子宣泄情慾的對象和精神調味品。所以，元雜劇中強調男子對愛情的專一、忠誠。

第二節　雜劇中的商人形象

商人形象的大量出現，也是元雜劇一個引人注意的特點。這些在前代文

學中偶然出現的人物，在雜劇中大量湧現，這與元代商品經濟發達有必然的聯繫，也是元代社會思想意識轉變的標誌。

一、元代之前的商人形象及相關背景

1、商人的定義

商人，指以一定的資源為工具獲取利潤，並負有一定的社會責任的人。「買於彼而賣於此，為交易之媒介，取小利以營生，古所謂逐什一之利者，是以商為業之始也」〔註14〕。商人的「資源」既可以是社會的也可以是個人的，既可以是有形的也可以是無形的。「獲取利潤」是商人經商行為的目的，也是其特點，所以商人與生俱來帶有趨利性。正因為這一屬性，商人在中國文學作品中一直是受輕視的對象。

「商人」最早的含義，是指「商之人」，這個「商」指的是商部落。商部落的祖先契，在協助大禹治水時立了功，封地於商，其部落稱為商族。商部落繁盛時期，農牧業發展迅速，出現了產品過剩，「男務耕耘，女勤蠶織，以為衣食之源，而用以互相交換，農有餘粟，則以易布，女有餘布，則以易粟，此交易之始也。既有交易，於是市因以立」〔註15〕。商族人便以此與其它部落進行交易，其它部落的人就稱他們為「商人」。武王伐紂，滅商興周之後，對於商朝舊部仍不放心，一方面將其族原居住地滴河改名漳河，另一方面將商朝貴族集中於一地嚴加管束，對商之遺民中的經商者也限制自由只允許他們繼續經商，稱之為「商人」，以與周朝人區分，含有輕賤之意。從此有了專門以交易買賣為生的商人。

「商人」一詞產生之初便帶有了感情色彩，其後商人的地位也一直不高，《二十四史》中沒有為商人單獨立傳。韓非子《五蠹》中，更把「商」歸為五蠹之一，認為他們不從事農業生產，是社會的蛀蟲。

司馬遷在《史記‧貨殖列傳》中指出：「周書曰：『農不出則乏其食，工不出則乏其事，商不出則三寶絕，虞不出則財匱少。』」只有有了「商」，「食」、「事」、「財」才能交流融通，反映了太史公超前、進步的經濟思想。他在文中為子貢、范蠡、猗頓、白圭、程鄭、卓氏、孔氏、師氏、任氏等春秋至漢代的大貨殖家作傳，成為較早為商人作傳的文學家。

〔註14〕王孝通：《中國商業史》，北京：商務印書館，1936年版，第4頁。
〔註15〕王孝通：《中國商業史》，北京：商務印書館，1936年版，第3頁。

《漢書・食貨志》中說：「通財鬻貨曰商。」《白虎通義》則曰：「商之為言章也，章其遠近，度其有無，通四方之物，故謂之商也。賈之為言固也，固其有用之物，以待民來，以求其利者也。故通物曰商，居賣曰賈。」即所謂行商坐賈。

2、元代以前文學作品中的商人形象

「商」雖然從春秋時期就被列為四民之一，但一直處於被輕視的地位。漢代規定「賈人不得衣絲乘車，重租稅以困辱之」〔註16〕，魏晉時期規定商賈的衣著「當著巾白帖額，題所儈賣者及姓名，一足著白履，一足著黑履」〔註17〕，唐代則要求「工商雜類，不得預與士伍」〔註18〕，均帶有明顯的歧視色彩。

所以在歷代文學作品中能夠看到的關於商人的描述，顯得非常單薄。

文學作品中較早的商人形象是《詩經・衛風・氓》中的氓，他「抱布貿絲」，還處在以物易物的初級商品交換階段。其後的商人弦高則是較為專業的買賣者，在《左傳・僖公三十三年》、《呂氏春秋》、《淮南子》中都有關於「弦高犒師」的記載。弦高憑自己的機智，以十二頭牛的代價智退秦軍，保護了自己的國家，事後拒不接受獎賞，認為這是自己分內之事，被稱為中國歷史上第一個愛國商人。

《呂氏春秋・舉難》中記載的商人寧戚，是一個胸懷大志的小商人。他在去齊國做買賣的時候，利用齊桓公夜裏開城門迎接客人的時機，用唱歌的方式向齊桓公介紹自己，得到了面見桓公的機會。在桓公接見時，寧戚充分展示了自己的政治才華，贏得了桓公的高度信任，得到了重用。寧戚被記載下來，是因為他具備一般商人不必具備的政治才能，是商人中的另類。

呂不韋是戰國時期著名的大政治家，但他首先是個大商人。《史記・呂不韋列傳》中記載了「奇貨可居」的故事。秦昭襄王的庶孫子楚，在趙國為質。呂不韋看出子楚是一個可以收穫無窮回報的「奇貨」，於是憑藉商人的智慧接近子楚，取得他的信任，並幫助他成為秦國之王——秦莊襄王，自己也被任命為秦國的丞相。這是一個靠經商智慧獲得政治回報的典型。

〔註16〕 （漢）司馬遷：《史記》卷三十，北京：中華書局，1959 年版，第 1418 頁。
〔註17〕 （宋）李昉等撰：《太平御覽》卷八二八，北京：中華書局，1998 年版，第 3694 頁。
〔註18〕 （後晉）劉昫：《舊唐書》，北京：中華書局，1975 年版，第 2089 頁。

　　孔子的門人中也有商人——端木賜，字子貢。他曾在魯國和衛國擔任過卿相一類的官員，同時，他很善於經商，是春秋時期著名的大商人，被奉為儒商始祖，孔子及其弟子的開銷大部分來自於子貢的商業活動。《史記·貨殖列傳》記載了17個人的商業活動，子貢列於第二。子貢經商，不僅僅是為了財富，還是為了宣傳其政治主張。「子貢結駟連騎，束帛之幣以聘享諸侯。所至，國君無不分庭與之抗禮」，通過經商達到了政治目的。

　　《史記·越王句踐世家》中的范蠡則是智慧的化身。他輔助句踐滅吳興越，功成身退；在齊國墾荒經商，拜相致富，再次歸還相印、散盡家財；至陶置產，積纍了數十萬家財，時時分財於民。從政則為相，經商則致富，重義輕利，擁有取捨的智慧，司馬遷贊之「范蠡三遷皆有榮名」。

　　魏晉南北朝時塑造商人形象的主要文學體裁是樂府詩歌和志怪小說。這個時期出現了有史料記載的商人創作的第一首詩歌《三洲歌》：

　　　　送歡板橋灣，相待三山頭。遙見千幅帆，知是逐風流。風流不
　　暫停，三山隱行舟。願作比目魚，隨歡千里遊。湘東酃釀酒，廣州
　　龍頭鐺。玉樽金鏤碗，與郎雙杯行。（《樂府詩集》卷四八）

此外還有齊武帝作《估客樂》，吟詠商人生活。貴為帝王而為商人作歌，可見當時商業的繁榮。這個時期涉商詩歌主要描寫商人為經商遠別和商婦的思念。

　　志怪小說的涉商題材主題與詩歌相同，都是寫商人為經商離家，商婦對其思念牽掛。二者的區別在於：詩歌以抒情為主，小說則以敘事為本，所以，在小說裏的描寫更具寫實性和生動性，商人的離家遠行帶給家庭諸多不和諧的因素和不利影響，也更惹人同情。

　　唐宋時期，城市經濟開始發展，商人成為文學創作者關注的對象，出現了一批相關內容的作品。李白、張籍、劉禹錫等人的詩作都對當時的商業繁榮做了描繪。北宋《太平廣記》中也有零星記載。

　　總體來說，元以前的文學作品中，商人形象較為單薄。商人是作為某些事件見證者、執行者的身份被記錄下來的，甚至他們之所以被記載下來，是因為身為商人的他們做了商人通常不會做的事情。這種事情或為義行，或為某方面的大才能。似乎商人天生就應該見利忘義、唯利是圖，他們一旦做了什麼對他人、對國家有利的事情就需要特別地表彰一番。這其實正表明了作者對商人的身份歧視。

　　隨著時間的推移，文學作品中的商人形象逐步豐滿起來，雖然還不能和

元雜劇中的同類形象相比，但是已經可以看出商人這一群體正在逐步進入作家的視野。但是，傳統文化中的賤商思想深入人心，仍然發揮了巨大的作用，所以元前的商人形象，如果是單純的商人則唯利是圖、品行低下，如果道德高尚、重義輕利，就是智慧的化身，絕非普通商人。

中原傳統思想對於元雜劇中商人形象的塑造產生了影響，而更直接有效的影響是當時的社會環境和統治者的政策。

3、元代相關社會背景

元朝建立後，疆域空前廣闊，而且在生產技術上取得了很大進步，墾田面積、水利興修、棉花種植等方面都獲得較大發展。隨著經濟的復蘇、繁榮，城市規模擴大，商業得到了蓬勃的發展。甚至有學者認為蒙古族之所以能建立統一的王朝，除了鐵騎揚威之外，更重要的原因是以通商瓦解對方：

> 元之先世，一蒙古游牧民族耳，不數傳而勃興，卒至統一中夏，震撼亞、歐，建自古未有之大國，雖藉其強悍勇猛之武力，而緣通商以為滅人國之利器，則幾與今日列強一轍。其亡南宋也，以商利為前驅，以兵戎為後盾，史蹟中蓋班班可考者。〔註19〕

這樣的觀點未必全面，卻從側面反映了蒙古族對於通商的重視。元代的商業政策也說明了這一點，據洪文卿《元史譯文證補》：「太祖嘗遣西域商三人齎白駱駝毛裘、麝香、銀器、玉器贈貨勒自彌王，並要求往來通商。又嘗派親王諾延等出資遣人隨西域商賈西行，收買西域土物。」不僅重視國內貿易，對國際商務也積極推動。《元史‧耶律楚材傳》中講到了當時的商稅之重：「中原地稅、商稅、鹽、酒、鐵冶、山澤之利，歲可得銀五十萬兩，帛八萬匹，粟四十餘萬石，」〔註20〕由商稅之重可知當時國內商業之盛。

馬可波羅在他的遊記裏記述了他在元大都的見聞：

> 外國巨價異物及百物之輸入此城者，世界諸城無能與比。蓋各人自各地攜物而至，或以獻君主，或以獻宮廷，或以供此廣大之城市，或以獻眾多之男爵騎尉，或以供屯駐附近之大軍。百物輸入之眾，有如川流之不息。僅絲一項，每日入城者計有千車。用此絲製作不少金錦綢絹，及其它數種物品。附近之地無有亞麻質良於絲者，

〔註19〕 王孝通：《中國商業史》，上海：商務印書館，1936 年版，第 147 頁。
〔註20〕 （明）宋濂等撰：《元史‧耶律楚材傳》，北京：中華書局，1976 年版，第 3458頁。

固有若干地域出產棉麻，然其數不足，而其價不及絲之多而賤，且
亞麻及棉之質亦不如絲也。此汗八里大城之周圍，約有城市二百，
位置遠近不等。每城皆有商人來此買賣貨物，蓋此城為商業繁盛之
城也。〔註21〕

不僅國內城市之間有貿易往來，還出現了國際貿易。

　　元朝還大量發行紙幣，代替笨重的金銀來進行交易，使商業活動更加便
捷：

君主使之用此紙幣償其貨價，商人皆樂受之，蓋償價甚憂，可
立時得價，且得用此紙幣在所至之地易取所欲之物，加之此種紙幣
最輕便可以攜帶也。〔註22〕

　　元代的交通也非常發達：

有不少道路從此汗八里城首途，通達不少州郡。此道通某州，
彼道通別州，由是各道即以所通某州之名為名，此事頗為合理。如
從汗八里首途，行二十五哩，使臣即見有一驛，其名曰站（Iamb），
一如吾人所稱供給馬匹之驛傳也。每驛有一大而富麗之邸，使臣居
宿於此，其房舍滿布極富麗之臥榻，上陳綢被，凡使臣需要之物皆
備。〔註23〕

道路四通八達，驛站遍佈全國，為行商之人提供了極大的方便。

　　在元代，大都這樣的城市並非僅有，杭州、揚州等也都是當時的國際化
大都市。道路的發達也不僅限於國內城市之間，元政府重新打通了絲綢之路，
波斯、大食、中亞、歐洲等地都有元朝商人的身影。水路、陸路都很暢通，
泉州就是當時國際化的港口城市。

　　在政府政策的扶持之下，商業迅速發展，商人們也為元朝的稅收做出了
巨大的貢獻：

二十六年，從丞相桑哥之請，遂大增天下商稅，腹裏為二十萬
錠，江南為二十五萬錠。二十九年，定諸路輸納之限，不許過四孟

〔註21〕〔意〕馬可・波羅（Polo，M）著；馮承鈞譯：《馬可・波羅行紀》，南京：江
　　　　蘇文藝出版社，2008年版，第199頁。
〔註22〕〔意〕馬可・波羅（Polo，M）著；馮承鈞譯：《馬可・波羅行紀》，南京：江
　　　　蘇文藝出版社，2008年版，第201頁。
〔註23〕〔意〕馬可・波羅（Polo，M）著；馮承鈞譯：《馬可・波羅行紀》，南京：江
　　　　蘇文藝出版社，2008年版，第206頁。

> 月十五日。三十一年，詔天下商稅有增餘者，毋作額。元貞元年，
> 用平章刺眞言，又增上都之稅。至大三年，契本一道復增作至元鈔
> 三錢。逮至天曆之際，天下總入之數，視至元七年所定之額，蓋不
> 啻百倍云。〔註24〕

商人繳納的稅款逐年上陞，商人的社會地位也隨之上陞，成爲一支不可忽視
的社會力量。

於是，作爲對現實生活的反映，元雜劇中出現了龐大的商人群體，涉及
商業中的各個行當，大略如表一所示。表中所列爲現存雜劇中涉及商人形象，
且此商人對於劇情發展起到了推動作用。

表一：雜劇中的商人

商人行當	作家作品	劇中人物	角色扮演
典當商人	關漢卿《裴度還帶》	王榮	沖末
	關漢卿《緋衣夢》	王員外	沖末
	鄭廷玉《看錢奴》	賈仁	淨
	張國賓《合汗衫》	張義	正末
		張孝友	——
	秦簡夫《剪髮待賓》	韓夫人	——
	無名氏《焚兒救母》	王員外	外末
	無名氏《鴛鴦被》	劉彥明	淨
	無名氏《劉弘嫁婢》	劉弘	正末
	無名氏《貨郎旦》	李彥和	沖末
高利貸者	關漢卿《竇娥冤》	蔡婆	卜兒
	鄭廷玉《忍字記》	劉均佐	正末
		劉均祐	外
	武漢臣《老生兒》	劉從善	正末
	石君寶《秋胡戲妻》	李大戶	淨
	高茂卿《兒女團圓》	俞循禮	外
	無名氏《來生債》	龐居士	正末

〔註24〕　（明）宋濂等撰：《元史‧食貨志二》，北京：中華書局，1976年版，第2398
　　　頁。

客棧老闆	關漢卿《救風塵》	周舍	沖末
	無名氏《合同文字》	張秉彝	外
	無名氏《盆兒鬼》	盆罐趙	淨
胭脂商人	曾瑞卿《留鞋記》	王月英	正旦
朱砂商人	無名氏《浮漚記》	王文用	正末
醫藥店	關漢卿《竇娥冤》	賽盧醫	淨
	鄭廷玉《看錢奴》	陳德甫	外
	孟漢卿《魔合羅》	李文道	淨
茶業商人	馬致遠《青衫淚》	劉一郎	淨
	無名氏《雲窗夢》	李多	淨
屠戶肉販	馬致遠《任風子》	任屠	正末
	無名氏《焚兒救母》	小張屠	正末
	無名氏《替殺妻》	張千	正末
茶坊老闆	馬致遠《岳陽樓》	郭馬兒	外
商人（未知具體行當）	秦簡夫《東堂老》	李實	正末
		趙國器	沖末
	無名氏《盆兒鬼》	楊國用	正末
	無名氏《凍蘇秦》	王長者	外
	無名氏《來生債》	李孝先	沖末
	無名氏《冤家債主》	乞僧	淨
服務業	鄭廷玉《金鳳釵》	店小二	——
	楊顯之《酷寒亭》	張保	正末
絲織商	鄭德輝《王粲登樓》	店小二	丑
	賈仲明《玉壺春》	甚舍	淨
棉花商	賈仲明《玉梳記》	柳茂英	淨
絨線商	孟漢卿《魔合羅》	李德昌	正末
菜販	秦簡夫《東堂老》	揚州奴	淨
小販	王曄《桃花女》	石留住	小末
	無名氏《百花亭》	王小二	外
	孟漢卿《魔合羅》	高山	外

二、雜劇中的正面商人形象

　　雜劇中的商人形象有好有壞，既有作者同情讚賞的，也有作者批判憎惡的，比一味受到讚揚同情的書生形象更加眞實可信。

　　在雜劇中有些劇目中的商人是由正末扮演的。正末是劇中的主角，他們代表的是作者讚美或同情的正面人物。正如清人焦循在其《劇說》中指出「元曲止正旦、正末唱，餘不唱。其爲正旦、正末者，必取義夫、貞婦、忠臣、孝子，他宵小市井，不得而於之」〔註25〕。如《東堂老》中的李實、《劉弘嫁婢》中的劉弘、《老生兒》中的劉從善、《酷寒亭》中的張保、《替殺妻》中的張千，他們都是正直善良勤懇的商人；《浮漚記》中的王文用、《魔合羅》中的李德昌、《盆兒鬼》中的楊國用，他們都是有勤勞的商人，卻遭遇不幸，惹人同情。

（一）

　　雜劇作者最爲傾力頌揚的是那些德才兼備的儒商。

　　儒商，不僅要求商人是讀書人，還要以儒家的倫理道德來規範自己的商業行爲，並且恪守商人倫理，即所謂「賈服儒行」。商人倫理，按照田兆元、田亮在《商賈史》中的論述，主要包括以下幾個方面，「商人倫理規範之一是節儉」；「誠信不欺是商人倫理的第二個方面。也是商人倫理的最重要的內容」；「『賈服儒行』還表現在樂善好施、修祠堂助餉助賑、興水利築道路、撫孤恤貧等方面」；「還指對文章詩書之事的喜好」〔註26〕。

　　秦簡夫雜劇《東堂老》中的李實，是一個典型的儒商。他本是個讀書人，後來經商掙下了大片家業。其友人趙國器也是一個商人，因兒子揚州奴不肖被氣死，臨死前託付李實照管兒子、家產。揚州奴被壞人引誘，將家產揮霍蕩盡，李實勸導責罵都未能使浪子回頭，最後揚州奴與妻子窮困落魄住在了寒窯之中。現實的教訓才使揚州奴悔悟，終於離開惡友改邪歸正。李實將暗中買下來代爲保管的家產還給了揚州奴，終於不負朋友之託，得到了大家的稱讚。

　　在涉商雜劇中，李實是一個近乎完美的商人形象。他識文斷字，「幼年也

〔註25〕　（清）焦循：《劇說》，見中國戲曲研究院編：《中國古典戲曲論著集成》（八），
　　　　　北京：中國戲劇出版社，1959 年版，第 96 頁。
〔註26〕　田兆元、田亮：《商賈史》，上海：上海文藝出版社，1997 年版，第 98～103
　　　　　頁。

曾看幾行經書」（楔子），是個知書明理之人；他勤勞善良，精通營運：

> 那做買賣的，有一等人肯向前，敢當賭，湯風冒雪忍寒受冷；
> 有一等人怕風怯雨，門也不出。所以孔子門下三千弟子，只子貢善
> 能貨殖，遂成大富。怎做得由命不由人也。（唱）

> 〔正宮，端正好〕我則理會有錢的是咱能，那無錢的非關命。
> 咱人也須要個幹運的這經營。雖然道貧窮富貴生前定，不徠，咱可
> 便穩坐的安然等。

> （卜兒云）老的，你把那少年時掙人家的道路也說與孩兒知道
> 咱。（正末唱）

> 〔滾繡球〕想着我幼年時血氣猛，爲蠅頭努力去爭。哎喲，使
> 的我到今來一身殘病。我去那虎狼窩不顧殘生，我可也問甚的是夜
> 甚的是明，甚的是雨甚的是晴，我只去利名場往來奔競，那裏也有
> 一日的安寧。投至得十年五載我這般鬆寬的有，也是我萬苦千辛積
> 攢成。往事堪驚。（第二折）

靠著年輕時的辛苦經營，終於獲得了晚年安穩舒適的生活。李實身上最可貴
的品質是信義，他對儒家的「仁義禮智信」奉行不悖，「則理會的詩書是覺世
之師，忠孝是立身之本，這錢財是倘來之物」（第三折〔醉春風〕）。所以他爲
了朋友臨終的託付，他在之後的十幾年間一直關注著揚州奴的舉動：

> 揚州奴，你又來也。想你父親死後，你將那田業屋產待賣與別
> 人，我怎肯着別人買去，我暗暗的着人轉買了，總則是你這五百錠
> 大銀子裏面。幾年月日，節次不等，共使過多少：你那油房、磨房、
> 解典庫你待賣與別人，我也着人暗暗的轉買了，可也是那五百錠大
> 銀子裏面。幾年月日，節次不等，使了多少：你那驢馬犗畜和大小
> 奴婢也有走了的，也有死了的，當初你待賣與別人，我也暗暗的着
> 人轉買了，也是這五百錠大銀銀子裏面。我存下這一本賬目，是你
> 那房廊屋舍、條凳椅桌、琴棋書畫、應用物件，盡行在上，我如今
> 一一交割，如有欠缺，老夫盡行賠還。你揚州奴聽者：（詩云）你父
> 親暗寄雪花銀，展轉挪移十數春。今日卻將原物出，世間難得俺這
> 志誠人。（第四折）

靠著這份「志誠」，李實不僅爲揚州奴保留了家產，還翻修了房屋、充實了倉

廩、經營了店鋪農莊，更難得的是施恩不望報，「我見他意殷勤捧玉樽，只待要來世裏報咱恩。這的是你爹爹暗寄下家緣分，與我李家財原不損」（第四折〔喬牌兒〕）。李實是一個典型的儒商，誠懇正直、待友忠誠，深諳商道，而且他絲毫不以自己的商人身份而感到難堪，對自己靠辛勤勞動、正當經營致富充滿了自豪感。而《老生兒》中的劉從善、《劉弘嫁婢》中的劉弘則不同，他們對自己沒有了自豪感，代之的是負罪感，他們對自己的經營行為產生質疑了。

《劉弘嫁婢》中的劉弘，是個「看書的人」，有「疏財仗義之心」。太白星化作占卜先生告訴他有兩樁缺欠：「一者夭壽，二者乏嗣。」（楔子）他否認自己開解典庫是為了「圖利息」，而是「賑人之貧波周人之急」，其間的弊病是妻侄王秀才治下的，連累了自己遭了報應。於是他關了解典庫，以求心安；又為卜卦先生所說的「婚姻死葬鄰保相助，行好事，積陰功」（楔子），他為素不相識的李遜託妻寄子，收留喪夫賣身的裴蘭孫，並自出嫁奩，將蘭孫嫁給李遜之子春郎為妻，再資助春郎上京赴考。終於，他的行為感動了天地，而他幫助過的純郎之父李遜和蘭孫之父裴使君都在上界成神，為劉弘增壽添子。劉弘子奇童十三歲應考，得中嬰童解元，劉弘也被授本處縣令。劉弘憑藉自己的仁義之舉，終於得了個福祿壽全福。劉弘所經營的是解典庫，就是當鋪。典當行當，低價收抵，付息贖當，期滿不贖就由當鋪變賣，是商業中盤剝較為嚴重的行當。正如劉弘自己所說：

〔油葫蘆〕則這君子惜財有道上取，誰似你忒無法度。（淨王秀才云）怎麼無法度！拿住作踐的，打五棍，吊在樹上。怎麼無法度？（正末唱）人道你忒慳忒吝忒心術。（淨王秀才云）我有甚麼心術處？（正末云）兀那廝，那的是你那心術處。（唱）人家道那把時節將爛鈔你強揣與，巴的到那贖時節要那料鈔教他贖將去。（淨王秀才云）他拿將鈔來討，沒的不與他去不成！（正末云）兀那廝，你聽我說你那弊病，你則休賴。（淨王秀才云）我有甚麼弊病？（正末唱）你將焦赤金化做了淡金。（淨王秀才云）姑夫，也不必鬧，也容易。從今後人拿的高麗銅來，我也當金子留下。等人來贖，可把金子賠他便了也。（正末云）你看波，這高麗銅不別，這金子不別，這樁也罷。（唱）你把好珍珠寫做了他蚌珠。（淨王秀才云）也容易，從今後拿將魚眼睛來，當珍珠留下。等人要，可把珍珠賠他。（正末云）你看

波，這魚眼睛不別，珍珠不別。這兩椿也不當緊。（唱）人家一領簇新的衣，你去那典場上你便從頭的覷。（云）是人家那簇新做出來的衣服，帶兒也不曾綴，袵兒也不曾疊的倒哩！人家急着手用那錢使，將來到你這廝行當那錢。這廝提將起來看了一看，昧着你那一片的黑心，下的筆去那解帖上批上一行。（唱）呀！這廝便寫做甚麼原展污了的舊衣服。

（淨王秀才云）裁衣不及段子價，這個也是我向家的心也！（正末唱）

〔天下樂〕喏聲賊也！豈不問道財上分明大丈夫。（云）比喻說到今月初一日，把這號改到那月初二日來贖。你這廝，（唱）但那日數兒過來波餘，你休想道肯放那贖。（云）初二日來贖，道員外不在解典庫裏，明日來。不甫能到那初三日來贖，你道員外人情去了，不在家。（唱）這廝兀那愛錢的心。他百般裏推些個事故。（卜兒云）老的，他爲甚麼那？（正末唱）他則待日要所增。（云）初三日不贖與那人，初四日合當贖與那人，你又不贖與他。婆婆，你知道他那初四日不贖與那人的緣故麼？（卜兒云）可更是怎生？（正末唱）這廝直熬到個月不過五。（云）過了五個日頭，索你怎生問他，要一個月的利錢。賊醜生也！（唱）你倚仗着我這幾貫錢，索則麼以勒的些窮人家每着他無是處。（第一折）

正如王季烈先生的評論：「曲文尤極本色，第一折〔油葫蘆〕、〔天下樂〕二曲，道典肆盤剝貧民之罪惡，用白描筆墨，將該業中相沿至今之習慣，寫盡無餘。」（《孤本元明雜劇提要》）元代的當鋪利息很高，經常有窮人當了東西之後，還不起錢，當物被沒收。劉員外的「潑天也似家私」都是靠著這樣的盤剝得來的，難怪他會心有不安，爲了子嗣和壽祿關掉了當鋪。而一個靠如此吸血營生發家的商人都可以成爲雜劇作家讚頌的對象，足以證明雜劇作家對商人的包容度是很大的。

與劉弘遭遇相似，《老生兒》中的劉從善也掙下了「潑天也似的家私」，卻沒有兒子，他認爲是早年間經商買賣，「做下了許多冤業」，於是決定散家財，「我也再不去圖私利狠心的放解，我也再不去惹官司瞞心兒舉債」（第一折）。他與李實一樣，曾經艱苦奮鬥、苦心經營，老來無子之時又對自己當初一味求財的行爲後悔不已：

〔滾繡球〕我那其間正年小，爲本少，我便恨不的問別人強要，挤着個仗劍提刀。（卜兒云）咱人父南子北，抛家失業，也則爲這幾文錢！（正末唱）哎，錢也，我爲你呵也曾痛殺殺將俺父母來離，也曾急煎煎將俺那妻子來抛。（卜兒云）老的也，你走蘇杭兩廣都爲這錢，恨不的你死我活，也非是容易掙下來的！（正末唱）哎，錢也，我爲你呵那搭兒裏不到，幾曾憚半點勤勞？遮莫他虎嘯風莘律律的高山直走上三千遍，那龍噴浪翻滾滾的長江也經過有二百遭。我提起來，魄散魂消。（第二折）

爲了求財，撇下妻兒，拼死拼活，可見商旅的艱難。而最終「劉從善爲人一世，做買賣上多有虧心差錯處。我今日捨散家財，毀燒文契，改過遷善，願神天可表」，於是散家財救濟窮民，還勸自己的侄兒「依本分教些村學」（第二折〔倘秀才〕），並指出：

〔滾繡球〕我道那讀書的志氣豪，爲商的度量小，則這是各人的所好。你便苦志爭似那勤學，爲商的小錢翻做大錢，讀書的把白衣換做紫袍。則這的將來量較，可不做官的比那做客的妝么。有一日功名成就人爭羨，（云）頭上打一輪皂蓋，馬前列兩行朱衣。（唱）抵多少買賣歸來汗未消。便見的個低高。

這是一個成功商人眼中的儒、商之別，表達了對於讀書人的豔羨之情。當然，這代表的是作者的觀點，可見在作者心目中做生意經商的人爲了賺錢，難免會虧心昧己，還要受無數的奔波之苦，做無數的經營算計，遠不如讀書人輕鬆自在、前程遠大。

值得注意的是劉從善的家庭財產糾紛。劉從善夫婦無子，只有一女引張，招贅婿張郎，還有一侄引孫。從善妻和張郎不喜歡引孫，將其趕出家門。小妾小梅有了半年身孕，張郎怕其生子與自己爭奪家產，便要害小梅。引張救下小梅，並悄悄地供給她生活。清明節上墳時，張郎去祭掃張家的祖墳，引孫祭掃的是劉家的祖墳，從善妻見之悔悟，召回引孫，並將家產交付引孫管理，趕走了女兒女婿。三年後，劉從善設壽宴，小梅帶著兒子出現，講明實情。劉從善認回女兒，並將家產分爲三份，兒、女、侄各得一份。故事中涉及了贅婿制和家庭財產的繼承問題。

劉從善的女婿張郎是劉家的贅婿，反映了元代贅婿制的問題。贅婿婚指男子以個體身份加入女子家庭，這有別於一般婚姻關係中的男子娶婦入家，

反映了男子在婚姻關係中的地位降低。

　　元以前贅婿制一直存在。如戰國時的著名學者淳于髠，就曾做過贅婿，司馬遷稱其「齊之贅婿也，長不滿七尺，滑稽多辯，數使諸侯，未嘗屈辱」（《滑稽列傳》）。最初贅婿的地位很低，常與罪犯刑囚並列。至唐宋時，贅婿的風氣抬頭，一些落第文士常入富貴之家為贅婿。元代的贅婿制基本延續了金宋時期的習俗，並作為制度規定下來，且有官方的入贅婚書作為約束。元代贅婿的社會地位並不低，在法律上也沒有歧視。但在人們的觀念中，「贅婿」還是有很多麻煩的，「人家贅婿，俗諺有云：『三不了事件。』使子不奉父母，婦不事舅姑，一也；以疏為親，以親為疏，二也；子強婿弱必求歸宗，子弱婿強，必貽後患，三也」〔註 27〕。

　　男子肯做贅婿，多是因為經濟問題。男家貧困，拿不出聘禮，便入贅到女方家。女方願意招入贅的女婿，多是因為無子或子幼難養。「民間召婿之家，或無子嗣，或兒男幼小，蓋因無人養濟。內有女家下財，召到養老女婿，圖籍氣力，及有男家為無錢財，作舍居年限女婿。」〔註 28〕基於這樣的經濟背景產生的贅婿，最容易在經濟上發生問題。女家無子，贅婿有可能親疏不分，就是《老生兒》中張郎在清明節時先去張家墳上掃墓；女家有子，子婿之間又會發生財產上的糾紛，遺留後患，張郎與引孫之間的矛盾就是因此引發的。《老生兒》中張郎這個人物正好為這則俗諺提供了案例。

　　隨著經濟的發展，社會財富和個人財富不斷增加，家庭財產的繼承問題，成為元代一個社會問題。這裏所舉的幾本雜劇《東堂老》、《劉弘嫁婢》、《老生兒》中都涉及家庭財產的繼承和保持的問題。無名氏雜劇《合同文字》同樣是由家產分割而引發的故事。原本同住的劉天祥、劉天瑞兄弟，因為荒年，需要分房減口，天瑞攜妻帶子外出謀生，臨走時立下合同文字，寫明家產未分。後天瑞夫婦病死與客店之中，臨終將合同文字託付店主張秉彝保管，並求其將兒子安住撫養成人。張秉彝不負所託，將安住養大，並讓其帶上合同文字回鄉安葬父母。其時，劉家開著解典鋪子，十五年間也掙下了大片家業，劉天祥繼室楊氏帶來的女兒已經招婿成家，楊氏為獨佔家產，騙走了安住的

〔註 27〕　（元）孔齊：《至正直記》卷 2《贅婿俗諺》，上海：上海古籍出版社，1987年版，第 47 頁。

〔註 28〕　陳高華、張帆、劉曉等點校：《元典章》卷 18「女婿在逃以婚書斷離」，天津：天津古籍出版社、北京：中華書局，2011 年版，第 622 頁。

合同文字，拒不相認，並將安住打傷。多虧包拯賺出楊氏的合同文字，還了安住家產，嘉賞張秉彝爲本處縣令，楊氏罰錢贖罪，贅婿逐出劉門。劇中的商人張秉彝，是作者讚賞的對象，他與劉家本無瓜葛，只爲劉天瑞臨終囑託便撫養孤兒十五年，不求回報，安住臨走時他只是囑咐：「孩兒，你是必早些兒回來。（詞云）怎不教我悲啼痛苦，想起來似刀剜肺腑。你若葬了生身爺娘，是必休忘了你養身的父母。」（第二折）不圖名利回報，對安住有了真感情。值得注意的是贅婿的命運，在劇中贅婿並未出場，楊氏陷害安住的過程中也未見參與，但是在最後斷案時卻增加了「贅婿原非瓜葛，限即時逐出劉門」（第四折）的斷詞。看似不合理，卻包含了時人對於贅婿的認識，如前所述，贅婿的身份本身就是讓人不信任的緣由。雜劇中一再強調贅婿對家族財產的覬覦，其危險性不是針對某一個家庭的，而是針對家族，也不僅僅是對物質財產的威脅，更是對家族血脈傳承的擾亂。在注重祭祀的文化背景之下，人們對於贅婿是不信任的，所以一旦發生財產糾紛，不論贅婿是否參與其中，都是首先要被懷疑和譴責的。

保護家族財產不流失，是每個家族成員的願望和責任。而元代的社會環境也爲這種願望和責任增加了新的動力。元代餐飲業和娛樂業相當發達，市民階層中享樂思想普遍，在思想上發生了深刻變化，對金錢的渴求非常強烈。在《南村輟耕錄》中記載了一則爭奪家產的故事：

> 曹瀕死，以孤託之。孤漸長，孤之叔利孤財，妄訴於府曰：「某家貲產未嘗分析，今悉爲姪所據。」郡守劉察其詐，直之。叔之子以父訟不勝，慚且憤，毒父死，而復訴於府曰：「弟挾怨殺吾父。」
> （卷七「義奴」）〔註29〕

爲爭奪家產叔叔將姪子告到官府，未能獲勝，叔叔的兒子便將父親毒死嫁禍於堂兄弟。錢財導致叔姪失和、父子相殘，足見其毒害之大！

不論是家庭財產的爭奪，還是贅婿的煩惱，都反映了元代經濟發展帶給人們思想和行爲的變化。金錢，已經不再是「阿堵物」，而是人們爭相追逐的目標。甚至有人因此而殺人越貨、作奸犯科。這就導致了行商之人的危險，對於這些爲了生計在外奔波、承擔風險的商人，雜劇作者們給予了同情，同時也爲他們安排了代表正義的力量來解救他們。而在商人中間也有這樣的正義的力量，他們也是雜劇作者讚美的對象。

〔註29〕（元）陶宗儀：《南村輟耕錄》，北京：中華書局，1959年版，第91頁。

（二）

　　雜劇中一些樂於助人的義商形象，他們的身份地位也許不及那些儒商高，但是她們的俠行義舉令人感動敬佩。

　　《替殺妻》中的張千，是一個有著俠義心腸的商人。他本是一個屠戶，與某員外結交，張千自覺「身微智淺」（第二折〔村裏迓鼓〕），員外卻「不敬豪門只敬禮，不羨錢財只敬德」（楔子〔仙呂·賞花時〕），與他結拜，故張千對員外下了至死不離的決心。後來，員外出門討債，張千陪員外妻子清明上墳，員外妻竟向張千求歡，被拒絕。員外妻又借爲員外接風之機將其灌醉，欲殺之與張千相合，張千怒而殺員外妻。殺人後張千逃走，做了開封府的衙役。員外被當地官府抓住，判了殺妻之罪解往開封府。張千本可置身事外，但不忍員外受苦，出庭自首，後得包拯設法救下。劇中的張千不爲美色所動，耿直無私，宣揚了朋友之大義。

　　《魔合羅》中的高山，是個賣魔合羅的貨郎。他小心謹慎：「有三椿戒願：一不與人家作媒，二不與人家做保，三不與人家寄信。」當萍水相逢的李德昌對他說自己做生意發了財時，高山急忙制止，還責備他「有你這等人，誰問你說出這個話來？倘或有人聽的，圖了你財，致了你命，不乾生受了一場？你知道我是甚麼人？便好道『畫虎畫皮難畫骨，知人知面不知心』」（第一折），高山的警惕性很高。後來被李德昌央求不過，高山答應了代其送信，送信後還留下一個寫有自己名字的魔合羅作爲證見。他不僅僅有幫助他人的俠義心腸，還有與之相應的智慧和能力。

　　《酷寒亭》中的張保是一個極富正義感的商人。鄭孔目爲娶妓女蕭娥而氣死正妻，蕭娥虐待前妻的一雙兒女。鄭孔目外出公幹回來路過張保的酒店向他打聽情況，張保備訴兩個孩子的苦況，對鄭孔目加以指責，對蕭娥及其姦夫則是唾罵。張保本與鄭孔目一家素不相識，只是忿於蕭娥的行徑而仗義執言，雖然他對於孔目的報仇行動沒有什麼實質性的幫助，但他的正義感是令人感動的。

　　張保本人的身份值得注意：

> 小人江西人氏，姓張名保。因爲天兵勘亂，遭驅被擄，來到回回馬合麻沙宣差衙裏。往常時在侍長行爲奴作婢，他家裏吃的是大蒜臭韭，水苔餅，禿禿茶食，我那裏吃的？我江南吃的都是海鮮，曾有四句詩道來：（詩云）江南景致實堪誇，煎肉豆腐炒東瓜。一領

> 布衫二丈五，桶子頭巾三尺八。他屋裏一個頭領，罵我蠻子前，蠻
> 子後。我也有一爺二娘，三兄四弟，五子六孫，偏你是爺生娘長，
> 我是石頭縫裏迸出來的？謝俺那侍長見我生受多年，與了我一張從
> 良文書。本待回鄉，又無盤纏，如今在這鄭州城外開着一個小酒店
> 兒，招接往來客人。昨日有個官人買了我酒吃，不還酒錢。我趕上
> 扯住道：「還我酒錢來。」他道：「你是甚麼人？」我道：「也不是回
> 回人，也不是達達人，也不是漢兒人，我說與你聽者。」（唱）
>
> 〔南呂·一枝花〕我是個從良自在人，……（第三折）

這一段話中，信息量很大。第一，張保是江西人，他是在戰亂中被擄爲驅口，被帶到了鄭州。蒙古大軍在南征中曾擄奪大量的南方百姓作爲「驅口」帶回北方，充作貴族家的奴隸。他們身份低微，可以任意買賣，生命安全也得不到保障，甚至會被主人毆打致死。張保說他當差期間受人欺辱，也是當時驅口生活現實的反映。張保得到主人的恩赦，讓他從良，而元代多數驅口是沒有這樣的幸運的。「今蒙古色目人之臧獲，男曰奴，女曰婢，總曰驅口。蓋國初平定諸國日，以俘到男女匹配爲夫妻，而所生子孫永爲奴婢。又有曰紅契買到者，則其元主轉賣於人，立卷投稅者是也。故買良爲驅者有禁。又有曰陪送者，則摽撥隨女出嫁者是也。奴婢男女止可互相婚嫁，例不許聘娶良家，若良家願娶其女者聽。然奴或致富，主利其財，則俟少有過犯，杖而錮之，席卷而去，名曰抄估。亦有自願納財以求脫免奴籍，則主署執憑付之，名曰放良」〔註30〕。驅口從良是很難的，贖身幾乎不可能。即使通過贖身擺脫了奴籍，也仍要與原主保持一定的依附關係。從良如此艱難，所以張保會欣喜地說自己是個「從良自在人」。

第二，張保在鄭州的「回回馬合麻沙宣差衙裏」爲奴，「馬合麻沙」是回族的常見姓氏，是穆斯林教聖「穆罕默德」的音譯，是回族特有的姓氏。元朝至元年間，曾有一位色目宰相阿合馬，他出身微賤，後得到忽必烈的信任而逐步晉升至平章尚書省之職。在任期間主要掌管財政，他通過清理戶口、推行專賣、發行交鈔等方式增加財政收入，是一位與經濟、商業有著密切聯繫的重臣。

這段話中還涉及了回回的飲食，「大蒜臭韭，水苔餅，禿禿茶食」。禿禿

〔註30〕（元）陶宗儀：《南村輟耕錄》，北京：中華書局，1959年版，第208頁。

茶食，也叫禿禿麻食，是一種手工麵食，是中亞的回族祖先帶入的。元代忽思慧《飲膳正要》第一卷中有關於「禿禿麻食」的記載。這種麵食在陝西稱爲麻食、山西稱爲貓耳朵、四川稱爲撥耳麵、浙江稱爲小麥鈴……回族飲食中喜歡以蒜、韭等調味，喜吃麵食。南方則喜吃米食、鮮蔬、海鮮等。這是由地域物產氣候等原因造成的飲食差異，無所謂孰優孰劣。作爲南方人的張保自然是吃不慣的這類飲食的。從中可以看出元代飲食的多樣性，蒙古族、漢族、藏族、回回、女眞、契丹、唐兀、畏兀兒等各個民族的飲食雲集，有漢兒茶飯、回回食品、女直（眞）食品、西天茶飯、畏元兒茶飯等，多種飲食方式並存成爲元代飲食文化的一大特色。

　　第三，張保說有官人吃了酒不給錢，反映了當時商人們的煩惱。「官人」一詞作爲稱謂，在唐代是指當官的人，宋代以後，則是對有一定地位的男子的敬稱，當類似於今人所謂「先生」，並沒有特定的身份、地位指向。可見，在當時的社會上，即使是普通人，也可能會無端生事，這給商賈們帶來了很大的煩惱。若無靠山背景，一般的商賈是難免被欺負的。

　　張千是感於兄弟之義而替兄殺人，張保則屬於路見不平仗義執言，而雜劇中還有一類俠義之商，他們慧眼識賢，看重讀書人，激勵、資助趕考的士子。他們身上寄予了作者心目中的理想化的商人品格。如《凍蘇秦》中的王長者，與蘇秦非親非故，對困頓在客棧中的蘇秦贈以錢物，助其應舉；《裴度還帶》中的王員外，激勵裴度上進，暗地資助裴度上京考取功名；最讓讀書人嚮往的是《剪髮待賓》中的韓夫人，不僅贈予陶侃錢財，還把女兒許配給他。

　　商賈們並不總是扮演扶危濟困的「及時雨」，很多時候，他們都像張保一樣是被欺侮的對象。

（三）

　　商人們在經商的過程中，常常會遇到各種問題，甚至會危及生命財產的安全。雜劇中有幾個商人就是遭到了這樣的不幸，他們是作者和讀者同情的商人。

　　1、路遇不測：行商途中的艱難困苦。

　　《魔合羅》《盆兒鬼》《浮漚記》三本雜劇都是寫商人外出經商中遭遇不測身亡的。三劇基本遵循了相同的模式：李德昌、楊國用、王文用都是因爲算命的說百日之內有災，要去千里之外躲災。於是辭家遠行，「一來是躲難逃

災，二來就將本求利」（《浮漚記》楔子），躲災的同時做生意，獲利而歸，途中遇害。

這些商人外出避災還不忘做生意，是一種典型的商人逐利心態的表現，但是雜劇作者並沒有表現出反感，而是對商人們勤勞務實的精神予以肯定，對他們的艱難困苦給予同情：

> 〔油葫蘆〕恰便似畫出瀟湘水墨圖，淋的我濕漉漉，更那堪吉丢古堆波浪渲城渠。你看他吸留忽剌水流乞留曲律路，更和這失留疏剌風擺希留急了樹。怎當他乞紐忽濃的泥，更和他匹丢撲搭的淤。我與你便急章拘諸慢行的赤留出律去，我則索滴羞跌屑整身軀。

> 〔天下樂〕百忙裏麻鞋斷了蕊，好着我難行，也是我窮對付。扯將這蒲包上鑾麻且繫住，淋的我頭怎擡，走的我腳怎舒，好着我眼巴巴無是處。（《魔合羅》第一折）

> 〔仙呂·點絳唇〕途路兜搭，客心瀟灑，倉忙煞，走的我力盡筋乏。（《盆兒鬼》第一折）

> 〔仙呂·點絳唇〕帶月披星，忍寒受冷，離鄉井。過了些芳草長亭；再不曾半霎兒得這腳頭定。（《浮漚記》第一折）

除了大自然給商人們帶來的不便，一旦自己身體出現病症，更是會雪上加霜：

> 〔喜遷鶯〕教誰來醫療，奈無人古廟蕭蕭。量度，又怕有歹人來到。不由人心中添懊惱，不由人不淚雨拋。迭屑屑魂飛膽落，撲速速肉顫身搖。

> 〔出隊子〕似這般無顛無倒，越教人廝害約。一會家陰陰的腹痛似錐挑，一會家烘烘的發熱似火燒，一會家撒撒的增寒似水澆。
> （《魔合羅》第二折）

當然商人們並沒有一味傷懷，有時反而很有哲人的味道：

> 〔混江龍〕你看那人間百姓，在紅塵中都要幹營生。兩下裏行船走馬，彼各要奪利爭名。船尾分開橫水綠，馬蹄踏破亂山青。則他這搖鞭舉棹可便也休相競。多則為兩匙兒羹粥，乾忙了那一世落的這前程。（《浮漚記》第一折）

商旅艱難，古已有之，雜劇作家卻對其投注了更多的關注和同情，這是元代涉商題材雜劇的特點，也是元代對商人態度變化的結果。究其根本，元代多民族文化融合，少數民族對商業和商人的重視，改變了傳統文化中對商人歧視的態度，影響到了包括雜劇作者在內的社會各個階層。

除了自然界的風雨、身體的病痛之外，更可怕的是生命財產受到威脅。商人外出經營，身上多帶有大量財物，這就容易引起他人覬覦，誘發貪欲，進而傷及商人的性命。

《浮漚記》中王文用，爲避災禍出門做朱砂生意，路遇白正，白正欲謀其財。王文用警覺，與白正幾番周旋，最終還是死在了白正的手上，被白正割去了頭顱，奪走朱砂擔，又殺了王文用老父，霸佔了他的妻子。《盆兒鬼》中的楊國用遭遇更加悲慘。楊國用避禍經商，獲利而歸，只因爲未到百日之限暫住在盆罐趙的店裏，卻被盆罐趙夫妻害了性命，燒掉屍首，骨灰做成了瓦盆。《魔合羅》中的李德昌避禍歸來，病倒在途中，本想叫妻子來接自己回家，誰知卻被垂涎自己妻子的堂弟搶先趕來殺死，財物被奪。商人的錢財給他們帶來財富、地位的同時，也讓他們成爲別有用心之人的目標，常常因此而禍及自身甚至家人。

陶宗儀《南村輟耕錄》中也記載了商人遇險的故事：

> 吳興錢泰窩云：至正初，二賈自嘉興來平江，買舟至海口，收市舶貨，行二十餘里，兩道人詣舟求度，一負磬，一持鬼神像。既上舟，去巾服，乃兩甲者。從像中出二長刀，叱曰：「吾逐盜至此，汝眞盜也。」舟人陽應曰：「我固知爲盜，顧無以發，今壯士誠與吾意合，此未可，前途乃可耳。」故紓行，且曰，二盜已落公手，治酒助公勇。遂命妻取酒勸甲者。遲暮，醉，抽其刀斫賊。其一躍起，復斫之。二盜盡死。舟還，二賈泣且拜曰：「非公吾幾不免虎口。」遂以白金二餅爲舟人壽。吁！決死生於阽危之際，不負賈之託，不謂之義丈夫，可乎。（「義丈夫」條）〔註31〕

商人在行商途中遇到強盜，幸虧得到舟子的幫助而脫難。雜劇中的商人們卻沒有此二賈的幸運，他們都身遭橫死，只能死後申冤。《魔合羅》中李德昌申冤報仇靠的是孔目張鼎的細心查問、嚴密推理，才揭露了李文道謀殺兄長嫁禍嫂子的罪行；楊國用和王文用則是靠鬼魂訴屈，再借助神祇或清官的力量

〔註31〕 （元）陶宗儀：《南村輟耕錄》，北京：中華書局，1959年版，第354頁。

報仇。這樣的結局符合雜劇一貫以大團圓方式收尾的特徵，在演出中能給觀眾帶來心靈的慰藉和補償。

在外頂風冒雪、吃苦受累，甚至冒著生命危險的商人們，在家中卻未必都是琴瑟和諧、夫唱婦隨，來自家庭內部的問題有時也會是致命的。

2、禍起蕭牆：夫妻失和，家人反目。

《替殺妻》中的員外外出討債，妻子便一心想要與張千私合，險些害了員外的性命。《貨郎旦》中開解典鋪的李彥和為娶妓女張玉娥氣死正妻，卻被張玉娥夥同姘夫魏邦彥害得家破人亡。《魔合羅》中的李德昌在行商途中遇害，而害他的正是其堂弟。

《貨郎旦》中的李彥和為貪戀妓女的美色，不顧髮妻的反對，執意娶妓女回家，導致了悲劇。但是作者寫作此劇顯然不是為了指責李彥和的行為，在劇中對他給予的更多是同情，其更大意義上是一種警示作用。

《替殺妻》中的員外為去浙西索錢，一去半年，終至妻子難耐寂寞，求合與張千。此劇中表現的是商人為了經營，常年離家，影響了夫妻間正常的生活，導致了悲劇的發生。

雜劇作者對於商人生活的全方位表現，體現了對商人的真摯關懷。這也是商人地位逐步提高的結果，也是雜劇作家深入生活各個層面的成果，更體現了雜劇作家對「人」的重視、對於人的感情需求的重視，有了現代意義上人文關懷的意味。而這也與元代少數民族文化中自然、淳樸、個性張揚、重視自我價值的特點暗合。

（四）

雜劇中出現了一些女性商人形象，值得注意。女商人形象放在這一章略顯突兀，因為這一章是以男性形象為主，但是為了保持商人形象的整體性和論述的方便只有從權了。

中原傳統文化中，女性的主要任務是「主中饋」和「廣繼嗣」。「中饋」，出自《周易·家人》一卦的爻辭：「無攸遂，在中饋。」孔穎達疏曰：「婦人之道……其所職主，在於家中饋食供祭而已。」〔註32〕意思是女子應該無所抱負，只在家中做飯就可以了。中饋，即指供應食物的人，就是妻子。繼嗣，

〔註32〕《周易·家人》，見〔清〕阮元校勘：《十三經注疏》，上海：上海古籍出版社，1997 年版，第 50 頁。

指繼承，即所謂傳宗接代，這不僅僅是生物屬性的繁衍後代，保持物種的延續；還包含了社會屬性的宗族傳承，具有保持血統純正性的意義。不難看出，女子的主要活動區域就是在家庭中，就是傳統的「女主內」，而對外的事務則交由丈夫負責。

北齊顏之推曾說：「鄴下風俗，專以婦持門戶，爭訟曲直，造請逢迎，車乘填街衢，綺羅盈府寺，代子求官，為夫訴屈。此乃恒、代之遺風乎？」〔註33〕恒代遺風，指北魏鮮卑族舊俗，鮮卑族屬於北方阿爾泰語系的游牧民族。從顏之推這段話可以看出當時女子走出家庭，參與社會活動，被認為是北方游牧民族的影響。這種變化在元雜劇中得到了進一步的發展，雜劇中出現了女性的商人，而且作者對這些女商人的經商行為沒有絲毫的譴責。

這些女商人形象主要有《留鞋記》中的王月英母女、《剪髮待賓》中的韓夫人、《竇娥冤》中的蔡婆、《紅梨花》中的賣花三婆、《緋衣夢》中的茶三婆、《貨郎旦》中的張三姑等。

《留鞋記》中的王月英是由正旦扮演的。她是個開胭脂鋪的女商人，與落第秀才郭華相愛，二人相約元宵夜在相國寺觀音殿相會。元宵夜郭華與友人多喝了幾杯酒，等月英來時已經酣睡不醒。月英用羅帕包了一支繡鞋放在郭華懷中而去。郭華醒來，悔恨自己與佳人無緣，吞羅帕自殺。寺中僧人見到屍體怕受牽連，想把郭華棄於廟外，卻被來尋郭華的書童撞見。書童以為僧人害死郭華，便扭送至官。包拯受理此案，派張千扮作貨郎持繡鞋查訪，找到月英母女，帶回府衙，月英供出實情，並在找尋羅帕時，救活了郭華。包拯親為二人主婚。

王月英是一個賣胭脂的女商人，每日拋頭露面，自己經營店鋪養活自己。她面對愛情，面對秀才郭華時，充滿自信：「我這裏半掩酥胸滿面羞，見他半晌無言心便有。他俊俏，我風流，得成就鸞交鳳友，我則待百歲效綢繆。」（楔子〔么篇〕）見到俊俏的秀才，便動了「鸞交鳳友」的心思。而且根本不怕母親知道：「母親知道有何妨？您孩兒造下風流罪。」（第一折〔么篇〕）郭華醉酒誤了佳期，她好生埋怨：

〔倘秀才〕想秀才每何足道哉？那裏取倚玉偎香氣概？怎能勾
雨約雲期入夢來？你個梁山伯不睬祝英臺，秀才每是歹。

〔註33〕（北齊）顏之推著，王利器撰：《顏氏家訓集解》卷1「治家第五」，北京：中華書局，1996年版，第48頁。

〔滾繡球〕但是張秀才，或是李秀才，一個個不中瞅睬。（帶云）
秀才，秀才。（唱）卻早眉尖上擁出酸來，休誇他潘安般容，休誇他
子建般才，休誇他巧言令色，秀才每都是些辜恩負義喬才。我做了
庭前懷恨離魂女，你做了市上貪杯李太白，是我命裏合該。（第二折）
作為一名女商人，她擁有市井女子的大膽、潑辣，傳統禮教對她缺乏約束力。
她追求愛情時毫不隱晦對滿足情慾的渴望：

〔寄生草〕他可有渾身俏，我偷將冷眼窺，端的個眉目秀多伶
利。他把嬌胭膩粉頻交易，與我言來語去相調戲。現如今紫鸞簫斷
彩雲空，幾時得流蘇帳暖春風細。

〔么篇〕則我這相思病，怎地醫？則除是珊瑚枕畔丁香唾，流
蘇帳裏檳榔醉，絞綃被底蓮花會。（第一折）

劇中著力表現的是郭王二人的愛情和包拯斷案的嚴謹，所以對王月英的商人
身份並沒有突出強調。但是以女商人作為劇中的第一主人公，已經能夠體現
商人和女子地位的改變。同時，王月英的大膽潑辣，顯然不是中原文化傳統
禮教所能培養出來的，她對自由愛情的追求和對禮教的背棄都表現出鮮明的
叛逆性，與北方少數民族女子自由、自主、開放的氣質特徵倒是有暗合之處。
元代少數民族文化傳統對創作的影響不言而喻。

《剪髮待賓》中的韓夫人，不是劇中的主角，她身上商人的特徵更加明顯。
她家資巨富，治家嚴謹：「守志韓門愧丈夫，世傳清白事非無。治家嚴肅閨門
整，文業堪同曹大姑。」「家中頗有資財，油磨房解典庫，鴉飛不過的田土。」
更兼獨具慧眼，能發現困窘中的陶侃必成大事：在「我恰纔覷了陶秀才相貌，
雖則時間受窘，久後必然發跡。我有心待將女孩兒許與這生為妻，……」（第
一折）。最終韓夫人遂了心願，陶侃高中，與韓女完婚。

此外，陶侃與韓夫人之女、郭華與王月英的婚姻是士商聯姻，還有《東
堂老》中揚州奴的妻子李翠哥是李節使的女兒，揚州奴是商人的兒子，自己
也是商人，他們也屬士商聯姻。元代以前，很少有這類題材，甚至還有些作
品中表現出對士商聯姻的排斥、反感。唐代李復言的《續玄怪錄》中，有一
則故事記載了青年士子韋固詢問月下老人自己未來妻子的情況，當得知妻子
將是一位賣菜老嫗之女時，勃然大怒，表示寧肯不娶，也不與商販之女結合。

其實，先秦時期的士與商並不對立，最著名的典範就是孔子門人子貢，
他不僅學有所成，而且長於經營，家累萬金，並將經商謀利與遊說傳道相互

結合，相得益彰。可惜，在漢代董仲舒「正其誼不謀其利，明其道不計其功」〔註34〕和桑弘羊的「務本抑末」〔註35〕等主張成爲統治思想之後，重農抑商的傾向越來越嚴重，「貴士賤商」成爲歷代奉行的政策，士與商之間的差距越來越大，呈現出逐漸對立的態勢。所以，元代以前的文學作品中很少出現士商聯姻的主題。

雜劇中，士商聯姻類題材的出現，是時代賦予雜劇的新契機。《剪髮待賓》取材於史實，《晉書》中有相關記載：

> 陶侃字士行，本鄱陽人也。吳平，徙家廬江之尋陽。父丹，吳揚武將軍。侃早孤貧，爲縣吏。鄱陽孝廉范逵嘗過侃，時倉卒無以待賓，其母乃截髮得雙髮，以易酒肴，樂飲極歡，雖僕從亦過所望。及逵去，侃追送百餘里。逵曰：「卿欲仕郡乎？」侃曰：「欲之，困子無津耳！」逵過廬江太守張夔，稱美之。夔召爲督郵，領樅陽令。有能名，遷主簿。……（《晉書》卷六十六《陶侃傳》）

> 陶侃母湛氏，豫章新淦人也。初，侃父丹娉爲妾，生侃，而陶氏貧賤，湛氏每紡績資給之，使交結勝己。侃少爲尋陽縣吏，嘗監魚梁，以一坩鮓遺母。湛氏封鮓及書，責侃曰：「爾爲吏，以官物遺我，非惟不能益吾，乃以增吾憂矣。」鄱陽孝廉范逵寓宿於侃，時大雪，湛氏乃徹所臥新薦，自剉給其馬，又密截髮賣與鄰人，供肴饌。逵聞之，歎息曰：「非此母不生此子！」侃竟以功名顯。（《晉書》卷九十六《陶侃母湛氏》）

以此看來，陶母剪髮待賓是確有其事，所待之賓就是范逵。只是當時范逵並非來視學，陶侃當時不是太學生，而是一名縣吏，史書上也沒有記載求親成婚之事。《孤本元明雜劇·提要》中說：「此本所記各節，固有所本，惟史稱侃妻氏龔，此所云韓夫人強侃飲及以女許之，殆虛構耳。」〔註36〕元雜劇對歷史題材做了改動，讓范逵慧眼識英才，從普通太學生中挑選出陶侃，帶其去參加考試，高中歸來；又給陶侃安排了一心想把女兒嫁給他的富商岳母

〔註34〕《董仲舒傳》，見（漢）班固撰，（唐）顏師古注：《漢書》，北京：中華書局，1962年版，第2524頁。

〔註35〕《公孫劉田王楊蔡陳鄭傳》，見（漢）班固撰，（唐）顏師古注：《漢書》，北京：中華書局，1962年版，第2903頁。

〔註36〕王季烈編：《孤本元明雜劇》，北京：中國戲劇出版社，1957年涵芬樓藏版，第11頁。

——韓夫人，在他得官之後，大小登科雙喜臨門。這符合戲劇創作的模式，尤其是元雜劇最爲鍾愛的大團圓結局——得功名、結連理。同時，陶侃不是通過推薦而是考試得官，不是從縣吏出而爲官而是太學生出身，這些當然是元代知識分子的美好願望——通過考試，博得功名。傳統文化一向輕視胥吏，讀書人大多不屑爲吏。偏偏元代是一個重「吏」的時代，由吏入仕是一條得官的重要途徑，科舉入仕也的確不如宋明清等時代容易。這在下文還會講到，此不贅敘。這是雜劇作者做出改動的一個原因。而更重要的原因，當是時代賦予的特色。雜劇對歷史題材衍生的部分恰恰是最能體現作品時代特色的部分。作者將婚姻的一方定位到商人，增加了士人與商人聯姻的情節，這是元代商人地位提高的表現，也是士人們渴望獲得時代新驕子——商賈們認同的表現。

　　元雜劇中不僅出現了女商人形象，還出現了商人與士人的聯姻現象，這些新特徵，透露出元代多民族文化交融背景下，婦女地位提高，商人地位上陞，他們已經成爲社會生活中不可忽視的群體，在歷史的舞臺上扮演著各自的角色，發揮出不可替代的作用。

三、雜劇中的反面商人形象

　　雜劇中的商人形象不都是正面的，也有很多反面的形象。

（一）

　　最爲突出的就是士妓商愛情模式中的商人形象。正如前面講到過的，這種模式中的商人大多粗俗不堪，動輒以錢財爲誘餌企圖打動美麗多情的妓女，但是結果卻只打動了貪財鴇母。於是出現了士妓商愛情模式的一貫套路：士妓相愛，床頭金盡，商人出現，鴇兒作梗。最終的結果自然是士子得妓女資助趕考，高中爲官，迎娶妓女，懲治商人和鴇母。

　　此類模式中的商人粗俗、猥瑣，雖然有錢卻被妓女和書生輕視。他們經常把自己的財富掛在嘴邊，拿來炫耀。下面是《玉梳記》第一折中柳茂英上場後的所有賓白：

　　　（淨扮柳茂英上云）自家柳茂英，東平府人。裝了二十載綿花，
　　　　來此松江府貨賣。此間有個歌者顧玉香，我有心與他作伴。夜來見
　　　　了那媽媽，今日使著個梅香來請，事必諧矣。我索走一道去。

　　　（淨云）先留五十兩銀子，與奶奶做茶錢。料着二十載綿花，

也不到的剩一分回去。

　　（淨跪云）大姐，小人二十載綿花，都與大姐，不強如那窮身
破命的？

　　（淨云）二十載綿花都送大姐哩。

　　（淨云）我有二十載綿花，好大本錢哩。

　　（淨云）有小人陪侍大姐，二十載綿花不剩一分回去。

　　（淨云）二十載綿花，則和大姐歇一夜罷。

　　（淨云）柳茂英買了顧玉香也。

　　（淨云）他兩個去了。奶奶破着我二十載綿花，務要和他睡一
夜，方遂我平生之願。（詩云）「我這嘴臉也不俗，偏生不入婆娘目。
媽媽，若還做的孤老成，怕道你家沒得綿花褥。」

在第一折中，柳茂英只有這九段賓白，有八段中出現了「二十載棉花」，僅剩
的那一句是「柳茂英買了顧玉香也」——完全是以錢財求歡，根本沒有什麼
感情可言，與風流倜儻的書生比起來，的確是難以入眼。其它商人也是一樣：

　　小子久慕大名，拿着三千引茶來與大姐焙腳，先送白銀五十兩
做見面錢。（《青衫淚》第二折）

　　奶奶，我與你二十兩銀子做茶錢，你若肯將女孩兒嫁與俺，我
三十車羊絨潞紬都與奶奶做財禮錢。（《玉壺春》第二折）

　　大姐，我錢多着哩。茶也有幾舡，你要時，都搬來。（《雲窗夢》
第二折）

以錢財打動不成就使用更加卑劣的手段。《玉梳記》中的柳茂英追求顧玉
香不得，惱羞成怒，便要恃強殺人，更可見其獵色的目的：

　　嗨，誰想顧玉香夜來收拾了房中細軟，共梅香逃走，不知去向，
眼見往京師尋那荊楚臣去了。那虔婆哄了我偌多東西，則這乾罷。
如今趕到丹陽問人來，說有一個婦人引著個梅香，將著些行李上早
路去了，正中我計。我捱的連夜抄將過來，白土左側黑林子裏等著，
若撞見他，肯順我便罷，道出一個不字來，我着刀子結果了他性命，
歇兩日大蟲喫了，又無形跡，多少是好。（第三折）

還有一些商人追求不得，便造謠生事、採取欺騙的手段以求達到目的：《青衫

淚》茶商劉一郎爲了騙取裴興奴，使人寫僞信假說白居易已死。《救風塵》中的周舍，追求宋引章時，百般珍重，夏時睡覺爲她打扇，冬日欲眠爲她溫被，加之周舍本人「穿着一架子衣服，可也堪愛」（第一折），相貌英俊，得到了宋引章的歡心。實際上，他卻是個「酒肉場中三十載，花星整照二十年。一生不識柴米價，只少花錢共酒錢」（第一折）的浮浪子弟。把宋引章娶回家便打了五十殺威棒，之後朝打暮罵，幾乎至宋引章於死地。看到美麗的趙盼兒時，便要休了宋引章，改娶趙盼兒，還讓趙盼兒賭咒發誓，才寫了休書。後來知道上當，便用計騙回撕毀休書，完全是一副無賴的嘴臉。

在「萬貫財」與「七步才」之間，妓女們大多選擇了「七步才」，商人們縱有萬貫家財，也難以與秀才們的才華相抗衡，無法迎得美人歸。在士妓商愛情模式的雜劇中，書生們最後幾乎都金榜得中，衣錦榮歸，妓女們則與書生們「共享榮光」（《青衫淚》）。這樣的結尾恰恰反映了儒士們內心的虛弱，在前面反覆表現士妓之間眞摯感人的愛情，似乎他們之間的感情可以打敗以金錢爲武器的富商。但是，他們最終獲得婚姻卻需要外力的支持——權力。這可以看做雜劇作家對於失去參政機會遺憾的補償，也表明了他們對於現實中實用主義的妥協。

雜劇作家在愛情婚姻劇中一直強調自由的愛情，塑造了眾多反抗禮教的人物形象。但是在現實生活中，士人的優越地位已經喪失，他們成爲芸芸眾生中的普通一員，「十年寒窗無人問」是事實，「一舉成名天下知」是夢想，幾乎遙不可及。而原本居於四民之末的商人，受到了統治者的重視和保護，一躍而居於士人之上，這讓士人們倍感凄涼。商人逐利的本質又讓讀書人從心底裏感到鄙夷。在現實的愛情中，士人們未必能夠獲得全勝，但是在雜劇中是可以的，於是士妓商愛情模式中的商人大多是醜陋的，士人們能夠成功地打敗他們，金榜得中，洞房花燭。金榜得中是洞房花燭的保障。元代是一個講求實用的社會，這一方面是北方游牧民族淳樸自然的本性所致，另一方面也是元代商業發達的社會的要求。雜劇作家自然受其影響。虛無縹緲的感情很難保全愛情，只有功名利祿才是最有力的保障。這是士妓商愛情模式大團圓結局出現的另一個原因。

（二）

雜劇中還有一些反面商人形象，他們吝嗇刻薄，是典型的慳吝人形象。

《看錢奴》中的賈仁，本是個窮泥瓦匠，在東嶽廟中求來了二十年富貴，

借用了周榮祖埋在牆下的金銀。他得財後，雖然「旱路上有田，水路上有船，人頭上有錢」，卻「一文也不使，半文也不用。別人的東西恨不得擘手奪將來，自己東西捨不的與人。若與人呵，就心疼殺了也」（第二折）。他沒有子嗣，便要買周榮祖的兒子，不但不給恩養錢，還想向周榮祖要養孩子的飯錢，並拿著騙周榮祖寫下的賣子文契相要挾，如果周反悔還得給他一千貫寶鈔的賠償，最後只肯出兩個泥娃娃都買不回來的兩貫錢作為恩養錢，還是中保人拿出自己的飯錢給周榮祖補了兩貫。他不僅對別人刻薄，對自己也很吝嗇：

> 我兒也，你不知我這病是一口氣上得的。我那一日想燒鴨兒喫，我走到街上，那一個店里正燒鴨子，油漾漾的。我推買那鴨子，著實的摳了一把，恰好五個指頭摳的全全的。我來到家，我說「盛飯來」，我喫一碗飯我咂一個指頭，四碗飯咂了四個指頭，我一會臨睡上來，就在這板凳上，不想睡着了，被個狗舔了我這一個指頭。我着了一口氣，就成了這病。罷罷罷，我往常間一文不使，半文不用，我今病重，左右是個死人了，我可也破一破慳，使些錢。我兒，我想豆腐喫哩。（小末云）可買幾百錢？（賈仁云）買一個錢的豆腐。
> （小末云）一個錢買得半塊豆腐，把與那個喫？興兒，你買一貫鈔罷。（賈仁云）你買十文錢的豆腐。

> （賈仁云）我兒，我這病覷天遠，入地近，多分是死的人了，我兒，你可怎麼發送我？（小末云）若父親有些好歹呵，您孩兒買一個好杉木材與父親。（賈仁云）我的兒，不要買。杉木價高，我左右是死的人，曉的甚麼杉木柳木？我後門頭不有那一個喂馬槽，儘好發送了。（小末云）那喂馬槽短，你偌大一個身子裝不下。（賈仁云）哦，槽可短，要我這身子短可也容易，拿斧子來把我這身子攔腰剁做兩段折疊着，可不裝下了？我兒也，我囑咐你，那時節不要咱家的斧子，借別人家的斧子剁。（小末云）父親，俺家裏有斧子，可怎麼問人家借？（賈仁云）你那裏知道，我的骨頭硬，若使我家斧子，剁捲了刃，又得幾文錢鋼。（第三折）

因為狗舔食了手指頭上的鴨子油而生病，奄奄一息之際想吃豆腐都要算計半天，反覆叮囑兒子別忘了討要賣豆腐的欠的五文錢。自己死了都要省錢，用馬槽做棺材，身體長就讓兒子用斧子剁開，還不能用自己家的斧子，怕捲了刃……真是吝嗇到了極致。同樣的事情也發生在《冤家債主》中乞僧的身上。

《忍字記》中的劉均佐是「汴梁城中第一個財主，雖然有幾文錢，我平日之間一文也不使，半文也不用。若使一貫錢呵，便是挑我身上肉一般」（楔子）。

他們吝嗇的程度，絲毫不遜於阿巴貢（莫里哀《慳吝人》）、葛朗臺（巴爾扎克《歐也妮‧葛朗臺》）等世界級的吝嗇鬼。

《論語‧八佾》：「禮，與其奢也，寧儉。」〔註37〕《荀子‧天論》：「強本而節用，則天不能貧」，「本荒而用侈，則天不能使之富」。可見，節約是中原傳統文化宣揚的美德。而且，中原傳統的農業模式，基本上是靠天吃飯的，年產的好壞基本取決於大自然，人為干涉程度很低。獲取資源的艱難，有助於養成勤儉節約的習慣。既然如此，雜劇作者為什麼對於商人的吝嗇做了這麼極端的描繪？當然，首先應該是藝術演出需要適度的誇張，將其誇張至極端才能見出其可笑可悲可憐。其次，也是主要的原因，這是雜劇作家在游牧文化與農耕文化的衝突中做出的選擇。

中原農耕文化，強調「強本節用」，本是指農業生產，此言的意思是要加強農業生產，節約費用。「節用」只是輔助措施，「強本」才是關鍵。而中原文化更加深入人心的觀念是「君子喻於義，小人喻於利」（孔子）、「何必言利」（孟子），這種重義輕利的價值取向是根本。但隨著元朝的建立，游牧民族的價值觀強勢進入，其對實用價值的追求逐漸取代了對於虛無縹緲的概念求索，加之商業文化繁榮，「利」已經不可避免地成為人們追逐的目標。正是「錢字是人之膽，財是富之苗。如今有錢的，出則人敬，坐則人讓，口食香美之食，身穿錦繡之衣；無錢的口食糲食，身穿破衣。有鈔方能成事業，無錢眼下受奔波」（《剪髮待賓》第一折陶侃語）。

正如前面談到的，商人們在創業的過程中歷盡艱辛，財富得來不易，視之彌珍也是情有可原的。而且，商人是一個很大的群體，也包含各種各樣的人，不同性格的人對待同一事物的態度也是不一樣的。這也就是為什麼雜劇中既有吝嗇刻薄的賈仁，也有慷慨好義的龐居士。歷代文壇上也不乏各種癡者，這是因為性格較為偏執的人更容易對某些東西著迷，也容易對著迷的事物做出成績。可以說，賈仁們只是對於錢財癡迷了，而這與雜劇作家所認同的價值觀不符，所以，他們被極端化了。

雜劇中這些受作者批判的反面商人形象，既是對元代社會現實的藝術再

〔註37〕《論語‧八佾》，見（清）阮元校勘：《十三經注疏》，上海：上海古籍出版社，1997年版，第2466頁。

現，也是作家價值觀的外化。

四、商人形象與民族文化交融

元雜劇中出現眾多的商人形象，並且給予他們不同於前代的評價，對他們傾注了更多的感情。這是元代商業發達賦予作家的靈感。

商業的發達離不開統治者的支持和重視。而元代統治者之所以能如此積極地支持商業、重視貿易，一方面是順應了南宋以來城市經濟的發展。吳自牧的《夢粱錄》中記載了南宋臨安的繁華：「自大街及諸坊巷，大小鋪席，連門俱是，即無虛空之屋。」「萬物所聚，諸行百市，自和寧門杈子外至觀橋下，無一家不買賣者。」關漢卿散曲〔南呂‧一枝花〕《杭州景》中也描述了杭州城的繁華：

> 普天下錦繡鄉，寰海內風流地，大元朝新附國，亡宋家舊華夷。
> 水秀山奇，一到處堪遊戲。這答兒忒富貴，滿城中繡幕風簾，一哄
> 地人煙湊集。
>
> 〔梁州〕百十里街衢整齊，萬餘家樓閣參差，並無半答兒閒田
> 地。松軒竹徑，藥圃花蹊，茶園稻陌，竹塢梅溪。一陀兒一句詩題，
> 一步兒一扇面屏幃，西鹽場便似一帶瓊瑤，吳山色千疊翡翠，兀良，
> 望錢塘江萬頃玻璃。更有清溪綠水，畫船兒來往閒遊戲。浙江亭緊
> 相對，相對著險嶺高峰長怪石，堪羨堪題。
>
> 〔尾〕家家掩映渠流水，樓閣崢嶸出翠微。遙望西湖暮山勢，
> 看了這壁，覷了那壁，縱有丹青下不得筆。

杭州城是南宋故都，商業繁榮，人煙湊集，在元代仍然是繁華的商業城市。馬可波羅也贊其：「極燦爛華麗之狀，蓋其狀實足言也，謂其為世界最富麗名貴之城，良非偽語。」〔註38〕而作為元代政治經濟文化中心的大都，其商業之發達更是可想而知，這在前面已經論及。

另一方面，是元代統治者蒙古族的傳統使然。蒙古族時代居住在草原上，以游牧為主，很少從事農業生產，他們獲取農產品的途徑，主要是依靠交換，也就是商業貿易。早在他們進入中原之前，就開始與契丹進行交易。建國不久，成吉思汗就曾向中亞派出商隊，卻被花剌子模人殺了，為此還曾經引發

〔註38〕〔意〕馬可‧波羅（Polo，M）著；馮承鈞譯：《馬可‧波羅行紀》，南京：江蘇文藝出版社，2008年版，第307頁。

了一場戰爭。這種對商業的重視，在其統治過程中保持了一貫性，直接影響到了政策的制定和執行。

此外，蒙古族不善於理財，代他們做這個工作的是色目人。色目人在元代的統治集團中是很重要的，他們大多身居高位，尊貴顯赫，能夠給統治者提出建議。而色目人本就善於經商，他們在協助統治者制定政策的過程中必然會起到很大的影響作用，制定更加符合商業利益的政策。

雜劇作家生活在這樣的社會中，所從事的職業又是這個商業社會造就的，本身也是商業文化中的一分子——他們以賣文爲生，也屬於商人的一種。自然對商業、商人有不同於前代文人的理解，對於商人的艱辛和苦痛的認識達到了前人無法達到的高度。

但雜劇作家畢竟脫胎於儒士、書生，中原傳統思想中「賤商」意識已經深入到他們的心靈深處。所以在雜劇作品中出現的商人類型也是有好有壞，這是傳統與現實對作家的共同作用所致。同時，人，不論從事哪種職業，都會有良莠之分，作家在雜劇中對商人形象的塑造更加眞實可信，也更加客觀。

元雜劇的商人形象對其後文學創作也產生了深遠的影響。明清時期，資本主義在中國開始萌芽，帶來了社會經濟的繁榮。再加上，經過元明清三代的發展，世人對於商人、商業的理解也發生了變化，能夠給予更多的理解和同情。所以在「三言二拍」中出現了動人的商人故事，這是時代賦予文學的新特徵。其間，對於觀念的改變、形象的重塑，元雜劇起到了重要的過渡作用，並且爲明清小說的相關創作提供了題材，如凌蒙初《初刻拍案驚奇》中的《張員外義扶螟蛉子，包龍圖智賺合同文字》，就直接取材於元代無名氏雜劇《合同文字》。

可以說，文學史上對於商人形象的塑造，元雜劇居功甚偉，而此成績的取得與元代獨特的社會政治、經濟、文化背景密切相關，元代的民族文化交融是促其形成的重要因素。

小　結

本章論述雜劇中的書生和商人形象，及其與民族文化交融的關係。書生形象受到少數民族文化影響，主要表現在書生們愛情觀和功名觀發生了的變化。爲了愛情，他們可以捨棄功名富貴，可以拋掉禮教加諸於身的枷鎖，甚

至可以激發出他們對抗父權的鬥志；對美色的喜好、對情慾的渴望，被他們毫不掩飾地表現出來，更是對中原傳統愛情觀的突破。書生中的一些負心人形象，則從一個側面證實了愛情中對男女雙方的責任要求更加平等了。文武兼備的書生形象的出現，是少數民族尚武風尚的影響。

　　雜劇中商人形象大量湧現，是元代商業發達的結果，也是少數民族重商觀念的作用。儘管這些商人良莠不齊，卻更加真實客觀地再現了當時社會這一新興群體。作品中對正面商人形象的塑造及其辛苦經營的表現，尤其是女商人形象的出現，說明了民族文化交融背景下對商人認識的改變。

第四章　雜劇中的僧道官吏等人物形象

　　與才子佳人、妓女商人等人物形象相比，雜劇中其它人物形象雖然在劇中不一定是主要人物，甚至出場次數很少，但他們的身上同樣帶有時代的深刻烙印。雜劇中的官吏形象既有歷史上著名的清官包拯，也有當時的清官能吏如王翛然、張鼎者，還有「糊塗成一片」的貪官污吏們，體現出元代吏治的特色。元代宗教的發展得到了政策的支持，尤其是佛道兩教發展迅速，並影響到了雜劇創作。雜劇中的佛道教人物形象，不論是已經修煉得道的，還是還在修行中的，常常在面對俗世的酒色財氣時難以自持，表現出強烈的世俗化傾向。少數民族人物大多既保持了本民族的特色，又明顯地帶有漢文化的印記。

第一節　雜劇中的官吏形象

　　蒙古族進入中原以後，為了保證有效的統治，在各路、府、州、縣以及軍隊都設置一名達魯花赤。「達魯花赤」是蒙古語，本義為鎮守者、掌印者，是當地的最高長官，有監督各級地方官員的職責。按照元朝政府的規定，達魯花赤只能由蒙古人和色目人擔任，事實上，大多是蒙古人充任該職。他們是真正的掌權者，擁有最終的裁定權。但是這些人大多不熟悉漢文化，不善於管理政事。有的官員甚至「不能執筆花押」〔註1〕，以至於「即今司縣或三

〔註 1〕　（元）陶宗儀：《南村輟耕錄》卷 2「刻名印」條，北京：中華書局，1959 年

員或四員，而有俱不識一字者」〔註2〕，「即今縣令，多非其材，省部不務精選，兼品秩卑下，州、府驅委呼召，殊無禮貌，英俊才氣之人，視不屑為。十分為率，大半不識文墨，不通案牘，署銜書名題曰落筆，一出於文吏之手。事至物來，是非緩急，閉口不能裁斷，袖手不能指畫，顛倒錯謬，莫知其非。雖有縣令，與虛位同」〔註3〕，「州縣官或污濫，或疲軟不勝任，或老病不能治事」〔註4〕。官員不能理事，職權下放，吏員便代為行使職權。於是，元代官與吏之間便出現了邊界不清的情況，「曰官曰吏，靡有輕賤貴重之殊。今之官即昔之吏，今之吏即後之官，官之與吏，情若兄弟。每以字呼，不以勢分相臨也」〔註5〕。這與漢文化中重官輕吏的觀念大相徑庭，導致了許多讀書人背負著「兼濟天下」的理想，卻因為不願從事刀筆小吏的工作、仕途無望而心懷怨懟。撇開孰優孰劣的問題，這一現象導致的結果就是元代官員文化素養普遍不高，權力往往旁落到吏員手中，於是吏員的素質就影響到了元代政務的質量，同時，也引起了無法躋身仕途的讀書人的不滿。這些情況在元雜劇中都有所體現。

現存元雜劇中的公案劇，有21種：關漢卿雜劇《包待制三勘蝴蝶夢》、《錢大尹智勘緋衣夢》、《感天動地竇娥冤》、《包待制智斬魯齋郎》，孫仲章雜劇《河南府張鼎勘頭巾》，王仲文雜劇《救孝子賢母不認屍》，李行道雜劇《包待制智賺灰闌記》，孟漢卿雜劇《張孔目智勘魔合羅》，鄭廷玉雜劇《宋上皇御斷金鳳釵》、《包待制智勘後庭花》，曾瑞卿雜劇《王月英元夜留鞋記》，蕭德祥雜劇《王翛然斷殺狗勸夫》，無名氏雜劇《張千替殺妻》、《包待制陳州糶米》、《硃砂擔滴水浮漚記》、《包龍圖智賺合同文字》、《神奴兒大鬧開封府》、《玎玎璫璫盆兒鬼》、《馮玉蘭夜月泣江舟》、《海門張仲村樂堂》、《十探子大鬧延安府》等。

在這些公案劇中，既有包拯、王翛然、李圭、張鼎等清官能吏的形象，

版，第27頁。

〔註2〕（元）胡祗遹：《銓詞》，見李修生主編：《全元文》第5冊，南京：江蘇古籍出版社，1999年版，第542頁。

〔註3〕胡祗遹：《精選縣令》，見李修生主編：《全元文》第5冊，南京：江蘇古籍出版社，1999年版，第587頁。

〔註4〕胡祗遹：《論除三冗》，見李修生主編：《全元文》第5冊，南京：江蘇古籍出版社，1999年版，第535頁。

〔註5〕吳澄：《贈何仲德序》，見李修生主編：《全元文》第14冊，南京：江蘇古籍出版社，1999年版，第87頁。

也有桃杌、蘇順、趙令史、蕭令史等貪官污吏的形象，在他們身上體現了元代民族文化交融對公案劇創作的影響。

一、雜劇中的包拯形象與民族文化交融

在現存雜劇劇本中，出場最多的官員，也是中國百姓心目中的第一清官——包拯。包拯如此受雜劇作家的青睞並非偶然，是歷史與時代共同作出的選擇。

1、歷史上的包拯

胡適在《三俠五義序》中說：

> 歷史上有許多有福之人。一個是黃帝，一個是周公，一個是包龍圖。……這種有福的人物，我曾替他們取個名字，叫做「箭垛式的人物」……包龍圖——包拯——也是一個箭垛式的人物。古來有許多精巧的折獄故事，或載在史書，或流傳民間，一般人不知道他們的來歷，這些故事遂容易堆在一兩個人的身上。在這些偵探式的清官之中，民間的傳說不知道怎樣選出了宋朝的包拯來做一個箭垛，把許多折獄的奇案都射在他身上。包龍圖遂成了中國的歇洛克·福爾摩斯了。〔註6〕

其實包拯成為百姓心目中清官的典範並非偶然，歷史上的包拯就是一個深受百姓愛戴的好官，所以才有可能成為文學作品中婦孺皆知「包青天」。

根據《宋史·包拯列傳》中的記載，包拯考中進士以後為侍奉父母，不去就官，在家中侍親十幾年，父母去世孝滿後仍不欲離開，後經鄉親勸說才離家為官。而他初入官場便露崢嶸：

> 有盜割人牛舌者，主來訴。拯曰：「第歸，殺而鬻之。」尋復有來告私殺牛者，拯曰：「何為割牛舌而又告之？」盜驚服。〔註7〕

機智果斷，破了「牛舌案」。正史中關於包拯斷案的記載並不多，歷史上的包拯也不是以善於斷案而留名後世的，但是這個案子無疑成為後世文學作品中包拯屢破奇案之張本。

後來包拯在端州為官，打破當地官員以端硯為賄的舊習，只按規定數量

〔註6〕胡適：《中國章回小說考證》，合肥：安徽教育出版社，2006 年版，第 275～276 頁。

〔註7〕（元）脫脫等撰：《宋史》，北京：中華書局，1977 年版，第 10315 頁。

製作硯臺，減輕了百姓的負擔，自己屆滿也「不持一硯歸」，清正廉潔、為民做主，這也是文學作品中包拯形象的一個特點。包拯因此得到了皇帝賞識，被任命為監察御史，負責監察百官。監察御史雖然品秩不高，但權限較大，且有直接參與朝政的機會。包拯在此任上，提出過不少關於內政外交的意見，諸如從重處罰販賣私鹽者、主張強國策略等。他還曾經出使過契丹，與對方舌戰，為大宋挽回顏面；彈劾權臣，肅清朝中風氣……包拯做開封府尹的時候，已經 58 歲，在任不到兩年。而且他沒有龍頭鍘虎頭鍘狗頭鍘，也沒有王朝馬漢張龍趙虎、公孫策、展昭等人的輔祐，這些情節人物都是後世的傳說、想像，定型於清代石玉昆的《三俠五義》。但是，在包拯做開封府尹期間，頗有政績，卻是事實。在其本傳中說：

> 拯立朝剛毅，貴戚宦官為之斂手，聞者皆憚之。人以包拯笑比黃河清，童稚婦女亦知其名，呼曰「包待制」。京師為之語曰：「關節不到，有閻羅包老。」舊制，凡訟訴不得徑造庭下。拯開正門，使得至前陳曲直，吏不敢欺。中官勢族築園榭，侵惠民河，以故河塞不通，適京師大水，拯乃悉毀去。或持地券自言有偽增步數者，皆審驗劾奏之。〔註8〕

包拯還做過三司使，表現出他的經濟才能，甚至還做到過樞密副使，正式進入中央執政官員的行列，可惜這時他已經是風燭殘年了，一年以後便病逝了。

> 拯性峭直，惡吏苛刻，務敦厚，雖甚嫉惡，而未嘗不推以忠恕也。與人不苟合，不偽辭色悅人，平居無私書，故人親黨皆絕之。雖貴，衣服器用飲食如布衣時。嘗曰：「後世子孫仕宦，有犯贓者，不得放歸本家，死不得葬大塋中。不從吾志，非吾子若孫也。」〔註9〕

> 論曰：拯為開封，其政嚴明，人到於今稱之。而不尚苛刻，推本忠厚，非孔子所謂剛者乎。〔註10〕

他死後，仁宗停朝一天以示哀悼，並親往弔唁。沈括在《夢溪筆談》中說：「孝肅天性峭嚴，未嘗有笑容，人謂：『包希仁笑比黃河清。』」可見在其死後不久，關於他的故事已經開始在百姓中間傳播。南宋朱熹的《五朝名臣言行錄》

〔註 8〕 （元）脫脫等撰：《宋史》，北京：中華書局，1977 年版，第 10317 頁。

〔註 9〕 （元）脫脫等撰：《宋史》，北京：中華書局，1977 年版，第 10318 頁。

〔註 10〕 （元）脫脫等撰：《宋史》，北京：中華書局，1977 年版，第 10332 頁。

中，搜集民間對於包拯的評價：「知開封府，爲人剛嚴，不可干以私，京師爲之語曰：『關節不到，有閻羅包老。』吏民畏服，遠近稱之。」與本傳的記載一致。當時不論在民間還是官方，包拯都是一個廉潔奉公、愛國保民的好官。他居家則恪守孝道，治家嚴格；爲人則嚴峻剛直，不苟言笑；爲官則廉潔自持，愛護百姓，爲民請命，具有輔政之能、斷獄之智。他不善處世，人緣不好，也正因爲這樣他才能無所顧忌，剛正不阿。包拯在當時就深得民心，只是後世過分注重其峭直而忽略了「務敦厚」，注重其嫉惡而埋沒了他的「推以忠恕」。包拯身上的這些品質與百姓所期望的清官形象相吻合，歷代關於包拯斷案的故事數不勝數。現存元雜劇劇本中公案劇 21 種，其中有 10 本是寫包拯斷案的，可見其影響之深。

2、雜劇中作為智慧化身的包拯

這 10 種涉及包拯的雜劇是關漢卿雜劇《包待制三勘蝴蝶夢》、《包待制智斬魯齋郎》，李行道雜劇《包待制智賺灰闌記》，鄭廷玉雜劇《包龍圖智勘後庭花》，曾瑞卿雜劇《王月英元夜留鞋記》，無名氏雜劇《張千替殺妻》、《包待制陳州糶米》、《包龍圖智賺合同文字》、《神奴兒大鬧開封府》、《玎玎璫璫盆兒鬼》。

僅從這些雜劇的劇目中，就可以看出「智」是包拯斷案的一個特點。在包拯的本傳中，也記錄了他智破「牛舌案」的故事，這當是包拯作爲智慧化身的源頭。

《灰闌記》中，馬員外的正妻與姦夫一起毒死員外，又誣陷爲員外妾張海棠所爲，並買通鄰里作偽證說海棠之子壽郎爲自己所生。包拯審理此案，用石灰在地上畫圈，將壽郎放在中間，讓兩個婦人各拉小兒一隻手，誰能拉過去就將小兒斷給誰。海棠怕傷害自己的孩子，不忍強拉，每次都是員外妻拉出孩子。包拯於是判斷出怕弄傷孩子的是其親娘，遂審明案情，將員外妻與姦夫一同處死，釋放了海棠母子。包拯憑藉的是對人感情的瞭解而作出判斷。

《合同文字》中包拯是憑藉自己對人性的瞭解，賺來了合同文字，懲治了惡人，保護了善良人。安住伯母楊氏爲霸佔家產不肯認回安住，還動手打了安住。包拯爲拿到合同文字，告訴她安住已被她打死，如果是親人打死可免罪，如果不是則要償命，楊氏爲保全性命馬上拿出合同文字證實安住是自己的侄子，後來得知安住未死，又想反悔，卻已經來不及了。正是楊氏對於

錢財的貪婪造成了此案的發生，包拯利用的是她對生命本能的渴望。

《魯齋郎》中，權豪勢要魯齋郎先奪銀匠李四之妻張氏，不久又逼迫六案都孔目張珪將妻子送到自己家。張珪畏懼魯齋郎的權勢，將妻子騙入魯府。魯齋郎把李四之妻張氏給了張珪。李四在妻子被搶之後，兒女失散，尋找途中來到張家，見到了自己的妻子。張珪為成全李四夫妻團聚，出家做了道士，他的兒女也走失了。開封府尹包拯巡訪途中，收留了張李兩家走失的兒女。數年後，長大成人的李四子和張珪子都應舉為官。包拯為了懲辦魯齋郎，在給皇帝的奏章中將其名字寫成了「魚齊即」，待皇帝批斬後，在「魚齊即」上添了幾筆，改成「魯齋郎」，將其斬首。後來張李兩家的兒女都去雲臺觀追薦父母，巧遇各自父母，兩家人均得團圓。包拯憑藉自己的智慧，利用文字上的技巧懲辦了惡人。

如果僅憑機巧智慧來斷案，恐怕也難以成為真正能夠明察秋毫的好官，還要通過細緻的查勘和嚴密的推理才能還原事實真相，做到懲惡揚善。

《後庭花》中的案件複雜曲折，斷案過程充分顯示了包拯的智慧。劇寫廉訪使趙忠之妻，嫉妒皇帝賜給趙忠的侍妾翠鸞，命僕從王慶殺死翠鸞及其母親。王慶與手下李順之妻有染，借機命李順去殺死翠鸞母女。李順妻為與王慶做個長久的夫妻，暗暗定下計策，勸李順放走了翠鸞母女，藉此逼勒李順寫下休書。李順不服想要告官，被王慶殺死，棄屍於井。翠鸞在逃跑途中與母親走散，到獅子店投宿，店小二逼她成親，翠鸞不從，被店小二驚嚇而死，小二投屍於店內井中。為防止鬼魂作怪，店小二在翠鸞鬢邊插了半片桃符為鎮。翠鸞鬼魂與投宿此店的書生劉天義相會，互贈《後庭花》詞表達愛慕之情。翠鸞母尋女至此，見詞，認為劉天義藏匿其女，告到開封府。廉訪使趙忠因為不見了翠鸞母女也將王慶送往開封府。包拯由王慶而查找李順，並在李順家井中尋找翠鸞屍體，誰知撈上來的是李順的屍體，找來李順的啞巴兒子查問，方知是王慶與李妻合夥害死李順。包拯通過翠鸞的《後庭花》詞判斷翠鸞已死，便讓劉天義返回獅子店查問鬼魂的來歷，翠鸞告知實情，包拯派人從獅子店井中撈起翠鸞屍體，捉住了店小二。兩起案件縱橫交錯，極為複雜，包拯條分縷析，同時斷明了兩案，終於使案情真相大白，為屈死者報仇雪恨，懲辦兇手，釋放無辜。此劇充分顯示了包拯斷獄之明，塑造了一個完整的清官包龍圖形象。

雜劇中包拯延續了現實中清正廉明、不畏權貴的形象特徵，並有新的發

展。他很少動用刑罰來取得口供，大多是憑藉自己細緻的查勘和嚴密的推理，結合超人的智慧，獲得案件的真相。雖然在史書的記載中也可以看到包拯斷案時運用智慧，但雜劇中的智慧不僅來自於對於人情人性的瞭解，還表現為文字和邏輯推理的智慧，甚至將最高統治者也納入自己的「圈套」中來，也成為自己「利用」的對象，來實現維護正義、保護弱者的目的。

3、雜劇中重情多於重法的包拯

從《灰闌記》中可以看到包拯對於母親護子之情的理解，在《合同文字》中則包含了對於人本性陰暗面以及求生本能的體悟。雜劇中的包拯對人的本性、情感有較為深刻的瞭解，並把這種瞭解作為自己判斷案情、邏輯推理的依據之一，他是一個情商很高的人。這一點不僅體現在包拯斷案時對人性人情的瞭解，更表現在他判案時「律意雖遠，人情可推」（《灰闌記》）的準則上。

雜劇《蝴蝶夢》中，王老漢被皇親葛彪打死，王家三個兒子趕來將葛彪殺死，被捉到官府。包拯在睡夢中見到小蝴蝶被困蛛網，大蝴蝶兩次救出小蝴蝶，第三隻蝴蝶被困時，大蝴蝶卻不顧而去，包拯出手相救。夢醒後，包拯審理葛彪案，王婆婆要用第三子抵命而請求赦免長子次子。包拯追問之下得知王大、王二是王老漢與前妻所生，只有王三是王婆婆親生。案情與包拯夢境暗合，包拯感動於王婆婆之大義，用盜馬賊頂罪替死，並傳旨封賞了王氏一家。用盜馬賊頂替王三代死，這顯然是法外施情，甚至是以情代法。這一點在《替殺妻》中有類似的表現。

張千「為知心友，番做殺人賊」（《替殺妻》第四折），殺死了不安分的員外妻之後，潛逃到開封府做了衙役，為免員外遭不白之冤，張千出庭自首。包拯感於其義，救下了張千。

《留鞋記》中的包拯更是以法護情。郭華與王月英暗中通信，相約在佛殿私會，本該問罪。包拯不僅沒有治他們的罪，反而以府尹的身份宣佈「今日個開封府斷明白，合着你夫和婦永遠團圓」（第四折），成全了這對有情人。

《陳州糶米》中的包拯形象則集中體現了他不畏權貴、秉公執法的能力和智慧。開場時，包拯看透了官場的浮沉難測：

〔正宮·端正好〕自從那雲滾滾卯時初，直至日淹淹的申牌後，剛則是無倒斷簿領埋頭。更被那紫襴袍拘束的我難抬手，我把那為官事都參透。

〔滾繡球〕待不要錢呵，怕違了眾情；待要錢呵，又不是咱本

謀。只這月俸錢做咱每人情不彀……我和那權豪每結下些山海也似
冤讎：曾把個魯齋郎斬市曹，曾把個葛監軍下獄囚，賸喫了些眾人
每毒呪……到今日一筆都勾。從今後，不干己事休開口。我則索會
盡人間只點頭，倒大來優遊。

〔滾繡球〕有一個楚屈原在江上死，有一個關龍逢刀下休，有
一個紂比干曾將心剖，有一個未央宮屈斬了韓侯……那張良呵若不
是疾歸去……那范蠡呵若不是暗奔走，這兩個都落不的完全屍首。
我是個漏網魚，怎再敢吞鈎？不如及早歸山去，我則怕爲官不到頭，
枉了也干求。(第二折)

他本想致仕回鄉，但看到姦臣劉衙內爲此而高興，便打消了念頭：

〔呆骨朵〕老夫有件事向君王陳奏，只說那權豪每是俺敵頭。(范
學士云)那權豪的，老相公待要怎麼？(正末唱)他便似打家的強
賊，俺便似看家的惡狗。他待要些錢和物，怎當的這狗兒緊追逐。
只願俺今日死，明日亡，慣的他千自在，百自由。(第二折)

爲避免劉衙內去陳州糶米，包庇營私舞弊的小衙內和楊金吾，包拯親往陳州
糶米，並討來御賜的勢劍金牌，擁有了先斬後奏的權力。之後，包拯喬裝改
扮，明察暗訪，掌握了小衙內二人的罪行，先斬殺了楊金吾，又讓小撇古用
紫金錘打死小衙內。正逢劉衙內拿來赦書，「赦活的，不赦死的」，本打算救
小衙內和楊金吾，卻被包拯利用赦書救了小撇古的命。此劇中的包拯對官場
有著清醒的認識，也知道自己對付權豪勢要，得罪了人，便想退出官場，但
是正義感和良心不允許他這樣做。包拯對自己處境有了清醒的認識，並爲自
己要來了護身符——勢劍金牌，而且巧妙地利用聖旨赦書救了小撇古的性
命。包拯的智慧不僅是他自己的保護，也是普通百姓的保護。

4、包拯形象與民族文化交融

雜劇中的包拯，表現得大智大勇，而且人情練達，洞悉世間百態，是智
慧與勇氣的化身。對比歷史上的包拯，「與人不苟合，不僞辭色悅人，平居無
私書，故人親黨皆絕之」，不善與人交往，所以連親戚朋友都和他斷絕了來往，
是一個情商很低的人。爲什麼包拯形象發生了這樣的變化？

有些學者認爲這是因爲元代統治黑暗，吏治腐敗，導致百姓有冤無處訴，
便轉而在戲劇中尋求安慰，於是產生了無所不能、爲民做主的包青天。這也
許是包拯形象變化的原因之一，但不是全部原因，元代的多民族文化交融也

是其影響因素之一。

　　中原傳統文化中，道家提倡「大直若屈，大巧若拙，大辨若訥」〔註11〕，蘇軾將其進一步引申爲「大勇若怯，大智若愚」〔註12〕，提倡鋒芒內斂、藏巧納慧。儒家對「智」的解釋可以視爲一種大智慧。孔子說：「知者不惑，仁者不憂，勇者不懼。」〔註13〕「知及之，仁不能守之，雖得之，必失之。」〔註14〕孟子則說：「仁之實，事親是也；義之實，從兄是也；智之實，知斯二者弗去是也。」〔註15〕「惻隱之心，人皆有之；羞惡之心，人皆有之；恭敬之心，人皆有之；是非之心，人皆有之。惻隱之心，仁也；羞惡之心，義也；恭敬之心，禮也；是非之心，智也。仁義禮智，非由外鑠我也，我固有之也，弗思耳矣。」〔註16〕儒家之「智」主要指對於「仁」「義」已經達到全面理解、沒有困惑的地步，是人生的大智慧。在中原傳統文化中，很少看到對於機巧之智的描繪，正如對感情的控制一樣，個人的「小」情、「小」智是很少被納入視野的，這是雅文化的特徵。市民文化則不同，其視野就在身邊的事情，個人的情感、經歷都是表現的主題，這是俗文學的一個特點。

　　雜劇屬於俗文學，是一種大眾化的娛樂形式，以民間的、百姓的思想和審美取向爲評判標準。雜劇中的包拯就是按照普通民眾心目中的理想塑造出來的人物形象，他更像是代表著正義與理想的偶像，一個嫉惡如仇、機智勇敢而又不乏風趣幽默的英雄。

　　雜劇中的包拯充滿了智慧，既有對人生參透的大智，又有應對具體事件的機巧之智。而且他幽默風趣，充滿人情味，完全不同於史書上那個不苟言笑、刻板得有些乏味的包待制。

　　《陳州糶米》中的包拯爲了訪察小衙內的罪行，帶隨從張千前往陳州，

〔註11〕　（魏）王弼注，樓宇烈校：《老子道德經注》，北京：中華書局，2011 年版，第 127 頁。

〔註12〕　（宋）蘇軾：《賀歐陽少帥致仕啓》，見曾棗莊、劉琳主編：《全宋文》第 87 冊，上海：上海辭書出版社，2006 年版，第 250 頁。

〔註13〕　《論語·子罕》，見（清）阮元校勘：《十三經注疏》，上海：上海古籍出版社，1997 年版，第 2491 頁。

〔註14〕　《論語·衛靈公》，見（清）阮元校勘：《十三經注疏》，上海：上海古籍出版社，1997 年版，第 2518 頁。

〔註15〕　《孟子·離婁上》，見（清）阮元校勘：《十三經注疏》，上海：上海古籍出版社，1997 年版，第 2723 頁。

〔註16〕　《孟子·告子上》，見（清）阮元校勘：《十三經注疏》，上海：上海古籍出版社，1997 年版，第 2749 頁。

一路上頓頓吃「落解粥」，張千一肚子的不滿意，念叨著要吃「肥草雞兒，茶渾酒兒」。包拯聽到了並沒有當面指責，而是幽默地說「如今在前頭有的盡你吃，盡你用，我與你那一件厭飫的東西」，「我着你吃那一口劍」，暗示張千要廉潔奉公。爲了暗地訪察，包拯化裝成一個無依無靠的莊家老漢，有意接近妓女王粉蓮，爲她牽驢，還要求去爲妓院看門。王粉蓮同意後，他異常歡喜：「好波，好波！我跟將姐姐去，那裏使喚老漢？」（第三折）可以想像在舞臺上，一個白髮莊稼漢圍著妓女轉的有趣樣子。

幽默也是中原傳統文化中不被崇尚的性格特點。尤其是當幽默與滑稽結合在一起，形成了西周末年出現的「俳優」，他們以歌舞諧謔取悅於人，達到諷諫的目的，社會地位極其低下。儒家思想在封建統治的秩序建立過程中居功甚偉，備受推崇。它強調人與人的關係要嚴肅、穩定。因此，人性格中外向、詼諧的成分越來越不被欣賞，輕鬆滑稽不爲道德倫理所欣賞，「空戲滑稽，德音大壞」〔註17〕。元代這一現象發生了變化。北方游牧民族豪爽、直率、粗獷的性格影響到了整個統治區域，在當時引起了滑稽諧謔風尚的流行。《錄鬼簿》和《錄鬼簿續編》中記載了許多雜劇作家本身就是滑稽之士：王伯成「公末文詞善解嘲」〔註18〕；趙明道「茶坊中嗑，勾肆裏嘲」〔註19〕；陸顯之「滑稽性，敏捷情，再出世的精靈」〔註20〕……這種性格影響到了他們的雜劇創作，所以雜劇中便有了許多的插科打諢、幽默滑稽。連包拯這個不苟言笑的人都被塑造成充滿了幽默感的和藹老人，散發著濃鬱的人情味。

人情味更是市民階層所喜愛的。在雜劇中包拯斷案的原則是「律意雖遠，人情可推」，人情與法律並重，甚至在很多時候是人情大於法律。這一點，從《蝴蝶夢》中包拯爲救王氏三兄弟，以盜馬賊頂罪處死，就可以看出來。《魯齋郎》中包拯先後收留張李兩家的兩雙兒女，撫養他們長大成人，還供他們讀書應舉，也體現了包拯濃濃的人情味。而他爲了斬殺魯齋郎，不惜欺騙皇帝，篡改聖旨，可以說是同情之心佔了上峰。正如前面論及的，北方少數民族重視個體的獨立自主、自我意識強烈，促使元代對於「人」的認識有了新的改變，每個個體更加注重自身的感受，人對於自身情感更加重視，人與人

〔註17〕 （南朝梁）劉勰著，周振甫注：《文心雕龍·諧隱》，北京：人民文學出版社，1981年版，第160頁。
〔註18〕 （元）鍾嗣成：《錄鬼簿》，上海：上海古籍出版社，1978年版，第15頁。
〔註19〕 （元）鍾嗣成：《錄鬼簿》，上海：上海古籍出版社，1978年版，第15頁。
〔註20〕 （元）鍾嗣成：《錄鬼簿》，上海：上海古籍出版社，1978年版，第17頁。

的交往更加注重心靈上情感上的平等，「人情味」成爲「好官」的特徵之一。

二、雜劇中其它官吏形象與民族文化交融

在公案劇中出現了很多官吏形象。當官與吏對舉出現的時候，官員們常常表現得昏瞶無能，基本上不能獨立辦案；吏員們則翻雲覆雨，操控著案件的發展，案件能否秉公處理往往取決於他們的能力與良知。出現這一情況與元代社會獨特的吏治政策密切相關。

雜劇中的貪官們大多昏庸無能，毫無辦案能力，視百姓如草芥，愛錢財如性命。

孟漢卿雜劇《張孔目智勘魔合羅》第二折中縣令一上場便說：「我做官人單愛鈔，不問原被都只要。若是上司來刷卷，廳上打的鷄兒叫。」他見到有人來告狀便下跪，還說「來告的都是衣食父母」。但是告狀人李文道向他講述案情說「嫂嫂養著奸夫，合毒藥殺死親夫」，他竟然說：「死了罷，又告什麼？」根本不把人命當回事。接著他說了實話：「我那裏會整理？你與我去請外郎來。」

關漢卿雜劇《感天動地竇娥冤》中的楚州太守桃杌也是一個昏官。他一上場便說：「我做官人勝別人，告狀來的要金銀。若是上司當刷卷，在家推病不出門。」（第二折）他也給告狀人下跪，稱其爲「衣食父母」。他聽信張驢兒的一面之詞，毒打竇娥，竇娥不招，便要打蔡婆，終於迫使竇娥認了罪，枉殺了好人，製造了千古之冤。

孫仲章雜劇《河南府張鼎勘頭巾》中的縣令則根本聽不懂告狀人的陳述，「他口裏必律不剌說了半日，我不省的一句」（第二折），連案情陳述都聽不懂，怎麼能審得明白？

李行道雜劇《包待制智勘灰闌記》中，鄭州太守蘇順：「雖則居官，律令不曉。但要白銀，官事便了。可惡這鄭州百姓，欺侮我疲軟，與我起個綽號，都叫我做模稜手。因此我這蘇模稜的名，傳播遠近，我想近來官府儘有精明的，作威作福，卻也壞了多少人家。似我這蘇模稜暗暗的不知保全了無數，世人怎麼曉得。」無能斷案，還恬不知恥。「這婦人會說話，想是個久慣打官司的，口裏必力不剌說上許多，我一些也不懂的。快去請外郎出來。」待令史斷完了案子，他才想起：「我是官人，倒不由我斷，要打要放，都憑趙令史做起，我是個傻廝那。」（第二折）

當這些昏官無法獨自斷案時，就要請來外郎——衙中書吏令史。外郎們對這種情況司空見慣：「料着是告狀的又斷不下，來喚我哩，」（《神奴兒》第三折）「我料着又是官人整理不下甚麼詞訟，」（《魔合羅》第二折）可見這不是偶然現象，這些昏官們一貫不能決斷詞訟，吏員們對於斷案發揮了重要的作用。

原本應該是上下級關係的官與吏們，在雜劇中卻是一片「糊塗」。《勘頭巾》、《魔合羅》、《神奴兒》中都出現了同樣一首詩：「官人清似水，外郎白如麵；水麵打一和，糊塗成一片。」很能說明官與吏之間的關係。《勘頭巾》中縣令一見趙令史便稱兄道弟：「哥，定害了你一日酒，肚裏疼了一夜。」倒是趙令史還顧及一些顏面：「相公，你坐着，百姓每看見哩。」（第二折）無名氏雜劇《神奴兒大鬧開封府》中的縣令見了外郎便跪下說：「外郎，我無事也不來請你，有告人命事的，我斷不下來，請你來替我斷一斷。」外郎提醒他：「請起來，外人看着不雅相。」（第三折）官吏整日廝混在一起，沒有了上級該有的威嚴和下級應有的恭敬，有的只是相互利用、沆瀣一氣。

官員將自己的權力下放，依賴吏員，如果吏員們能秉公斷案也是百姓的福音，可惜昏官手下多贜吏。《神奴兒》中的外郎來了之後，看到曾經得罪過自己的李德義，不問青紅皂白，便要加刑，李德義忙給銀子免禍，外郎還嫌少，並囑咐：「晚夕送來」（第三折）。《魔合羅》中蕭令史因為李文道曾經怠慢他，要打李文道，李文道向他伸出了三個指頭，蕭令史卻問：「你那兩個指頭瘸？」於是賄賂銀子由三個變成了五個。縣令下來問給了幾個銀子，還說：「你須分兩個與我。」（第二折）官吏勾結索賄。《勘頭巾》中衙役張千的一首詩可以看出官吏們的貪財枉法：「手執無情棒，懷揣滴淚錢。曉行狼虎路，夜伴死屍眠。」（第二折）《神奴兒》中外郎對官與吏之間的關係理解非常透徹：「只因官人要錢，得百姓們的使；外郎要錢，得官人的使，因此喚做令史。」（第三折）這些官吏們勾結在一起貪贜枉法，百姓怎麼能有好日子過？幸好雜劇中總是有一些清官能吏為百姓申冤，主持正義。

《勘頭巾》和《魔合羅》中都有個六案孔目張鼎，他是雜劇中能吏的代表。兩劇的情節非常相似，都是張鼎外出公幹，回來時遇到新任的府尹要斬殺犯人，張鼎看出犯人有冤，便向府尹提出要重查此案，府尹僅給了他三天時間去查勘。張鼎憑藉耐心細緻的查勘和嚴密的邏輯推理，找出了事實的真相，抓住了真凶，還無辜者以清白和自由。張鼎的身上集中了百姓心中一個

好官吏所應有的品格──耐心、細緻、智慧，最重要的是執法如山、愛民如子。

> 人命事關天關地，非同小可。古人云：繫獄之囚，日勝三秋。
> 外則身苦，內則心憂。或笞或杖，或徒或流。掌刑君子，當以審求。
> 賞罰國之大柄，喜怒人之常情；勿因喜而增賞，勿因怒而加刑。喜
> 而增賞，猶恐追悔；怒而加刑，人命何辜？這的是霜降始知節婦苦，
> 雪飛方表竇娥冤。(《魔合羅》第三折)

> (詩云)這的是書案旁邊兩句言，一重地獄一重天。翰林風月
> 三千首，怎似這吏部文章二百篇。(《勘頭巾》第二折)

正是有了對人命關天的正確認識，知道自己手中的權力關係到百姓的生死，才能謹慎使用自己手中的權力，不枉法，不貪贓。張鼎這樣的清官廉吏身上寄託了雜劇作者、觀眾的理想。

有些學者據此判斷元代吏治昏庸、官場黑暗，導致民不聊生，只能在雜劇中表現他們的願望，並將其原因歸結為少數民族統治的黑暗。這樣的說法有失片面。因為歷朝歷代都有貪官污吏，都有橫行不法之徒，這與統治者的民族屬性關係不大，倒是與其階級屬性密切相關。雜劇中也有竇天章、李圭、王翛然這樣的清官和張鼎這樣的廉吏能吏，而且所有的冤案最終也都平反昭雪，就是很好的反證。

這類雜劇揭示了元代獨特的吏治狀況。元朝統治者按照民族把臣民分為四等：蒙古、色目、漢人、南人。官員任用時，對於民族等級的限制非常嚴格，「其長則蒙古人為之，而漢人、南人貳焉」〔註21〕，不論中央還是地方，官府中的「一把手」原則上都由蒙古人出任。在官員選拔上，世襲蔭敘、怯薛出仕大多是蒙古貴族子弟出仕的捷徑，漢族為官主要通過科舉考試、國學貢士和吏員出職，而其中吏員出職是主要途徑。

在中原傳統文化中，官和吏的差別很大，界限分明，吏的社會地位很低，中原的歷代王朝都規定吏不可以做官。讀書人大多不屑為吏。孔子曾說：「君子不器。」〔註22〕就是說君子不能像工具一樣做具體的技術工作，要胸懷遠

〔註21〕（明）宋濂等撰：《元史‧百官志一》，北京：中華書局，1976年版，第2120頁。

〔註22〕《論語‧為政》，見（清）阮元校勘：《十三經注疏》，上海：上海古籍出版社，1997年版，第2462頁。

大的抱負。所以大多數讀書人以修齊治平爲己任，很少有人願意去做刀筆小吏的工作。漢代的張湯以刀筆吏起家，即使官至御史大夫，也常常因爲出身背景不好而被人嘲笑。

元代的官吏設置主要繼承自金朝，打破了官、吏之間的界限，吏員地位上陞。而且蒙古族、色目人作爲主要長官，對漢文化和律令政策不熟悉，難以進行政事管理。《南村輟耕錄》中「刻名印」條記載：「今蒙古色目人之爲官者，多不能執筆花押，例以象牙或木刻而印之。」〔註23〕葉子奇在《草木子》中也有類似描述：「北人不識字，使人爲長官或缺正官，要提判署事及寫日子，七字鈎不從右七而從左卜轉，見者爲笑。」〔註24〕這則記載牽涉複雜，反七的寫法或許關乎避諱，但更多的人認爲這是由於北人對漢字的不熟悉造成的。官員不諳政事，吏員便成爲實際的執政者。而官吏的貪墨問題也始終困擾這元朝的統治者。

> 官貪吏污，始因蒙古色目人固然不知廉恥之爲何物。其問人討錢，各有名目：所屬始參曰拜見錢，無事白要曰撒花錢，逢節曰追節錢，生辰曰生日錢，管事而索曰常例錢，送迎曰人情錢，句追曰賫發錢，論述曰公事錢，覓得錢多曰得手，除得州美曰好地分，補得職近曰好窠窟。漫不知忠君愛民之爲何事也。〔註25〕

葉子奇的某些評價含有民族歧視的成份，頗爲偏激，但其對史實的記載大多可信，可以想像當時的貪墨問題是較爲普遍和嚴重的。

元雜劇作爲現實生活的反映，刻畫了無能主政的官員，越俎代庖的吏員，以及二者勾結共同貪墨。這些揭露社會黑暗面的作品，在元代大行其道，甚至出現了《竇娥冤》中指天罵地、直斥官府的唱段，雜劇作者卻從未因此而獲罪，作品也從未遭到禁演，恰恰說明了當時文化政策較爲寬鬆，文網禁錮不嚴。元代對戲劇演出並非全無限制，如：「諸妄撰詞曲，誣人以犯上惡言者，處死。」〔註26〕「諸民間子弟，不務正業，輒於城市坊鎮，演唱詞話，教習

〔註23〕（元）陶宗儀：《南村輟耕錄》，北京：中華書局，1959 年版，第 27 頁。

〔註24〕（明）葉子奇：《草木子・雜俎》，北京：中華書局，1959 年版，第 82～83 頁。

〔註25〕（明）葉子奇：《草木子・雜俎》，北京：中華書局，1959 年版，第 81～82 頁。

〔註26〕（明）宋濂等撰：《元史・刑法志三》，北京：中華書局，1976 年版，第 2651 頁。

雜戲，聚眾淫謔，並禁治之……諸亂製詞曲，爲譏議者，流。」〔註27〕這些條文限制的主要是限制聚眾滋事、誣上作亂等對社會治安造成直接威脅的行爲。在《元典章》中還記載了對於戲劇演出內容的限制：

> 至元十八年十一月，御史臺承奉中書省箚付：據宣徽院呈：提點教坊司申：閏八月廿五日，有八哥奉御、禿烈奉御傳奉聖旨：「道與小李，今後不揀甚麼人，十六天魔休唱者，雜劇裏休做者，休吹彈者，四大天王休妝扮者，骷髏頭休穿戴者，如有違犯，要罪過者！」欽此。〔註28〕

這也只是對雜劇演出中的幾類題材做了限制，並沒有限制關涉社會現實題材的雜劇。這一方面是因爲元代統治者對於漢族的語言文字不很熟悉，另一方面是因爲蒙古族靠武力得天下，對於咬文嚼字的功夫既不擅長也不屑於爲之。這在客觀上造成了雜劇對現實揭露的深刻性，造就了「中國最自然之文學」〔註29〕。

第二節　雜劇中的宗教人物形象

　　元雜劇中出現了大量的宗教人物形象，既有宗教的偶像，又有其信徒，雖然在劇中他們大多以配角的身份出現，但是在他們的身上同樣體現了時代的風貌和作者的愛憎，甚至在很多時候，他們更能代表雜劇作家內心的價值取向和道德取捨。

　　雜劇與宗教的結合，既有歷史的淵源，又有現實的因素。

　　從歷史淵源來說，戲劇的起源與宗教的祭祀儀式關係密切。王國維：「古之祭也必有尸。宗廟之尸，以子弟爲之。至天地百神之祀，用尸與否，雖不可考，然《晉語》載『晉祀夏郊，以董伯爲尸』，則非宗廟之祀，固亦用之。《楚辭》之靈，殆以巫而兼屍之用者也。其詞謂巫曰靈，謂神亦曰靈，蓋群巫之中，必有象神之衣服形貌動作者，而視爲神之所馮依……是則靈之爲職，或偃蹇以象神，或婆娑以樂神，蓋後世戲劇之萌芽，已有存焉者矣。」

〔註27〕（明）宋濂等撰：《元史・刑法志四》，北京：中華書局，1976年版，第2685頁。

〔註28〕陳高華、張帆、劉曉等點校：《元典章》卷57「禁治妝扮四天王等」，天津：天津古籍出版社、北京：中華書局，2011年版，第1939頁。

〔註29〕王國維：《宋元戲曲史》，上海：上海古籍出版社，1998年版，第98頁。

〔註30〕宗教的祭祀儀典中包含著戲劇的萌芽，雖然對於戲劇源於宗教之說尚存爭議，但二者間有著密切關係卻是學界的共識，得到了大家的認同。

從現實因素來說，元代宗教的發展對雜劇作家的創作產生了深刻的影響。元代宗教多元並存、共同繁榮的社會狀況在前面已經講到。從雜劇作品中神仙道化劇和度脫劇也不難看出宗教已經成爲雜劇創作的重要題材。而且雜劇中的宗教因素也並沒有局限在這類有著明確宗教色彩的劇作中，在涉及愛情婚姻、社會問題等題材的劇作中也可以看到宗教人物的身影，他們不是主角，卻在很大程度上影響甚至改變了劇情的發展，也正是在這類劇作中我們能看到宗教與雜劇結合過程中透露出的時代氣息——世俗化。雜劇中的宗教人物，不論是宗教偶像，還是各教信徒，都被劇作家摘掉神秘的面紗、除去神聖的光環，不再超然於塵世之外，而是投身於世俗生活，參與到普通人的情感與紛爭之中，呈現出明顯的世俗化傾向。

元代社會宗教發展多元並存，而雜劇中涉及的主要是佛教和道教，本文也主要圍繞雜劇中的佛教和道教人物形象論述。

一、難以忘「情」的宗教人物

這裏的「情」指的是愛情。愛情與宗教似乎是一對天敵，宗教大多排斥愛情，以之爲罪惡，要求信徒擺脫愛情的困擾。佛教要求信徒持戒，並根據情況不同分五戒、六戒、八戒、十戒、二百五十戒、三百四十八戒等等。居士五戒指不殺生、不偷盜、不邪淫、不妄語、不飲酒。沙彌十戒指：不殺生、不偷盜、不淫、不妄語、不飲酒、不著花鬘好香塗身、不歌舞唱伎亦不往觀聽、不坐臥高廣大床、不非時食、不捉持金銀寶物。在家修行的居士所持五戒中有一條是不邪淫，對情慾的程度和形式作了規定；而在出家修行的沙彌所持十戒中就進一步規定爲不淫，完全斷絕了人的情慾。這與佛教對生命的態度相關。佛教，尤其是漢傳佛教，根本宗旨是通過修行脫離生死輪迴，認爲生命本身就是一種苦難，對生命的執著是一種業障。生命源於男女之間的情慾，這樣情慾就成爲各種苦難的來源，所以遭到禁止。相較而言，道教對於男女情愛的態度要寬容得多。這同樣是源於對生命的理解，正如前面講到的，道教的教義是重視生命、重視現世的快樂的。然而，道教中不同教派又有各自的規定，如全真教派主張儒釋道三教合一，受佛教影響要求出家者斷

絕情愛；正一派則允許結婚。雜劇中涉及道教的作品遠遠多於涉及佛教的，也正是由於道教對於俗世生活的肯定符合雜劇的娛樂精神。

即便如此，雜劇中的僧道神仙對於愛情的態度還是大大超出了宗教允許的範圍，表現出極強的世俗化特徵。

1、難捨情緣的僧道

石子章雜劇《秦修然竹塢聽琴》中的鄭彩鸞雖然出家為道，見到秦修然之後便即私定終身；口口聲聲指責她不該沉溺於情愛的老道姑，一見到自己失散的丈夫，也立刻脫下道袍隨夫還俗。她們出家是迫於與丈夫或未婚夫失散，本就是塵世中人，難捨情緣也是理所當然，連自幼出家的僧道也是如此。道觀中的小道姑，看到鄭彩鸞還俗嫁人，自己在觀中孤孤零零，便想「不如也尋個小和尚去」（第四折）。

鄭彩鸞與秦修然雖屬私自結合，但追本溯源二人曾是指腹為婚的夫妻，還有一些禮法的依據在其中，無名氏雜劇《張于湖誤宿女真觀》中的道姑陳妙常與潘必正之間則完全是感情作為主導了。張孝祥途徑道觀，聽到道姑陳妙常夜間撫琴，產生愛慕之情，作詞挑逗，妙常填詞拒絕。張孝祥走後，妙常向門公詳細地詢問了張孝祥的情況，覺得這書生「必然有個好意思在我身上。自恨我一時無見識，不曾請他喫杯茶」、「悔當初不曾見他一面」（第二折），可見其春心已動，為一個未曾謀面的書生便「凝望眼相思萬種」（第二折〔倘秀才〕），撼動了十三年的修行。這時她的春心還只停留在思想上。不久，觀主的侄兒潘必正因為延誤考期羞歸故里，來觀中暫住，與陳妙常兄妹相稱。陳妙常見過必正一面，便聲稱「我今年喜事動了，我還俗了，嫁了這秀才罷。正是無心理經懺，有意害相思」（第二折）。潘必正初見陳妙常，也絲毫不介意她的道姑身份，認為這是自己的好姻緣到了，可見在這對年輕人眼中宗教教規的約束力是不能與愛情相比的。妙常在聽了必正夜彈《鳳求凰》曲之後作了一首〔西江月〕詞，很能表現其春心萌動之態：

> 松舍清燈閃閃，雲堂鐘鼓沈沈。黃昏獨自展孤衾，未睡先愁不穩。一念靜中思動，遍身欲火難禁。強將津液嚥凡心，爭奈凡心轉甚。（第二折）

潘必正見詞後，亦填〔西江月〕作答：

> 玉貌何須傅粉，仙花豈類凡花。終朝只去煉黃芽，不願星前月下。冠上星簪北斗，杖頭經掛南華。未知何日到仙家，曾許綵鸞同

跨。（第二折）

二人可謂一拍即合，由此私下結爲夫妻，妙常的春心萌動終於付諸行動了。妙常爲自己找的藉口是：「非是我荒淫犯戒，因見先生外貌謙恭，內才樸實，表裏相稱。況又是師父的姪兒，因此成就這段姻緣。」（第二折）因爲對方才貌雙全便要破戒，可見清規戒律在她的心目中地位如何。而她以對方的才貌爲取捨的標準，與恩格斯的「現代性愛」意識相符合。必正吸引妙常的地方不僅這一點：

> 非是妾荒淫，因見先生才貌非凡，日後必有榮顯，以此違了三
> 寶，犯了清規，破了十戒，將千金之軀，付與先生。（第二折）

身爲道姑，清修十三年，不但沒有忘懷男女情愛，還留戀著世間的榮華富貴，吸引她破戒的一是對方才貌，二是未來的榮顯。

> 〔煞尾〕從今後知其白，守其黑，五千道德無心誦。準備着朝
> 行雲，暮行雨，十二巫峰有路通。服氣餐霞總是空，道引勞形枉費
> 功。坎離交馳火不烘，卯酉分差水不烹。龜吐醍醐味正濃，鳳飲刀
> 圭樂未窮。想當日玄默今無守靜功，總與金丹不是同。則今日眞水
> 眞鉛結眞汞，眞鼎眞爐過眞種。（第二折）

在「服氣餐霞」的修煉與朝雲暮雨的情愛之間，妙常選擇了情愛。當妙常珠胎暗結被觀主發現後，她雖覺羞愧卻認爲自己的行爲符合人之常情：「情是人間何物，慾心一動，禁持不住。有做的一篇詞，訴與師父聽：寂寂雲堂斗帳閒，爐香消盡藝沉煙。烘卻布衾圖睡暖，轉生寒。霏霏細雨穿窗濕，颯颯西風透枕珊。此際道心禁不得，故思凡。」（第三折）她認爲自己作爲一個人，有著正常的欲望，這種欲望一旦產生便難以禁持，這是人之常情。觀主知道潘陳之事後，不顧師徒、姑姪之情，將二人綁送金陵府。此時張孝祥任金陵府尹，他表達出較爲開明的觀點：

> 潘法誠，他是你親姪兒，你只合送他去別處居住，不合留在觀
> 中，一處相會，嘲風詠月。使怨女曠夫，眉來眼去。人非草木，觸
> 目動情，淫心一舉，安能寂寞？這是你主家不正，你們都有罪。你
> 可兩頭尋他父母來，兩相情願，配合成婚，一來免的出醜，二來不
> 失了骨肉之情，三來省這場官司，可不美哉？（第四折）

他認爲錯在觀主讓「怨女曠夫」相處，有了眉來眼去的機會，難免暗生情愫，發生風流韻事，只要是兩情相悅就沒有什麼不妥。他絲毫沒有提到宗教的約

束力，清規戒律在塵世情慾的誘惑面前不值一提。

吳昌齡雜劇《花間四友東坡夢》中的小和尚法聰代替師父佛印接受白牡丹的誘惑，與之雲雨和諧，之後對自己破戒之事毫不掛懷，而是感歎「好不快活殺行者也」（第二折）。

與《竹塢聽琴》中的小道姑相似的是《玉清庵錯送鴛鴦被》中的小道姑。她為李玉英鋪下鴛鴦被，將兩個約會的人接入道觀——一個原本應是清修之地，反做了幽會場所。小道姑向李玉英提出：「我今日成就了你兩個，久後你也與我尋一個好老公。」接著便一再催促玉英：「員外在此等了好一會也，我又不哄你，你也行動些波。」「小姐，你休慌，我們都是知心知腹一路的人。」「你行動些，員外在此等哩。」哪裏像出家清修之人，宛然一個保媒拉縴的撮合山。她最終沒有等別人為她找個好丈夫，「誰想小姐與劉員外約在庵中，說了一夜話，撇得我孤眠獨自，不由我也不動心。我如今等不得師父回來，自做個主意，只在庵前庵後，尋一個精壯男子漢去來。（詩云）劉員外做事胡為，李小姐私自偷期。我想來尋個和尚，也和他做對夫妻。」（第二折）難耐萌動的春心，自己也要做個情愛的踐行者。

李壽卿雜劇《月明和尚度柳翠》中，月明尊者下凡度脫柳翠，幾番點化終於使柳翠醒悟，帶歸南海。而寺中的行者看到後非常吃驚：「好是奇怪，難道這香積廚下風魔和尚，倒是個活佛不成？我如今不吃齋了，也學他吃酒吃肉，尋個柳翠來度他去。」（第四折）行者只看到事情的表象，不能理解尊者的一番苦心。但這也表明尊者在凡間喝酒吃肉並不妨礙他是個真僧活佛，酒肉之戒對於參禪禮佛的作用，至少在這裏是無用的。行者當然不是個好和尚，作者在這裏加上這樣一個人物、設計這樣一個場景，正體現了元代僧道的世俗化趨勢。

當然，貪戀紅塵的僧道並不都是好人，未必都能得到圓滿的結局。情慾的滿足如果妨礙了他人的幸福，甚至危及他人的生命財產就成了罪孽。孫仲章雜劇《開封府張鼎勘頭巾》中的道士王知觀即是如此。王知觀是一個好色狠毒的出家人，是一個披著宗教外衣的強盜，他上場時就說：「道可道，真強盜；名可名，大天明。」要殺人奪妻，居然聲稱：「憑着俺這等好心，天也與俺半碗飯吃。」（楔子）他與劉平遠妻子合謀殺死劉平遠，嫁禍王小二，王小二被定成死罪，多虧張鼎看出其中的破綻，勘破疑案。當被押到堂上審訊時，他百般抵賴，以宗教為自己的保護傘：「我則知修真養性，不知有何罪。」「我持齋把素，口誦黃庭道德真經，怎肯持刀殺人？並無此事。」（第三折）正如

張鼎所說：「他癡心兒指望結姻緣，全不肯敬天尊養真修煉。那裏也『清閒真道本，無事散神仙。』今日個枷鎖身纏，落可便死無怨。」（第四折〔雙調‧新水令〕）最終二人在事實面前承認了自己的罪行，被依法處斬，放縱情慾、荼毒他人的後果是身首異處。

雜劇是社會現實的反映，在當時這類事件時有發生。孔齊《至正直記》中「僧道之患」條是這樣記載的：

> 宋淳熙中，南豐黃光大行甫所編《積善錄》云：「僧道不可入宅院，猶鼠雀不可入倉廩。鼠雀入倉廩，未有不食穀粟者；僧道入宅院，未有不為亂行者。」此足為確論。予嘗見溧陽至正間新昌村房姓者，素豪於里，塋墓建庵，命僧主之。後其婦女皆通於僧，惡醜萬狀，貽恥鄉黨。蓋世俗信浮屠教，度僧為義子，往往皆稱義父義母，師兄弟姊妹之屬，所以情熟易狎，漸起口心，未有不為污亂者。或婦女輩始無邪僻之念，則僧為異姓，久而本然之惡呈露，亦終為之誘矣。浙東西大家，至今墳墓皆有庵舍，或僧或道主之。歲時往復，至於陞堂入室，不美之事，容或多矣。戒之，戒之！〔註31〕

元代對各種宗教採取兼容並包的政策，對宗教人士蠲免差稅，難免有一些濫竽充數的出家人混跡其間。這些人出家不是因為對宗教的信仰，而是作為生存的手段，所以一旦面對世俗的誘惑便難耐清苦，破戒違規。這當是雜劇中僧道情根難斷的一個原因。此外，元代社會個體意識覺醒，人們開始正視自身的本能欲望，社會上享樂之風的盛行也為這種欲望的實現提供了現實的溫床。所以雜劇中會出現為情破戒的僧道形象，這種風尚也影響到了雜劇中神仙形象的塑造上。

2、頗通人「情」的神仙

不僅僅是身處凡塵的修行之人容易被愛情誘惑，即使是已經修得正果身登仙界的神仙們也難免有思凡之心。

李好古雜劇《沙門島張生煮海》中書生張羽與龍女瓊蓮，本是瑤池上的金童玉女，只因為一念思凡，被謫罰下界。龍女聽到張生月下彈琴，便生愛慕之心，遂約定第二年中秋在海邊再會。張生為見龍女，用秦時毛女所贈銀鍋鐵勺金錢煎煮海水，鍋中水減一分，海中水少十丈，逼得龍王前來求和，

〔註31〕（元）孔齊：《至正直記》卷1，上海：上海古籍出版社，1987年版，第12頁。

應允二人婚事。除了神仙身份和法術之外，他們追求愛情的過程與人間的其它青年男女沒什麼區別。龍女被琴聲吸引，前往偷聽，二人初見便驚歎：「好一個秀才也！」「呀，好一個女子也！」龍女愛慕張生「聰明智慧，豐標俊雅」（第一折），便想與張生結為夫妻，但父母在堂需要回去請示，便約張生第二年八月十五相會。這與人間的女孩家談戀愛毫無二致。劇末「願普天下曠夫怨女，便休教間阻；至誠的，一個個皆如所欲」（第四折〔太平令〕）的祝願，更使本劇成為閃耀著人性光輝的愛情頌歌。

吳昌齡雜劇《張天師斷風花雪月》中對於上仙思凡下界的態度也較為寬容。中秋夜，書生陳世英撫琴，無意中解救了被羅睺計都兩星宿糾纏的桂花仙子。仙子便下凡感恩答義。陳世英卻不解風情，先是驚恐懼怕，接著又問仙子自己的仕途前程。仙子明確表態：「秀才我道你來年登虎榜，總不如今夜抱蟾宮。」（第一折〔金盞兒〕）功名富貴怎比得上兩情纏綿。人仙一宵歡會之後，陳世英相思成疾，滯留在叔父陳全忠的府中。陳全忠請來張天師為其醫治。天師發現他是被花月之仙迷惑，於是拘來荷菊梅桃諸仙和風雪神，責問之下證實桂花仙子有思凡之情。桂花仙子並不否認：「我為甚先吐了這招承的口詞，常言道明人不做那暗事。則俺這閉月羞花絕代姿，到如今自做出，自當之，裝甚的謊子。」（第三折〔倘秀才〕）桂花仙子敢作敢當。最後長眉仙的判詞最能表現仙家對於這段感情的態度：

> 你原是廣寒宮娉婷仙桂，不合共陳世英暗成歡會。雖然為救月苦往報其恩，反害他軀疾病十分憔悴。誰着你離天宮犯法違條，枉使的風花雪盡遭連累。豈不知張真人法律精嚴，早仗劍都驅在五雷壇內。一個個供下狀吐出真情，有誰敢捏虛詞半毫隱諱？據招狀桂花仙本當重譴，姑念他居月殿從無匹配。便思凡下塵世亦有可矜，仍容許伴玉兔將功折罪。一併的饒免了梅菊荷桃，眾神將俱各遣重還本位。（第四折）

桂花仙子雖然違犯天條，但仙界最後原諒了她的行為，只是將其訓斥一番便重歸本位。她被寬恕的理由是「從無匹配」，屬於初犯，即使思凡下界也情有可原，可以容饒，看來「匹配」本身是可以原諒的，如果一再犯戒無視天界尊嚴才會受到重罰。而仙界中「已有匹配」的確大有人在：「想當日那天孫和董永曾把瓊梭弄。」「想巫娥和宋玉曾做陽臺夢。」（第一折〔油葫蘆〕）「七夕會牛女佳期」（〔賺煞尾〕）。仙界中對於私自匹配行為的懲罰，其實變相地

承認了其合理性。

尚仲賢雜劇《洞庭湖柳毅傳書》講述的是：洞庭龍女嫁給了涇河小龍，夫妻不和，被涇河龍君罰去牧羊，後巧遇落地秀才柳毅。龍女求柳毅爲她傳書求救，柳毅慨然應允。洞庭龍君之弟錢塘龍聽說侄女被虐之後大怒，率部與涇河小龍交戰，並吃掉了小龍，救回了龍女。洞庭君欲把龍女許配柳毅，柳毅不肯，洞庭君無奈酬以重金。柳毅還家，母親爲他定親娶妻，迎娶時發現妻子正是洞庭龍女，於是夫妻二人帶老母同歸洞庭湖。本劇故事出自唐代李朝威的傳奇《柳毅傳》。雜劇作品改變了以柳毅爲第一主人公的形式，將龍女作爲主要表現對象，體現了元代婦女地位的提高。同時，在雜劇中加入了大量的關於龍女感情的細緻刻畫，通過大量的唱詞科白表現了龍女的內心世界，豐富了這個有著人類感情的僊人形象。悲憤處：

〔仙呂·點絳唇〕魂斷頻哭，夢回不睹。逢春暮，甚日歸湖，備把這離愁訴？

〔混江龍〕往常時凌波相助，則我這翠鬟高插水晶梳；到如今衣裳襤褸、容貌焦枯。不學他蕭史臺邊乘鳳客，却做了武陵溪畔牧羊奴。思往日，憶當初：成繾綣，效歡娛；他鷹指爪，蟒身軀；忒躁暴，太粗疏；但言語，便喧呼；這琴瑟，怎和睦！（帶云）俺那龍呵，（唱）可曾有半點兒雨雲期，敢只是一剗的雷霆怒！則我也不戀您榮華富貴，情願受鰥寡孤獨。（第一折）

哀怨處：

〔後庭花〕俺滿口兒要結姻，他舒心兒不勘婚；信口兒無回話，剗的偷晴兒橫覰人。我這裏兩眉攢，他則待暗傳芳信；對面的辭了親，就兒裏相逗引。俺叔父敢則嗔，那其間怎的忍？吼一聲風力緊，吐半天煙霧昏；輕喝處攝了你魂，但抹着可更分了你身。你見他狠不狠，他從來恩不恩。

〔浪裏來煞〕……則爲你假乖張不就我這門親，害的來兩下裏憔悴損。我則索向龍官納悶，怎禁他水村山館自黃昏！（第三折）

當二人終於拜堂成親之時，龍女感慨萬端：

〔雙調·新水令〕誰想並頭蓮情斷藕絲長，搬調的俺趁波逐浪。正是相逢沒話說，不見却思量。全不肯惜玉憐香，則他那古撇性尚然強。

　　……

　　〔駐馬聽〕高點起畫燭熒煌，我則道爲雨爲云會洞房。細聽的
仙音嘹亮，我幾番的和愁和悶到華堂。離了那平湖十里芰荷香，誰
想他禹門三月桃花浪！（帶云）柳毅也，我想你怎生認的我來！（唱）
情慘傷，則教你熱心腸看不破這勾當。（第四折）

　　龍女一心想嫁柳毅，雖然還有報恩的成分，但更重要的是愛情：「你端的
心兒順，意兒真。秀才也，便休愁暮雨朝雲。」（第三折〔柳葉兒〕）柳毅據
婚後，龍女看出了他後來的悔過之心，便化身盧氏之女與柳毅成婚。如果僅
爲報恩，洞庭君等人已經送給柳毅許多寶物，龍女實在沒有必要再以身相許，
而龍女能鍥而不捨的原因就是二人之間的感情。不僅龍女對柳毅有情，柳毅
對龍女也有意，他一再表示：「小生凡人得遇天仙，豈無眷戀之意？只爲母親
年老，無人侍養，因此辭了這親事，也是出于不得已耳。」（第三折）雖然他
曾經因爲嫌棄龍女「憔悴不堪」（第三折）的模樣而拒婚，但後來的表現足以
見出他的悔意：「當初龍女三娘要招我爲婿，我雖不曾應承，卻心兒裏有他來，
何忍更娶別人？」（第四折）同時，他見色起意的行爲也再次證實了元代愛情
婚姻關係中對於外貌的重視。而龍女的性格較之傳奇中也更加爽朗，在傳奇
中，龍女在洞房花燭夜惴惴不安，生怕柳毅認出自己而再生事端，所以當柳
毅對她提起舊事的時候，她回答：「人世豈有如是之理乎？然君與余有一子。」
直到爲柳毅生下孩子，覺得二人感情穩固了，她才承認了自己龍女的身份；
在雜劇中，龍女在成親之日就大大方方地調侃柳毅：「柳官人，你怎麼不憶舊
了？」（第四折）這種大方爽朗的性格與雜劇中多數女性一樣，也都是得益於
時代風氣的變化和少數民族女子性格的影響。

　　雜劇中的這些宗教人物，不論是否修成正果，也不管身處凡塵還是仙界，
在愛情面前大多表現得難以自持。這與元代享樂之風盛行、宗教門禁不嚴有
關，同時，也是元代對於人性的認識更加成熟的結果。而敢於承認人性對於
感情的脆弱，並在作品中加以表現，也是作家獨立自主精神的體現，其中少
數民族獨立自主的個性和豪爽自信的氣質對於時代風氣，尤其是對雜劇作家
的影響是不可忽略的。

二、難抵凡塵困擾的宗教人物

　　塵世間的酒色財氣，是出家人應當斷絕的欲念。佛教中要求教眾戒除三

毒——貪嗔癡。「貪」是指對事物的無饜足的追求與佔有的欲望；「嗔」指由厭惡而產生的憤恨、惱怒的心理和情緒；「癡」則指對於喜好的偏執。與之相對的是戒定慧，這是治療三毒的方法。「戒」指符合規範與道德、無害於他人的生活標準，對治「貪」；「定」指對內心專注與耐心的培養，對治過分的暴躁與嗔恨；「慧」，則指由於對生命及宇宙實相的了知，而對事物不癡迷、不盲從，脫離表相的束縛，對治癡愚。

然而雜劇中的僧道神仙不僅無法擺脫情感的誘惑，對於酒肉享樂、金錢名利也難以割捨，也常常表現出貪財勢利的劣性來。

（一）

酒肉之戒是修煉之人的大戒。食肉本身涉及殺生，酒能亂性，且能散氣，肉能阻氣，有礙修煉，所以被禁止。為了修行，甚至連蔥蒜韭等味道濃烈的菜都忌食或少食，食之則不能念誦，否則會衝撞神靈，反招罪業。

然而，雜劇中的宗教人物有些是不忌酒肉的。王實甫《西廂記》中的惠明和尚是個喜歡吃酒廝打的和尚：

> 〔正宮‧端正好〕不念法華經，不禮梁皇懺，颩了僧伽帽，袒下我這偏衫。殺人心逗起英雄膽，兩隻手將烏龍尾鋼椽搇。
>
> 〔滾繡球〕非是我貪，不是我敢，知他怎生喚做打參，大踏步直殺出虎窟龍潭。非是我攪，不是我攬，這些時吃菜饅頭委實口淡，五千人也不索炙煿煎爁。腔子裏熱血權消渴，肺腑內生心且解饞，有甚腌臢！
>
> 〔叨叨令〕浮沙羹、寬片粉添些雜糝，酸黃虀、爛豆腐休調啖，萬餘斤黑面從教暗，我將這五千人做一頓饅頭餡。是必休誤了也麼哥！休誤了也麼哥！包殘餘肉把青鹽蘸。（第二本第二折）

不念經，不禮懺，不僅喝酒吃肉，還要將人肉做了饅頭餡來解饞，出家人該遵守的清規戒律在他的眼中似乎不名一文，但是誰能說他是個不合格的和尚呢？他慈悲為懷，為解救寺中僧眾，孤身犯險，獨自闖出賊營送信，這不正是救苦救難的慈悲之心嗎？用他自己的話來說就是：

> 〔滾繡球〕我經文也不會淡，逃禪也懶去參；戒刀頭近新來鋼蘸，鐵棒上無半星兒土漬塵緘。別的都僧不僧、俗不俗，女不女、男不男，只會齋得飽也則去那僧房中胡渰，那裏管焚燒了兜率也似

伽藍。則爲那善文能武人千里，凭着這濟困扶危書一緘，有勇無慚。（第二本第二折）

與惠明相似的還有《度柳翠》中的月明和尚。他是個行爲怪誕的醃臢和尚，在其它僧人眼中他「風張風勢，說謊調皮，沒些兒至誠的」，是個吃酒吃肉的「濫僧」。他出場時「拿柳枝挑月兒上」（楔子），這本來是象徵他月明尊者身份的，但一出場就被行者打破了，行者的肉眼凡胎難識尊者眞身。和尚們拉他去做法事只是爲了湊夠人數，並不指望他看經。他自己在去做法事之前也強調有酒有肉才肯去，行者也哄他說有酒有肉，可見他是個離不了葷腥的酒肉和尚，而且大家都接受了這個事實。他接著又問，是去哪家做法事，是柳翠家才去，別人家不去。行者問他爲什麼，他竟然說是「成就俺那姻緣大事」。面對如此荒誕的行徑，其它僧人雖然覺得他的行爲不當，卻並沒有更多的指責，可見對他的行爲還是比較寬容的。而就是這樣一個不戒酒肉的風魔僧，卻正是西天第十六尊羅漢月明尊者。他對佛法的領悟非常精深：

〔混江龍〕……因爲我這半生花酒爲檀信，其實的倦貪名利，因此上不斷您這腥葷。

……

〔油葫蘆〕我爲甚鑽出頭來百事滾，是非場哎我也占的穩。人笑我是風魔的和尚，就兒裏包含着醉乾坤。則我這布囊陡覺青蚨盡，都爲那釀醅旋潑鵝黃嫩。（云）世俗人沒來由爭長競短，你死我活。有呵吃些個，有呵穿些個，苦海無邊，回頭是岸。（唱）巡指間春又秋，眨眼間晨又昏，則被他韶華荏苒催雙鬢，爭如我向閒處且潛身。

〔天下樂〕端的個自古宗風釋教尊，我想這今人，誰能出世麼。我尋思來萬般皆下品，我則待向娑婆世界遊，做蓮花國裏人。這就是開方便不二門。（第一折）

一個是凡間修煉的和尚，一個是西天降世的尊者，他們都不避葷腥，但這並沒有妨礙他們心懷慈悲救人於危難、度人於苦海。除了這樣的得道高僧，能做到「酒肉穿腸過，佛祖心中坐」之外，還有一些道行較淺的出家人難抵酒肉的誘惑。關漢卿雜劇《山神廟裴度還帶》中的行者一出場就說：「阿彌陀佛！阿彌陀佛！南無爛蒜吃羊頭，娑婆娑婆，抹奶抹奶。理會的。」（第二折）

吳昌齡雜劇《花間四友東坡夢》中佛印要招待蘇東坡，讓行者安排飯食，東坡說要有酒有肉才肯留下吃飯，行者說：「學士，你就是我的親爺！我這等和尚有甚麼佛做，熬得口裏清水拉拉的淌將出來。望學士可憐見，多與些小和尚吃。」（第一折）採買中間，他先給自己要了碗血髒湯吃。范子安雜劇《陳季卿悟道竹葉舟》中青龍寺的行童，只因為陳季卿叫了他一聲「小和尚」便遭他一頓搶白：「呸，你也睜開驢眼看看，我這等長的和尚，還教做小和尚？全不知些禮體。我看起來，你穿着這破不刺的舊衣，擎着這黃甘甘的瘦臉，必是來投託俺家師父的，卻怎麼這等傲氣？」（楔子）把個懷才不遇的秀才挖苦得不輕。他對自己的師父也毫無尊敬之意，張口閉口「禿廝」地叫。呂洞賓來到山門前也不買賬，「我也不替你報，我自去方丈裏吃燒酒狗肉去也。」（第一折）不像寺中修行的小和尚，倒是一副市井小兒的調皮活潑的面目。朱凱雜劇《昊天塔孟良盜骨》中幽州昊天寺小和尚：「我做和尚無塵垢，一生不會念經咒。聽的看經便頭疼，常在山下吃狗肉。」（第三折）無名氏雜劇《魯智深喜賞黃花峪》中的雲岩寺，是蔡衙內家的佛堂。蔡衙內為避梁山好漢躲進寺中，一進寺院便吩咐小和尚為他買「好酒兒好羊頭，熄的乾淨，煮的爛着。鴨蛋買下些。我來便要喫酒。」完全不顧寺廟中應當避忌葷腥，小和尚卻早認識下些賣肉的主顧，為主人安排下酒肉，而他自己「煮肥羊肉，我也要咽他些骨頭哩。」（第四折）看來喝酒吃肉在這座寺院中已是常態。

　　這些都是雜劇作家按照自己的認識塑造的宗教人物形象，代表了作家本人對於宗教戒律的理解，也是現實中的宗教人物經過作家提煉加工後的表現。

（二）

　　情在出家人眼中經常和淫欲相聯繫，是應該堅決禁止的，但不論是得道的神仙還是修煉中的僧道，都有難以禁持色戒的。這在前面已經講到。而且雜劇中把許多兩情繾綣纏綿的地點選在了寺廟、道觀等地。如《西廂記》崔張二人共赴雲雨的地點在普救寺的西廂房，《竹塢聽琴》的愛情故事發生在竹塢草庵，《鴛鴦被》中李玉英與劉員外約會的地點在玉清庵，《留鞋記》中王月英與郭華在相國寺觀音殿幽會……本該清淨的修行之地，卻做了鴛鴦們的溫床。

　　雜劇中還出現了幾個為人保媒的僧道形象，他們都是年紀較大的長老觀主，德高望重，也未能跳出凡塵困擾，為紅塵中的愛情尋找歸宿。《西廂記》中的普救寺長老法本，就是這樣的一位長老。白馬解圍後，張生問長老：「小

子親事未知何如？」長老告訴他：「鶯鶯親事擬定妻君。只因兵火至，引起雨雲心。」（第二本楔子）可惜事與願違，老夫人賴婚了，張生一病不起，「（夫人上云）早間長老使人來，說張生病重。我着長老使人請個太醫去看了。……」（第三本第四折）長老不僅第一時間知道張生生病，還主動通知了老夫人，這才有後來的鶯鶯酬簡、二人暗合。之後老夫人逼張生上京應考，長老也堅決地支持張生：「夫人主見不差，張生不是落後的人。」（第四本第三折）臨別時，長老贈言：「此一行別無話兒，貧僧準備買登科錄看，做親的茶飯少不得貧僧的。先生在意，鞍馬上保重者！從今經懺無心禮，專聽春雷第一聲。」（同上）這位老僧似乎是劇中最相信張生才華和人品的，所以後來鄭恒假傳消息，說張生已經另納妻室時，只有他不相信：「誰想張生一舉成名，得了河中府尹，老僧一徑到夫人那裏慶賀。這門親事，幾時成就？當初也有老僧來，老夫人沒主張，便待要與鄭恒。若與了他，今日張生來却怎生？」（第五本第四折）縱觀全劇，始終在張生身邊信任他支持他的人就是長老法本，所以，在崔張愛情發展中長老功不可沒。

　　而另外兩個保媒的道姑就不那麼可愛了。《望江亭》中的白姑姑為了給自己喪妻的侄子白士中保媒，對於每日來做伴的寡婦譚記兒威逼利誘，手段卑劣，實在看不出她的慈悲心腸。譚記兒寡居寂寞想要出家，她說出家「無過草衣木食，熬枯受淡，那白日也還閒可，到晚來獨自一個，好生孤栖。夫人只不如早早嫁一個丈夫去好」。完全不像一個出家人說的話。譚記兒拒絕了她保媒，想要離開，她居然關上山門，甚至污蔑是譚記兒約白士中來觀中相會。看譚記兒依然不肯就範，白姑姑進一步威脅她要告到官府，「三推六問，枉打壞了你」，譚記兒終於答應了婚事，她還為自己辯解：「非是貧姑硬主張，為他年少守空房。觀中怕惹風情事，故使機關配俊郎。」（第一折）哪有一點出家人的慈悲心腸，倒顯出幾分虔婆模樣。《鴛鴦被》中的劉道姑，為李府尹向劉員外借錢做了保人，一年後李府尹未歸。劉員外便威逼劉道姑做媒，要娶府尹的女兒玉英。劉道姑無奈，對玉英軟硬兼施，終於迫使玉英答應了婚事。劉道姑雖然是被脅迫的，但是她為了保全自己，全然不考慮玉英的幸福，迫其允婚，看不出出家人的慈悲、善良、方便。

　　不論保媒的目的和結果如何，這些出家人都積極地參與到紅塵瑣事中來，管起別人的婚姻大事來。元代對宗教約束寬鬆，出家人所受的禁錮減少，對於情感，尤其是男女之情的寬容度增加，所以才會出現這樣的情況。

（三）

不論佛教還是道教，對於財富的觀點都是要來源正當，使用合理，不能有貪著之心。

道教對於現實生活熱情關注，對「長生不老」始終懷有美好的願望，對於財富的觀念也是較爲理性的。道教尊重民眾對於財富的正常渴求，鼓勵人們在此基礎上爲了追求財富而作出的努力和嘗試，同時堅決反對謀取不義之財的行爲。道教經典《太上感應篇》中所列舉的一百七十條惡行中，有數十條涉及利用不當途徑謀求財富，諸如謀財殺人、棄法受賄、強取強求、破人之家以取其財等等，列於諸惡行之首。

佛教在傳入中國時，出於弘揚佛法的目的，順應了中原傳統文化恥於言利的觀念。強調世俗財富與出世修行之間的對立，而且，由於佛教最終的指向是彼岸世界，所以要超越和克服世俗的欲念，而作爲世俗欲念象徵的財富似乎因此而與佛法有了天然的對立。同時，佛教推崇出世修行，以儉樸生活方式爲原則，肯定正當的謀生手段，反對放縱慾望、非法求財。

可見，合理合法與適度不貪是佛道兩教對於財富的共同態度。然而雜劇中的宗教人士卻不是都能做到這些的。

《看錢奴》中的廟祝見到前來還願的周榮祖夫婦，對他們貧苦無助本還有幾分同情之心：「這老人家好苦惱也，既是還香願的，我也做些好事。你老兩口兒就在這一塌兒乾淨處安歇，明日絕早起來，燒了頭香去罷。」周氏夫婦遇到長大成人的長壽，他已經是一個有錢人家的少爺──錢舍，根本不認識自己的生身父母，爲搶奪一個乾淨的地方與周氏夫婦爭執起來，廟祝最初還能主持正義：「這廝無禮，甚麼錢舍，家有家主，廟有廟主，他老子那裏做官來，叫做錢舍？徒弟，拿繩子來，綁了他送官去。」可是等他收了錢舍的一個銀子之後，馬上變了口氣：「哦，你與我這個銀子，借這裏坐一坐？我正罵那老弟子孩兒，你便讓錢舍這裏坐一坐兒，自家討打喫。」「他是錢舍，你兩個讓他些便了，俺明日要早起，自去睡也。」（第三折）所有的正義公理，都被這一個銀子顛覆了。在這個出家人的眼中慈悲心腸是可以被金錢收買的。佛教對於錢財的態度是取之有道、用之有法，顯然廟祝的行爲超越了這個界限。

李文蔚雜劇《張子房圯橋進履》中塑造了一個不戒葷腥，貪花戀酒，甚至偷盜錢財的道士形象──喬仙：

等的天色將次晚，躲在人家竈火邊。若是無人撞入去，偷了東
西一道煙。盜了這家十匹布，拿了那家五斤綿。爲甚貧道好做賊，
皆因也有祖師傳。施主若來請打醮，清心潔靜更誠堅。未曾看經要
吃肉，吃的飽了肚兒圓。平生要吃好狗肉，吃了狗肉念眞言。不想
撞著巡軍過，說我破齋犯戒壞醮筵。眾人將我拿個住，背綁繩縛都
向前。見我不走着棍打，嘴頭上打了七八拳。拿在廳前見官府，連
忙跪膝在階前。大人着我說詞因，道我敗壞風俗罪名惹。背上打到
二百棍，眉毛上打了七八千。大人心裏猶不足，再著這廝頂城磚。
被我寧心打一坐，無語悲悲大笑喧。我這般喜喜孜孜無歡悦，呷呷
大笑無語言。眾人齊聲皆都讚，兩邊閒人一發言。道我是個清閒眞
道本，說我是個無憂無慮的散神仙。（第一折）

這個道士不肯清心修道，破壞了出家人所有的教條，最終因爲強充大羅神仙，
被老虎叼走了。

　　不僅人間的修行者這樣，神仙有時也會因多受了香火而答應凡人額外的
要求。王日華雜劇《桃花女破法嫁周公》中的北斗星官，降臨凡間本爲糾察
人間善惡，途中受了彭大公香紙花果、明燈淨水的供奉，便要達成彭大公的
願望——勾抹了死籍，增加了三十一年壽數，改變了生死簿上的記錄。

　　如前所述，元代商業發達，加之少數民族對於錢財的豁達態度的影響，
人們改變了中原傳統文化中對於錢財鄙視、羞於啓齒的態度，可以用一種更
加平和的態度看待財富。這種風氣對於在塵世修行的出家人必然有影響，尤
其是許多人出家的目的不是出於對於宗教的虔誠，而是貪戀出家帶來的利
益，所以，一旦面對誘惑，教義教條對於他們是沒有什麼約束力的。此外，
元朝政府奉行諸教優容的政策，並以藏傳佛教爲國教。所以歷代皇帝即位後
都要賜予寺院土地勞力等各種財產，世代累計下來數量可觀。而且當時的很
多寺院都經營商業。廟觀中的高級僧侶道士儼然就是大地主、大商人。這些
無疑影響到了雜劇中宗教人物形象的塑造，爲他們塗抹上了世俗的色彩，但
這樣一來反而使他們的形象變得更加生動。

（四）

　　出家人本應該「跳出三界外，不在五行中」，要戒掉貪嗔癡，放下執著心。
嗔怒容易使人失去理智，身心受到傷害。修煉較爲成功的出家人應該是無喜
無怒，不貪戀，不執著。因爲一切皆有因果，所以不必爲得而喜，也不必爲

失而怒。但是雜劇中的出家人，甚至神仙，都未必能做到這一點。

《柳毅傳書》中洞庭龍女的叔叔錢塘火龍，出場時就很有氣勢：

> 滿目霞光籠宇宙，潑天波浪滲人魂。鼻中衝出千條焰，翻身捲起萬堆雲。吾神乃火龍是也。哥哥是洞庭老龍。爲甚將俺閑居在此？只因俺在唐堯之時差行了雨，害得天下洪水九年，因此一向罰在這錢塘水簾洞受罪。（第二折）

只因他的火爆脾氣，洞庭君寧肯女兒受苦也不讓他知道消息。當他偷聽到侄女被涇河龍君罰去牧羊，便難壓怒火：

> 頗奈涇河小龍無禮，着俺龍女三娘在於涇河岸上牧羊，辱沒我的面皮。哥哥，你便瞞我，我卻忍不得了也！則今日點就本部下水卒：我頓開鐵鎖，直奔天堂。親見上帝，訴我衷腸。說他無義業畜，怎敢着俺龍女牧羊？忙將水卒點，不索告龍王。管取涇河岸，翻作漢洋江。（第二折）

這「錢塘龍忿氣雄，粗鐵索似撚葱；早磕塔頓開金鎖走咬龍，撲騰的飛過日華東」（第二折〔聖藥王〕）。一番激烈的廝殺，涇河水族落敗：

> 〔么篇〕落陣處亂蓬蓬，着傷處鬧茸茸。他每都扣斷了紅絨，搭撒了熟銅；弦絕了雕弓，劍缺了霜鋒。將他來難移難動，沒歇沒空，廝推廝擁。劈丟撲鼕，水心裏打沐桶。（第二折）

錢塘君吃掉了涇河小龍，救出了龍女，卻也爲人間帶來了災禍，傷害生靈六十萬，毀掉田地八百里。作爲一個擁有神通的僊人，火龍的衝冠一怒爲萬物生靈帶來了毀滅性的災難。

如果說錢塘龍君的暴怒是因爲自己的侄女被虐待，還情有可原的話，那麼另一位龍王的憤怒就有點小題大做了。馬致遠雜劇《半夜雷轟薦福碑》中，張鎬時乖命蹇，潦倒不濟，在龍神廟中避雨時擲珓兒問神道，得了三個下下不合神道，一時氣憤，便咒罵龍神：「披鱗的曲蟮，帶甲的泥鰍！」並題破廟宇。這惹惱了正在廟宇中休息的南海赤鬚龍：

> 叵耐張鎬無禮！你自命寒福薄，時運未至，却怨恨俺這神祇，將吾毀罵，題破我這廟宇，更待乾罷！你行一程，我趕一程；行兩程，我趕兩程。張鎬，你聽者。（詩云）你虧心折盡平生福，行短天教一世貧。古廟題詩將俺這神靈罵，你本是儒人我着你今後不如人！
> （第二折）

這龍王說到做到，一路跟隨張鎬。張鎬走投無路，寄居薦福寺，薦福寺的長老爲資助張鎬進取功名，爲他提供紙墨，讓他拓印薦福碑文賣錢。龍王半夜施法雷轟薦福碑，斷絕了張鎬最後的希望，逼得張鎬險些自殺。只爲對自己的不恭敬就將人置之死地，赤鬚龍可謂氣量狹小、手段殘忍。

除了這兩位龍王，還有一些神仙，對於人間的恩恩怨怨難以釋懷，即便在成仙之後，仍想了結自己在人間的恩怨。無名氏雜劇《施仁義劉弘嫁婢》中，汴梁人李遜前往錢塘赴任途中病死，臨死前寫書信給洛陽的劉弘，託其照顧自己的妻兒。裴使君身亡，其女裴蘭孫欲賣身葬父，得劉弘周濟葬父，並出嫁奩，將她嫁給李遜之子春郎爲妻。李遜死後做了上界的增福神，感念劉弘的大德，在玉帝之前「展腳舒腰，叩頭出血」，爲劉弘求來一子。裴使君死後做了西川五十四州城隍都土地，爲報劉弘之恩，他也是「展腰舒腳，叩頭出血」（第三折），爲劉弘向玉帝求壽。這兩位正神，爲了報答自己的兒女在人間欠下的人情，盡心竭力，不惜叩頭出血，雖然有以權謀私之嫌，但總算是知恩圖報。而兩位神仙又怕劉弘平白地添子增壽，不明就裏，不領自己的人情，便都找劉弘託夢告知。二神在劉弘宅上相遇，一經相認，便如同人間的兩親家相見一般，敘起家常來：

> （李遜云）莫不是蘭孫之父麼？（裴使君云）然也！然也！那壁尊神，莫不是春郎之令尊麼？（二神同跪科）（李遜云）然也！然也！親家請起，生前不能相會。（裴使君云）死後彼各爲神。（李遜云）尊神何往？（裴使君云）吾神乃爲劉弘嫁婢之恩，未能答報。尊神何往？（李遜云）小聖爲劉弘員外托妻寄子之恩，未能答報。俺二神駕起祥雲，同到劉弘宅上，報恩答義那！走一遭去。（第三折）

這天神與人間的父母有著相同的感情，雖屬假公濟私，卻彰顯了善惡到頭終有報的公義。

這些僭人龍王，爲了一己私怨便施展法術，致使生靈塗炭，何其殘忍！但是，他們快意恩仇，恩怨必報，又使讀者觀眾大呼過癮，也更覺親切，拉近了距離。

總體說來，雜劇中的宗教人物呈現出世俗化的趨勢，他們不那麼恪守清規戒律，具備了普通人的感情，擁有普通人要面對的煩惱和快樂。這是因爲宗教在元代得到全方位的發展，一方面弘揚了教義，另一方面也產生了一些負面的影響。諸如出家人的違規犯戒，欺壓良善，甚至作奸犯科，屢見不鮮，

這引起了普通百姓的不滿。雜劇作家將其寫進雜劇中，具有一定的諷刺意味。

同時，元代宗教普及，然而對於普通百姓來說，他們對於宗教的要求主要在於希望通過一些可行的儀式溝通神靈，表達自己消災避禍、益壽延年的願望，至於教義中高深的哲理、縝密的邏輯對他們來說太複雜了，也看不到其實用性。基於此，人們對於神祇在神界的地位不甚關心，而更注重其對自己現實生活的具體影響，所以在民間信仰中那些神階不高的小神反而擁有很多的信徒。由於這些神仙與百姓生活息息相關，幾乎無所不在，所以，人們也樂於讓他們生活在自己的身邊，和自己一樣享受塵世的快樂。在人們心中，神仙們也擁有對凡塵中美好事物的熱愛，也具有人類的喜怒哀樂愛惡欲，由此模糊了人與神的界限，將神祇們大幅度地世俗化了。

正如前面提到的，游牧民族性格中有直率質樸的特徵，加之受生產生活方式的影響，他們崇尚簡樸、強調實用。惡劣的生存環境，逐水草而居的生活方式，使他們對於事物的要求首先基於實用性的考慮。這種對實用性的重視，在元代市民階層發展起來以後，得到了進一步的發展，整個社會呈現出抑虛尚實的風尚特點。

這些因素影響到雜劇人物形象塑造，便產生了大量雜處民間、有著強烈的世俗化特徵的宗教人物形象，而其中的神祇形象表現出人性多於神性的特點。

第三節　雜劇中的少數民族人物形象

雜劇有許多少數民族人物，他們的身上既保留了少數民族的生活習慣和性格特點，又表現出漢族文化傳統對他們的影響。

一、愛情婚姻中的少數民族人物形象

愛情劇中少數民族人物與漢族的青年男女一樣，要面對來自各方面的壓力和阻礙，為了爭取自己的戀愛婚姻自由付出艱苦的努力。其中，最具代表性的是關漢卿《調風月》中的婢女燕燕。作為一個女真女子，燕燕為爭取自己的愛情，表現出潑辣大膽、積極進取的精神，這在第二章已經論及，此不多敘。

關漢卿的另一本雜劇《閨怨佳人拜月亭》，寫的是金國尚書之女王瑞蘭（女真族）在逃難途中和家人失散，遇到漢族書生蔣世隆，二人相依為命，結為

夫妻。後蔣世隆病倒在旅社之中，王瑞蘭盡心服侍。瑞蘭父征戰歸來，巧遇瑞蘭二人，嫌棄蔣世隆是個秀才，強行帶走了女兒。瑞蘭日夜思念，焚香禱告，被義妹瑞蓮聽到。瑞蓮是蔣世隆失散的妹妹，被瑞蘭母親認作了義女。後蔣世隆考中狀元，二人團圓。瑞蘭因爲父親拆散自己夫妻二人，非常氣憤，說自己的父親是「猛虎獰狼，蝙蝠蚖蛇」，「誰無個老父？誰無個尊君？誰無個親爺？從頭兒看來，都不似俺那狠爹爹」（第三折〔三煞〕〔二煞〕）。即便是老父強拆姻緣，瑞蘭的這番責怪還是太重了，這種激烈的態度顯示了少數民族女子潑辣大膽、自由率性的性格特徵。在其它雜劇中被如此苛責的只有涉妓劇中的鴇母，《秋胡戲妻》中的梅英雖不滿父親給李大戶提親，但她把怨氣都發在了李大戶身上，對父親也只是軟語相勸。對父權提出如此挑戰、言辭如此激烈的只有王瑞蘭。

中原傳統文化強調長幼有序，強調父權的絕對權威，父親對於兒女的婚姻擁有絕對的主導地位，如果以此推論，瑞蘭的婚姻違背「父母之命」，沒有「媒妁之言」，實屬「苟合」，不被家長接受也是情理之中的。但是在游牧民族文化背景中，瑞蘭在戰亂中與蔣世隆的結合是合情合理的，所以瑞蘭才會那麼理直氣壯、言辭激烈。瑞蘭的父親作爲女眞貴族，本不該有門第觀念，卻執意不肯接納和自己女兒患難與共的窮書生，而爲女兒們選擇了文武狀元，後來陰差陽錯成就了女兒的舊姻緣。他的這種門第觀念顯然是受儒家文化中等級觀念的影響，追求婚姻中的門當戶對。此劇中不僅有不同民族間的聯姻，還出現了不同民族的乾親關係，進一步反映了當時各民族交流融合的社會現實。

石君寶的《諸宮調風月紫雲亭》也是關於不同民族的男女青年的婚戀雜劇，只是其中擁有少數民族身份的是男主人公靈春馬。靈春馬是一個宦門公子，與女藝人韓楚蘭相愛，二人相會時被靈父沖散。靈父將靈春馬拘管起來。靈春馬逃出家門與楚蘭私奔，賣藝爲生。在一次官府傳喚演唱時，靈春馬再次與父親相遇，靈父見二人眞心相愛，便承認了他們的婚姻。此劇是旦本戲，而所存版本中科白甚簡，很難看到靈春馬的科白，帶來了閱讀和理解的困難，但是可以從正旦韓楚蘭的唱詞中間接地瞭解他。在二人分開時，楚蘭整日思念靈春馬：「靈春，思量殺我也！一股鸞釵半邊鏡，世間多少斷腸人。」（第三折）她心中的靈春馬不僅外貌俊俏，而且多才多藝：

〔十二月〕（帶云）不爭這廝提起那打球詐柳，寫字吟詩，彈琴

摩阮，擷竹分茶。教我兜地皮痛，乍地心酸！伯伯呵！（唱）教我
越思量俺完顏小哥，他端的所爲兒有誰過？豈止這模樣兒俊俏，則
那些舉止兒忒謙和。哎！不索你把阿那忽那身子兒搦撮，你賣弄你
且休波。（第三折）

靈春馬爲了楚蘭，「冷落了讀書院，一就把功名懶墮」（第三折〔哨遍〕），並隨
楚蘭私奔，由一個官宦子弟變身爲備受輕賤的藝人。如果不是二人感情深摯，
恐怕是很難做到的。同時，也可以看出，靈春馬的父親雖然最初極力反對二人
交往，但最終被二人感情打動，接受了他們的婚姻。反對，是因爲介懷於楚蘭
的藝人身份，而少數民族本著對於歌舞的熱愛，原本對於歌舞藝人是沒有什麼
身份歧視的，這種歧視是受漢文化影響的結果；同意，是因爲感動於眞情，同
時也接受了楚蘭的身份，這個接受則是源於少數民族開放包容的性格。

　　李直夫雜劇《便宜行事虎頭牌》中的茶茶，是一個特色鮮明的女眞女子。
她是女眞族將領山壽馬的妻子，不必再爲爭取婚姻而戰，她所體現的是北方
少數民族女子的獨特魅力。出場時的一首《西江月》詞最能說明其天然韻味：
「自小便能騎馬，何曾肯上妝臺。雖然脂粉不施來，別有天然嬌態。若問兒
家夫壻，腰懸大將金牌。茶茶非比別裙釵，說起風流無賽。」（第一折）不施
脂粉、能騎善射，追求率性天然之美，是北方少數民族女子區別於漢族女子
的特點。北方游牧民族是「馬背上的民族」，他們的衣食住行等各個方面都離
不開馬，放牧、出行、狩獵都要依靠馬來完成，小孩子、女子也都會騎馬。
茶茶表現的就是一個英姿颯爽的少數民族女子形象。同時，她又受漢文化影
響，遵守「女主內」行爲規範，不參與軍中事務，所以在她爲叔叔銀住馬求
情的時候，一進入軍帳便說：「這是訟廳上，不是茶茶來處。」（第三折）少
數民族女子的地位較高，是很少避忌這些的。茶茶顯然受到了漢文化中「男
主外女主內」思想的影響，承認自己不該參與到軍國大事中來。

　　愛情婚姻中的少數民族人物，擁有本民族的性格特徵，或豪放爽朗，或
潑辣大膽；同時，又受到了漢族文化的影響，有了門第觀念和等級觀念，爲
愛情的發展製造了障礙。在他們的身上能看到元代各民族文化交流融合的痕
跡。

二、少數民族將領形象

　　雜劇中的少數民族將領形象，既有戰功卓著者，又有秉公執法者，也不

乏恃強淩弱者。

　　《虎頭牌》中的山壽馬一出場便自我介紹：「腰橫轆轤劍，身披鸊鵜裘。華夷圖上看，惟俺最風流。自家完顏女直人氏，姓王，小字山壽馬。現做着金牌上千戶，鎮守着夾山口子。今日天晴日暖，無甚事，引着幾個家將打圍射獵去咱。」（第一折）勾勒出一個英武矯健的將軍形象。他跨馬仗劍，以狩獵爲樂。

　　正如《蒙韃備錄》《蒙古帝國史》等書中的記載，北方游牧民族生長於鞍馬之間，狩獵是他們日常生活的一部分。成吉思汗「四傑」之一的博爾術認爲春日騎馬打獵是人生最快樂的事情。「男人們……主要是從事打獵和練習箭術，因爲他們（不論是大人和小孩）全都是極好的射手。他們的小孩剛剛兩三歲的時候，就開始騎馬和駕馭馬，並騎在馬上飛跑，同時大人就把適合於他們身材的弓給他們，教他們射箭。他們是極爲敏捷和勇猛的。年輕姑娘們和婦女們並在馬背上飛跑，同男人一樣敏捷。我們甚至看見她們攜帶弓和箭」〔註32〕。「韃人生長鞍馬間，人自習戰，自春徂冬，旦旦逐獵，乃其生涯，故無步卒，悉是騎軍。」〔註33〕對於游牧民族來說，狩獵不僅能獲得野獸，還能培養吃苦耐勞的意志，鍛鍊騎射的本領，實際上，這已經成爲他們訓練軍隊的特殊方式。

　　山壽馬還是一個愛憎分明、秉公執法的元帥。他幼失父母，由叔父銀住馬撫養長大。他本是金牌上千戶，因功績卓著被封爲天下兵馬大元帥，御賜雙虎符金牌，有先斬後奏的權力。他將素金牌交給了叔父銀住馬，讓其做了上千戶，既是爲報答叔父對自己的養育教導之恩，也因爲「祖公是開國舊功臣，叔父你從小裏一個敢戰軍」（第一折〔一半兒〕）。誰知銀住馬上任後便將不再喝酒的承諾丟到了腦後，八月十五飲酒賞月，失了夾山口，又率兵奪回。山壽馬幾次派人傳喚，銀住馬不肯前往，還打了官差，被綁到元帥面前。山壽馬依律判銀住馬斬罪，其間，嬷子、妻子和軍吏求情他都沒有饒恕，他說：

　　　　〔胡十八〕他則待殢酒食，可便戀聲妓，他那裏肯道把隘口退
　　　　強賊，每日則是吹笛擂鼓做筵席。……

〔註32〕　〔意〕約翰·普蘭諾·加賓尼：《蒙古史》，見〔英〕道森編，呂浦譯，周良
　　　　　霄注：《出使蒙古記》，北京：中國社會科學出版社，1983 年版，第 18 頁。
〔註33〕　（宋）孟珙：《蒙韃備錄》，見（清）施國祁：《金源札記及其它二種》（叢書
　　　　　集成初編本），上海：商務印書館，民國 28 年版，第 4 頁。

　　〔步步嬌〕則你這大小屬官，都在這廳階下跪，暢好是一個個
無廉恥。他是叔父我是姪，到底來火須不熱如灰，你是必再休提。
　　（云）他是我的親人，犯下這般正條款的罪過來，我尚然殺壞了，
　　你每若有些兒差錯呵，（唱）你可便先看取他這個傍州例。（第三折）
爲了國家的利益，暫時將親情、恩情放在一邊。當他聽說銀住馬已經收回隘
口，便立即改判爲杖責一百，之後又以姪子的身份去叔叔家暖痛。劇中彰顯
的是國法大於人情的大義。北方游牧民族，率性自由，多能聽從將令，卻沒
有法制意識，在進入中原之前，他們遵循的是風俗習慣和領袖權威，而沒有
法律制度。進入中原之後，建立法律制度和建立遵守法制的意識同樣重要，
本劇反映的就是這樣的社會現實。

　　銀住馬這一形象身上體現了當時許多少數民族將領的特點。他年輕時曾
有戰功，嗜酒貪杯，喜歡歌舞筵席，性格執拗，動輒打人；同時他又知錯能
改，性情爽朗。他對酒的喜好極具代表性。在他做金牌上千戶之前，他的妻
子、姪子認爲他不適合去把守關隘，理由就是他平日好酒，但他當時爲了當
上千戶便答應再不飲酒。赴任之前，是「這個請我喫兩瓶，那個請我喫三瓶，
每日則是醉」（第二折），還是沒有戒酒。到了任所之後，銀住馬「無甚事，
正好喫酒」（第三折），因此丟了關口，奪回之後，依然不改舊習，頭目們爲
他慶祝的時候依然是喝酒賀喜。及至關西曳剌〔註34〕將他帶走去見元帥時，
他囑咐妻子：「老夫人，這事不中了也。如今元帥府裏勾將我去，我偌大年紀，
那裏受的這般苦楚？老夫人，與我燙一壺熱酒趕的來。」（第三折）被問罪的
途中，仍然沒忘了喝酒。被杖責之後，老夫人勸銀住馬：「老相公，我說什麼
來？我着你少喫一鍾兒酒。」銀住馬不僅不聽勸，反而說：「老夫人，打了我
這一頓，我也無那活的人了也。老夫人，有熱酒篩一鍾兒我喫。」（第三折）
始終難以忘卻杯中物。有趣的是，山壽馬因爲銀住馬喝酒誤事而懲罰了他，
卻牽羊擔酒去爲他暖痛，「將那暖痛的酒快釃，將那配酒的羔快宰。儘叔父再
放出往日沉酣態，只留得你潦倒餘生便是大古裏喫。」（第四折〔尾煞〕）由
勸誡酒變爲勸飲酒，可見對酒鍾愛的不僅是銀住馬一個人，山壽馬也同樣愛
酒，其實北方游牧民族大多愛酒。

　　　　鞋人之俗，主人執盤盞以勸客，客飲若少留涓滴，則主人者更
　　　不接盞，見人飲盡乃喜。……終日必大醉而罷。且每飲酒，其俗鄰

───────────────

〔註34〕契丹語，意爲士卒或勇士。

坐更相嘗換，若以一手執杯，是令我嘗一口，彼方敢飲；若以兩手
執杯，乃彼與我換杯，我當盡飲彼酒，卻酌酒以酬之，以此易醉。
凡見外客醉中喧哄失禮，或吐或臥，則大喜曰：客醉，則與我一心
無異也。〔註35〕

蒙古族人喜歡以酒待客，客人喝得越多，主人越高興。如果客人喝醉了，主
人便認爲這是和自己眞心相交，是好朋友。「喝得酩酊大醉被他們認爲是一件
光榮的事情，即使任何人由於喝酒太多而因此致病，這也不能阻止他以後再
一次喝酒」〔註36〕。

志費尼向我們實說，拖雷並不是因爲飲水而死；相反地，他死
於狂飲烈酒，毫無節制，他從中國回來後患病，兩三日後即死去，
這是在 1232 年 10 月 9 日。他死時年僅三十九歲。至於窩闊台，志
費尼繼續說，喪失他的愛弟後不勝傷感，因此也痛飲自慰，「每次飲
到醉時，他必流淚思念拖雷」。〔註37〕

拖雷的死並沒有引起窩闊台的警覺，他依然嗜酒如命：

窩闊台飲酒無節，因常致病，其父屢責之。其兄察合臺素爲窩
闊台所敬畏，曾遣侍臣一人監之，每夕飲不得過若干盞，窩闊台不
敢公然逆兄命，然飲時易大盞，監者亦不敢拒。……是年（1241 年）
12 月，出獵五日還至鈋鐵鐸胡蘭山，進酒極飲，極夜乃罷。翌日卒。
〔註38〕

元朝的多位皇帝太子死於飲酒過度，可見他們對於酒的熱愛。在《元史・刑
法志》中有這樣一條記錄：「諸職官因公失口亂言者，笞二十七。諸快意中，
或酒後，及害風狂疾，失口亂言，別無情理者，免罪。」〔註39〕對於喝酒之
後的失口亂言免罪，與之等同的是生病後無法控制的失口亂言可以免罪，同

〔註35〕　（宋）孟珙：《蒙韃備錄》，見（清）施國祁：《金源札記及其它二種》（叢書
　　　　　集成初編本），上海：商務印書館，民國 28 年版，第 9 頁。
〔註36〕　〔英〕道森編，呂浦譯，周良宵注：《出使蒙古記》，北京：中國社會科學出
　　　　　版社，1983 年版，第 16 頁。
〔註37〕　〔法〕雷納・格魯塞：《蒙古帝國史》，北京：商務印書館，1989 年版，第 237
　　　　　頁。
〔註38〕　〔瑞典〕多桑著，馮承鈞譯：《多桑蒙古史（上）》，北京：中華書局，2004
　　　　　年版，第 227～228 頁。
〔註39〕　（明）宋濂等撰：《元史・刑法志四》，北京：中華書局，1976 年版，第 2688
　　　　　頁。

時，即使是官員因爲公事而失口亂言也是要接受責罰的。對於飲酒的寬容度之高可想而知。

雜劇中也多次出現關於「酒」的描述。

〔賺煞尾〕恰纔立一朵海棠嬌，捧一盞梨花釀，把我雙送入愁鄉醉鄉。（關漢卿《玉鏡臺》第一折）

〔叫聲〕我恰才便橫飲到兩三巡，灌得我來酩酊、酩酊、猶未醒。（帶云）怪道我這腳趔趄站不定呵，（唱）原來那一盞盞都是瓮頭清。（李文蔚《燕青博魚》第三折）

梨花釀、瓮頭清都是當時酒類的名稱。雜劇中還經常出現「答剌孫」一詞，這是蒙古語，意爲糧食酒，也寫作答剌蘇、打剌酥、大辣酥等，這個詞在元代普遍流行：

（李存信云）米罕整斤吞，抹鄰不會騎。弩門並速門，弓箭怎的射？撒因答剌孫，見了搶着吃。喝的莎塔八，跌倒就是睡。若説我姓名，家將不能記。一對忽剌孩，都是狗養的。（關漢卿《哭存孝》第一折）

（白廝賴云）哥也，俺打剌孫多了，您兄弟莎搭八了俺牙不約兒赤罷。（劉唐卿《降桑椹》第一折）

〔清江引〕房玄齡徐茂公眞老傻，動不動將人罵。不知道我哄他，把我當實話，去買一瓶兒打剌酥，喫着耍。（無名氏《小尉遲》第二折）

（阻孛云）不會騎撒因抹鄰，（党項云）也不會弩門速門。（阻孛云）好米哈吃上幾塊，（党項云）打剌孫喝上五壺。（阻孛云）莎塔八了不去交戰，（党項云）殺將來牙不牙不。（無名氏《射柳蕤丸》第三折）

有好打剌孫拿兩碗來，與我解困。（無名氏《射柳蕤丸》第四折）

在這些涉及少數民族生活的雜劇中，經常可以看到對於他們喝酒的描寫，不難看出其對酒的喜愛。可以看到，雜劇中使用到的少數民族語言不僅僅是「答剌孫」一個詞，主要還有「米罕」（也作「米哈」，蒙古語，意爲「肉」），「抹鄰」（蒙古語，意爲「馬」），「弩門」（蒙古語，意爲「弓」），「速門」（蒙古語，意爲「箭」），「撒因」（蒙古語，意爲「好」），「忽剌孩」（蒙古語，意爲「強盜」），

「莎塔八」（蒙古語，意爲「醉」），「牙不約兒赤」（也作「牙不」，蒙古語，意爲「走」）……這些少數民族語言的使用，使戲劇唱詞更加生動有趣，而且也反映了當時這些語彙已經是社會上的流行用語。否則作爲在舞臺上表演的雜劇，其唱詞都是一過性的，如果觀眾不是非常熟悉它的意思，是很難聽懂的，就會影響演出效果，作爲商業演出的雜劇表演，是不會允許出現這種情況的。

此外，在《虎頭牌》中有一個小人物——元帥府的經歷，這個小官吏的一段話很值得注意：

> 小官完顏女直人氏。自祖父以來，世握軍權，鎮守邊境。爭奈遼兵不時侵擾，俺祖父累累與他廝殺，結成大怨，他倒罵俺女直人野奴無姓。祖父因此遂改其名，分爲七姓：乾、坤、宮、商、角、徵、羽。乾道那驢姓劉，坤道穩的罕姓張，宮音傲國氏姓周，商音完顏氏姓王，角音撲父氏姓李，徵音夾古氏姓佟，羽音失米氏姓肖。除此七姓之外，有扒包、包五、骨倫等，各以小名爲姓。自前祖父本名竹裏眞，是女直回回祿眞。後來收其小界，總成大功，遷此中都，改爲七處。想俺祖父捨死忘生，赤心報國，今日子孫承襲，也非是容易得來的。（第三折）

這段開場白記錄了女眞族人易漢姓的原因——被人罵「野奴無姓」，憤而改姓。陶宗儀《南村輟耕錄》「氏族」條中也有相關記載：

> 完顏漢姓曰王、烏古論曰商、乞石烈曰高、徒單曰杜、女奚烈曰郎、兀顏曰朱、蒲察曰李、顏盞曰張、溫迪罕曰溫、石抹曰蕭、奧屯曰曹、孛術魯曰魯、移剌曰劉、斡勒曰石、納剌曰康、夾谷曰仝、裴滿曰麻、尼忙古曰魚、斡准曰趙、阿典曰雷、阿里侃曰何、溫敦曰空、吾魯曰惠、抹顏曰孟、都烈曰強、散答曰駱、呵不哈曰田、烏林答曰蔡、僕散曰林、尤虎曰董、古里甲曰汪。（「氏族」條）

〔註40〕

《虎頭牌》的作者李直夫，本姓蒲察，世稱蒲察李五。在他的劇本中出現一段此類記載，也是爲本民族保留了一段珍貴的資料。

無名氏雜劇《閥閱舞射柳蕤丸記》中的女眞人延壽馬，是一個戰功卓著的少數民族將領。他「幼習先王典教，後看韜略遁甲之書，十八般武藝，無有不拈，無有不會」（第二折），「雄才大略，弓馬熟嫻，有萬夫不當之勇，千

〔註40〕　（元）陶宗儀：《南村輟耕錄》，北京：中華書局，1959 年版，第 14 頁。

戰千贏之力，眞爲世之虎將」（楔子）。朝廷任命他爲先鋒將，前去抵禦前來
進犯的北番耶律萬戶。延壽馬雖然知道對方將勇兵強，依然臨危受命，戰場
上經過一番激烈的廝殺，終於將不可一世的耶律萬戶射死。誰知班師回朝，
在戰場上打了敗仗的葛監軍要冒領延壽馬的功勞，聲稱是自己射死了敵將耶
律萬戶，於是二人射柳打球比試，證實了延壽馬的軍功。劇中的延壽馬是一
個智勇雙全、精忠報國的少數民族英雄。

劇中另外一位少數民族將領耶律萬戶，也是一個驍勇善戰的大將軍：

> 胡馬咆哮虜地寒，平沙漠漠草斑斑。兒郎驍勇多雄壯，赳赳威
> 風鎮北番。某乃北番耶律萬戶是也。俺這番邦，兵強將勇，海闊山
> 高。四時不辨秋冬，八節豈知歲月。夜觀北斗，便曉東南。每着皮
> 裘，不知冷熱。一陣陣撲面黃沙，寒滲滲侵人冷氣。三春盡無桃杏，
> 百里那得桑麻。四時亦無耕種，全憑搶虜爲家。某麾下番兵浩大，
> 猛將英雄，馬肥人壯，不時在邊搶虜。今屯軍在延州，將各處進貢
> 邀截下。某今下將戰書去，單搦大宋家名將出馬，與某交戰，別辨
> 輸贏。方顯威風北虜強，密排劍戟迸寒光。旗開馬到施驍勇，大宋
> 英雄拱手降。（第一折）

耶律萬戶也是個英武的將軍，自己武藝高強，手下兵強馬壯。但他因爲自己
所處之地，氣候惡劣、物資匱乏，便四處劫掠搶奪，給邊境百姓帶來災難。
他率兵進犯大宋更是恃勇逞強、無故興兵，這樣的不義之師必然兵敗，耶律
萬戶本人也以兵敗身死收場。雜劇作者雖然對於邊境百姓的處境涉及很少，
但是從這位番將的介紹可以想像，當時的百姓在平時就飽受兵亂之苦，到了
戰爭期間更是苦不堪言。

劇中的另一個領兵者葛監軍，是個漢族將領，他本沒有什麼本事，卻自
不量力，搶在延壽馬之前與耶律萬戶對陣，本想搶個頭功，卻被殺得大敗。
回朝後又想搶延壽馬的功勞，結果自取其辱，被貶爲庶民。

劇中對兩個少數民族將領和一個漢族將領，有褒有貶，並沒有因爲其民
族屬性而影響了對其正義性的判斷。正如雲峰先生在《民族文化交融與元雜
劇研究》中所說：「作者是完全站在客觀公正的立場上來反映現實，敷衍故事
的。這也可從另一個角度反映出當時民族交融狀況，大家不分民族，以事論
人。」〔註41〕

〔註41〕 雲峰：《民族文化交融與元雜劇研究》，北京：人民出版社，2012 年版，第 227

三、少數民族官吏形象

雜劇中的少數民族官吏主要有《貨郎旦》中的拈各千戶、《魔合羅》和《勘頭巾》中的河南府王府尹等。

《貨郎旦》中的拈各千戶，女眞人，因公幹路過洛河邊。在河岸邊巧遇險些被害了性命的張三姑和春郎。救下二人之後，拈各千戶收養了春郎，將他養大成人。十三年後，千戶將春郎培養得「騎的劣馬，拽的硬弓」，並承襲了千戶的官職。此時，拈各千戶年老多病，他感到自己將不久於人世，便想：「我把這一椿事，趁我精細，對孩兒說了罷。我若不與他說知呵，那生那世又折罰的我無男無女也。」（第三折）劇中讚揚了女眞族官員拈各千戶扶危濟困的行爲。在元雜劇中多處出現少數民族與漢族之間的收養的關係，如關漢卿雜劇《鄧夫人苦痛哭存孝》、《劉夫人慶賞五侯宴》中沙陀族將領李克用和李嗣淵都收養了漢族孩子，將其撫養長大，培養成能征慣戰的英雄人物。這種現象充分反映了當時各民族之間團結、交流、融合的現實，堪稱民族團結的頌歌。

此外，從拈各千戶的賓白中也可以看出他對兒女後嗣的渴望，這甚至成爲他講出實情的動力。在雜劇中曾多次出現對後繼無人的焦慮和恐懼。

鄭廷玉雜劇《看錢奴買冤家債主》中的賈仁，雖然靠著意外之財成了暴發戶，但是「爭奈寸男尺女皆無。空有那鴉飛不過的田產，教把那一個承領？」（第二折）他自己一文不使，半文不用，他收養來的長壽「卻癡迷愚濫，只圖穿吃，看的那錢鈔便土塊般相似」（第三折），這讓賈仁心疼不已。而他之所以能忍受，也因爲這是自己唯一的繼承人。可惜最終，他的養子便是當年被他貪佔了家產的周榮祖的兒子，他二十年慳吝生活也只是爲他人看守了二十年的錢財家產。自己沒有子嗣的結果，難免成爲他人的「守錢奴」。

無名氏雜劇《施仁義劉弘嫁婢》中的劉弘，家財萬貫有餘，但是命中沒有子嗣，壽命不長。劉弘爲求子嗣，扶助孤貧，廣行善事，終於感動上天，增壽添子。對於一個人行好事的獎勵便是天賜親生子。

武漢臣雜劇《散家財天賜老生兒》中的劉從善，有女無子，他一心盼望有個兒子：「但得一個生忿子拽布披麻扶靈柩，強似那孝順女羅裙包土築墳臺。」（第一折〔混江龍〕）聽說小妾懷孕便欣喜萬分：

〔油葫蘆〕……你若眞個得個兒呵，（唱）我情願謝神天便把那

頁。

香花賽，請親隣便把豬羊宰，遮莫他將賽衛迎，草棍捱。但得他不罵我做絕戶的劉員外，只我也情願濕肉伴乾柴。

〔天下樂〕我可便得一個殘疾的小廝兒來，問甚麼興也波衰總是那天數該。（云）天那，倘是我小梅這妮子分娩了，你覰這早晚多早晚也，莫不是小廝兒生得毒麼？（唱）則他那時辰兒問甚麼好共歹。我但得把他搖車兒上縛，便把我去墓子裏面埋，我便做一個鬼魂兒可便也快哉。（第一折）

不論好歹，只要能得個兒子，即使是殘疾的孩子，即使是自己被親朋羞臊，甚至自己立刻死了，都無所謂。這種對於子嗣的盼望如此急切，可見元代對於子嗣的重視，這也難怪會有那麼多收養事件發生。《南村輟耕錄》中也記載了一則子嗣糾紛：

華亭楓涇戴君實，其家巨富。妻王氏，妒悍無比。僅有一女，贅謝季初爲壻。君實納一妾于嘉興外舍，得男。王聞之，早夜怒罵。君實不得已，遣其妾，取兒以歸。而女恐其長大分我財產，遂於襁褓中酷加凌虐，致成驚疾，又不容醫療，竟就夭亡。大爲喜幸。越三年，自孕將產，夢抱此兒。及娩，得男，後隨殞於蓐，兒亦不育。此婦女妒悍之報，今戴氏絕嗣，天道豈遠也哉。（「戴氏絕嗣」條）
[註42]

與《老生兒》的故事非常相似。可見元代，尤其是市民階層對於子嗣問題是非常重視的，而少數民族很少有「重男輕女」的觀念，這主要來源於中原傳統文化的影響。雜劇中出現少數民族收養漢族孩子的故事，也是受這種觀念的影響，他們爲漢族家庭保留了血脈，有的甚至爲負冤的家庭報了仇，得到了雜劇作者的讚頌，也體現了當時社會民族文化交融的普遍。

孫仲章雜劇《河南府張鼎勘頭巾》和孟漢卿雜劇《張孔目智勘魔合羅》中都有一個女眞族的河南府尹。兩劇中的府尹都帶著御賜的勢劍金牌，到河南地方整頓治安，一樣的發現案子有疑點，卻無法審明，最後靠能吏張鼎三天之內查明眞相，捉拿眞凶，釋放無故。府尹自罰三個月的俸祿獎勵張鼎，並爲張鼎申奏敘功。王府尹們雖然沒有表現出斷案之能，卻都有識人之智。

女眞族在元代被歸入「漢人」之列，他們接受漢文化影響的時間較早、

〔註42〕（元）陶宗儀：《南村輟耕錄》，北京：中華書局，1959年版，第340頁。

程度較深。在雜劇中所涉及的少數民族大多是女眞族，可以看出他們的身上依然保留著許多少數民族的生活習慣，如對歌舞娛樂、酒肉美食的喜愛，對勇氣、力量、武藝的崇尚等等。同時，他們身上又有著明顯的漢族文化影響的印記。在雜劇中，他們代表的是北方游牧民族，體現了游牧文化與農耕文化的交流融合。

小　結

　　本章論述雜劇中的官吏、宗教人物、少數民族人物形象，及其與民族文化交融的關係。雜劇中的包拯形象，與歷史上的人物原型相比，更有人情味，更加世俗化，變化的原因之一是元代諧謔風尚流行、市民文化發達，造成了審美觀的轉變。雜劇中其它官吏形象，既有清官能吏，也有貪官污吏，他們從不同側面反映了元代吏治的眞實狀況，同時也可以看出元代相對寬鬆的文化環境。雜劇中涉及的宗教人物形象，對於凡塵的酒色財氣難以忘卻，表現出強烈的世俗化特徵，也反映了游牧民族注重實用性的喜好對於雜劇創作的影響。雜劇中的少數民族人物形象則更加直觀地表現了元代各民族文化的相互影響，以及元代的社會百態。

結　語

　　唐代以前的中國文學，大多重抒情而輕敘事，所以在文學作品中很少出現對人物形象的全方位描寫，而且人物或善或惡，涇渭分明。直到唐傳奇的出現，才有了一些較為完整的人物形象，為元雜劇提供了素材和積累了經驗。元雜劇作為一種與現實緊密聯繫的文藝樣式，包羅萬象，異彩紛呈。它以代言的形式全方位地表現了人物的形貌、性格、言行，甚至心理活動。其人物形象更加立體、豐滿，也更容易體現時代賦予他們的特色。

　　元代的一大特點就是文化多元並存、交流廣泛、融合程度高。社會生活的多姿多彩為雜劇作家提供了豐富的養料，滋養了元雜劇這朵藝術奇葩綻放在中國文學的百花園中。這朵奇葩之所以能夠如此美麗，與其中形形色色的人物形象是分不開的。

　　雜劇中不論是潑辣大膽的閨秀佳人、貞烈俠義的風塵女子，還是重感情輕功名的書生，都以鮮明的特色區別於以往的同類形象，表現出元代特定歷史背景之下婦女觀、愛情觀、功名觀的變化。而商人形象、官吏形象、宗教人物形象，雖然良莠不齊，卻更能反映時代風尚的變化，也更符合人性的真實。雜劇中還塑造了眾多的少數民族人物形象，在他們身上更能反映出民族文化交融的社會現實。在中原傳統文化與少數民族文化的共同潤澤下，雜劇作家們塑造了個性鮮明、特點突出的人物群像，為中國文學添上了絢麗的一筆，並影響到後世文學的創作。明清小說中多姿多彩的人物形象，也是在元雜劇的淘染之下發展而成的。

　　雜劇人物形象的新特點是作家們接受了時代思潮的影響而做出的改變，但如果將這些變化的原因僅僅歸之於民族文化交融，難免有失偏頗。畢竟時

代的變遷包含著各個方面的改變，多民族雜居共處會帶來變化，而文學自身的發展規律也會起到作用。作爲對前代文學多方借鑒的文學樣式，雜劇在元代發生的變化是多方努力的結果，民族文化交融只是其中的一股力量，它雖然重要，但不是唯一。而由於本書論述的重點在於民族文化交融對雜劇人物塑造的影響，故未能涉及其它，但絕不表示這是唯一的影響因素。

另外，元代的民族文化交融，帶有明顯的時間和地域特徵。在北方，如河北、山西等地，作爲雜劇的發源、繁盛地區，對北方少數民族的游牧文化接受較早、對抗較少。中原地區，尤其是江南地區，由於征服時間較晚，受儒家文化浸染深，文化交融的過程中表現出碰撞多於融合的特徵。雜劇發展的不同階段在這些地區也呈現出不同的特點。這些本是探討雜劇與民族文化交融關係的題中應有之意，但由於時間和才力所限未能深入論述，只能留待日後研究進一步探索。

參考文獻

歷史文獻

1. （漢）司馬遷：《史記》，北京：中華書局，1959 年版。
2. （漢）班固撰，（唐）顏師古注：《漢書》，北京：中華書局，1962 年版。
3. （漢）班固：《白虎通》（叢書集成初編本），上海：商務印書館，民國 25 年版。
4. （魏）王弼注，樓宇烈校：《老子道德經注》，北京：中華書局，2011 年版。
5. （南朝宋）范曄撰，（唐）李賢等注：《後漢書》，北京：中華書局，1965 年版。
6. （南朝梁）劉勰著，周振甫注：《文心雕龍注釋》，北京：人民文學出版社，1981 年版。
7. （北齊）顏之推著，王利器撰：《顏氏家訓集解》，北京：中華書局，1996 年版。
8. （唐）令狐德棻等撰：《周書》，北京：中華書局，1971 年版。
9. （唐）魏徵、令狐德棻撰：《隋書》，北京：中華書局，1973 年版。
10. （後晉）劉昫：《舊唐書》，北京：中華書局，1975 年版。
11. （宋）彭大雅撰，徐霆疏證：《黑韃事略》（叢書集成初編本），北京：商務印書館，1936 年版。
12. （宋）李昉等撰：《太平御覽》，北京：中華書局，1998 年版。
13. （宋）歐陽修、宋祁：《新唐書》，北京：中華書局，1975 年版。
14. （宋）孟珙：《蒙韃備錄》，見（清）施國祁：《金源札記及其它二種》（叢書集成初編本），上海：商務印書館，民國 28 年版。

15. （宋）文惟簡：《虜廷事實》，見傅朗雲編注《金史輯佚》，長春：吉林文史出版社，1990 年版。

16. （金）宇文懋昭撰，李西寧點校：《大金國志》，濟南：齊魯書社，2000 年版。

17. （元）李志常述：《長春眞人西遊記》，北京：中華書局，1985 年版。

18. （元）鍾嗣成等：《錄鬼簿（外四種）》，上海：上海古籍出版社，1978 年版。

19. （元）歐陽玄：《歐陽玄全集》，成都：四川大學出版社，2010 年版。

20. （元）蘇天爵編：《元文類》，北京：商務印書館，1958 年版。

21. （元）夏庭芝著，孫崇濤、徐宏圖箋注：《青樓集箋注》，北京：中國戲劇出版社，1990 年版。

22. （元）脫脫等撰：《遼史》，北京：中華書局，1974 年版。

23. （元）脫脫等撰：《金史》，北京：中華書局，1975 年版。

24. （元）脫脫等撰：《宋史》，北京：中華書局，1977 年版。

25. （元）陶宗儀：《南村輟耕錄》，北京：中華書局，1959 年版。

26. （元）孔齊：《至正直記》，上海：上海古籍出版社，1987 年版。

27. （元）熊夢祥：《析津志輯佚》，北京：北京古籍出版社，1983 年版。

28. （元）無名氏：《元婚禮貢舉考》，見王頲點校：《廟學典禮（外二種）》，浙江古籍出版社，1992 年版。

29. （元）無名氏輯，徐沁君校：《新校元刊雜劇三十種》，北京：中華書局，1980 年版。

30. （元）無名氏：《元朝秘史》，濟南：齊魯書社，2005 年版。

31. （元）王實甫著，張燕謹校注：《西廂記》，北京：人民文學出版社，1995 年版。

32. （明）無名氏：《錄鬼簿續編》，見（元）鍾嗣成等：《錄鬼簿（外四種）》，上海：上海古籍出版社，1978 年版。

33. （明）宋濂等撰：《元史》，北京：中華書局，1976 年版。

34. （明）葉子奇：《草木子》，北京：中華書局，1959 年版。

35. （明）朱權著，姚品文箋評：《太和正音譜箋評》，北京：中華書局，2010 年版。

36. （明）何良俊：《四友齋叢說》，北京：中華書局，1959 年版。

37. （明）徐渭：《南詞敍錄》，北京：中國戲劇出版社，1958 年版。

38. （明）王世貞：《曲藻》，見《中國古典戲曲論著集成》第 4 冊，北京：中國戲劇出版社，1959 年版。

39. （明）王驥德：《曲律》，見《中國古典戲曲論著集成》第 4 冊，北京：中國戲劇出版社，1959 年版。

40. （明）臧懋循：《元曲選》，北京：中華書局，1958 年版。

41. （明）盤薖碩人：《玩西廂記評》，見吳毓華編著：《中國古代戲曲序跋集》，北京：中國戲劇出版社，1990 年版。

42. （清）畢沅：《續資治通鑒》，長沙：嶽麓書社，1992 年版。

43. （清）阮元校勘：《十三經注疏》，上海：上海古籍出版社，1997 年版。

44. 王季烈編：《孤本元明雜劇》，北京：中國戲劇出版社，1957 年涵芬樓藏版。

45. 傅惜華：《元代雜劇全目》，北京：作家出版社，1957 年版。

46. 趙景深輯：《元人雜劇鈎沉》，北京：中華書局，1959 年版。

47. 隋樹森編：《全元散曲》，北京：中華書局，1964 年版。

48. 隋樹森編：《元曲選外編》，北京：中華書局，1980 年版。

49. 黃時鑒點校：《通制條格》，杭州：浙江古籍出版社，1986 年版，

50. 黃時鑒輯點：《元代法律資料輯存》，杭州：浙江古籍出版社，1988 年版。

51. 蔡毅主編：《中國古典戲曲序跋彙編》，濟南：齊魯書社，1989 年版。

52. 吳毓華主編：《中國古代戲曲序跋集》，北京：中國戲劇出版社，1990 年版。

53. 王季思主編：《全元戲曲》，北京：人民文學出版社，1990 年版。

54. 傅璿琮等主編：《全宋詩》，北京：北京大學出版社，1991 年版。

55. 李修生主編：《全元文》，南京：江蘇古籍出版社，1999 年版。

56. 曾棗莊、劉琳主編：《全宋文》，上海：上海辭書出版社，2006 年版。

57. 錢南揚：《宋元戲文輯佚》，北京：中華書局，2009 年版。

58. 俞為民、孫蓉蓉編：《歷代曲話彙編》，合肥：黃山書社，2009 年版。

59. 陳高華、張帆、劉曉等點校：《元典章》，天津：天津古籍出版社、北京：中華書局，2011 年版。

60. 〔英〕道森編，呂浦譯，周良宵注：《出使蒙古記》，北京：中國社會科學出版社，1983 年版。

61. 〔意〕柏朗嘉賓著，耿升、何高濟譯：《柏朗嘉賓蒙古行紀》，北京：中華書局，1985 年版。

62. 〔法〕雷納·格魯塞著，龔鉞譯，翁獨健校：《蒙古帝國史》，北京：商務印書館，1989 年版。

63. 〔瑞典〕多桑著，馮承鈞譯：《多桑蒙古史》，北京：中華書局，2004 年版。

64. 〔意〕馬可‧波羅（Polo，M）著，馮承鈞譯：《馬可‧波羅行紀》，南京：江蘇文藝出版社，2008 年版。

學術著作

1. 吳梅：《遼金元文學史》，上海：商務印書館，1934 年版。

2. 王孝通：《中國商業史》，上海：商務印書館，1936 年版。

3. 〔日〕青木正兒著，隋樹森譯，徐調孚校補：《元人雜劇序說》，上海：開明書店，1941 年版。

4. 周貽白：《中國戲劇史長編》，北京：人民文學出版社，1960 年版。

5. 游國恩、王起、蕭滌非等：《中國文學史》，北京：人民文學出版社，1963 年版。

6. 魯迅：《魯迅書信集》，北京：人民文學出版社，1976 年版。

7. 周貽白：《中國戲曲史發展綱要》，上海：上海古籍出版社，1979 年版。

8. 顧肇倉：《元明雜劇》，上海：上海古籍出版社，1979 年版。

9. 翦伯贊：《翦伯贊史學論文選集》第 3 輯，北京：人民出版社，1980 年版。

10. 馮沅君：《馮沅君古典文學論文集》，濟南：山東人民出版社，1980 年版。

11. 王季思、蘇寰中、黃天驥等：《元雜劇選注》，北京：北京出版社，1980 年版。

12. 王季思、洪柏昭、盧叔度等：《元散曲選注》，北京：北京出版社，1981 年版。

13. 王利器輯錄：《元明清三代禁燬小說戲曲史料》，上海：上海古籍出版社，1981 年版。

14. 吳梅：《吳梅戲曲論文集》，北京：中國戲劇出版社，1983 年版。

15. 董每戡：《五大名劇論》，北京：人民文學出版社，1984 年版。

16. 王國維：《戲曲論文集》，北京：中國戲劇出版社，1984 年版。

17. 齊森華：《曲論探勝》，上海：華東師範大學出版社，1985 年版。

18. 王起：《中國戲曲選》，北京：人民文學出版社，1986 年版。

19. 許金榜：《元雜劇概論》，濟南：齊魯書社，1986 年版。

20. 韓儒林：《元朝史》，北京：人民出版社，1986 年版。

21. 寧宗一、陸林、田桂民：《元雜劇研究概述》，天津：天津教育出版社，1987 年版。

22. 蔣星煜：《中國戲曲史索引》，濟南：齊魯書社，1988 年版。

23. 趙山林：《中國戲曲觀眾學》，上海：華東師範大學出版社，1990 年版。

24. 陳鵬：《中國婚姻史稿》，北京：中華書局，1990 年版。

25. 鄧紹基：《元代文學史》，北京：人民文學出版社，1991 年版。

26. 張庚、郭漢城主編：《中國戲曲通史》，北京：中國戲劇出版社，1992 年版。

27. 陳寅恪：《元白詩箋證稿‧讀鶯鶯傳》，見陳寅恪：《陳寅恪史學論文選集》，上海：上海古籍出版社，1992 年版。

28. 雲峰：《蒙漢文化交流側面觀——蒙古族漢文創作史》，天津：天津古籍出版社，1992 年版。

29. 么書儀：《元代文人心態》，北京：文化藝術出版社，1993 年版。

30. 么書儀：《戲曲》，北京：人民文學出版社，1994 年版。

31. 榮蘇赫、趙永銑、賀希格陶克濤：《蒙古族文學史》，瀋陽：遼寧民族出版社，1994 年版。

32. 趙山林：《中國戲劇學通論》，合肥：安徽教育出版社，1995 年版。

33. 張晶：《遼金元詩歌史論》，長春：吉林教育出版社，1995 年版。

34. 牟鍾鑒：《中國宗教與文化》，臺灣：唐山出版社，1995 年版。

35. 許地山：《道教史》，上海：華東師範大學出版社，1996 年版。

36. 鄭振鐸：《中國俗文學史》，北京：東方出版社，1996 年版。

37. 王運熙、顧易生：《中國文學批評通史——宋金元卷》，上海：上海古籍出版社，1996 年版。

38. 史爲民：《元代社會生活史》，北京：中國社會科學出版社，1996 年版。

39. 李修生：《元雜劇史》，南京：江蘇古籍出版社，1996 年版。

40. 郭英德：《元雜劇與元代社會》，北京：北京師範大學出版社，1996 年版。

41. 林驊、宋常立：《中國古代小說戲曲藝術心理研究》，天津：天津古籍出版社，1996 年版。

42. 么書儀：《元人雜劇與元代社會》，北京：北京大學出版社，1997 年版。

43. 田兆元、田亮：《商賈史》，上海：上海文藝出版社，1997 年版。

44. 王國維：《宋元戲曲史》，上海：上海古籍出版社，1998 年版。

45. 烏蘭傑：《蒙古族音樂史》，呼和浩特：內蒙古人民出版社，1998 年版。

46. 邱樹森：《元朝簡史》，福州：福建人民出版社，1999 年版。

47. 呂薇芬：《名家解讀元曲》，濟南：山東人民出版社，1999 年版。

48. 〔德〕恩格斯著，中共中央馬克思恩格斯列寧斯大林著作編譯局譯：《家庭、私有制和國家的起源》，北京：人民出版社，1999 年版。

49. 胡適：《胡適說文學變遷》，上海：上海古籍出版社，1999 年版。

50. 陳垣：《元西域人華化考》，上海：上海古籍出版社，2000 年版。

51. 陳高華、史衛民：《中國經濟通史・元代經濟史》，北京：經濟日報出版社，2000 年版。

52. 傅謹：《中國戲劇藝術論》，太原：山西教育出版社，2000 年版。

53. 劉禎：《勾欄人生》，鄭州：河南人民出版社，2000 年版。

54. 方齡貴：《古典戲曲外來語考釋詞典》，上海：漢語大詞典出版社、昆明：雲南大學出版社，2001 年版。

55. 呂薇芬：《全元曲典故詞典》，武漢：湖北辭書出版社，2001 年版。

56. 徐子方：《挑戰與抉擇──元代文人心態史》，石家莊：河北教育出版社，2001 年版。

57. 查洪德、李軍：《元代文學文獻學》，北京：中國社會科學出版社，2002 年版。

58. 孟廣耀：《蒙古民族通史》，呼和浩特：內蒙古大學出版社，2002 年版。

59. 李治安：《元代政治制度研究》，北京：人民出版社，2003 年版。

60. 張晶：《遼金元文學論稿》，北京：北京廣播學院出版社，2003 年版。

61. 李修生：《元曲大辭典》，南京：鳳凰出版社，2003 年版。

62. 鄭傳寅：《傳統文化與古典戲曲》，長沙：湖南人民出版社，2004 年版。

63. 〔英〕威廉・阿契爾著，吳鈞燮、聶文杞譯：《劇做法》，北京：中國戲劇出版社，2004 年版。

64. 陳得芝：《蒙元史研究叢稿》，北京：人民出版社，2005 年版。

65. 史衛民：《元代社會生活史》，北京：中國社會科學出版社，2005 年版。

66. 王曉清：《元代社會婚姻形態》，武漢：武漢出版社，2005 年版。

67. 高益榮：《元雜劇的文化精神闡釋》，北京：中國社會科學出版社，2005 年版。

68. 袁行霈主編：《中國文學史》，北京：高等教育出版社，2005 年版。

69. 章培恒、駱玉明主編：《中國文學史》，上海：復旦大學出版社，2005 年版。

70. 雲峰：《元代蒙漢文學關係研究》，北京：民族出版社，2005 年版。

71. 胡適：《中國章回小説考證》，合肥：安徽教育出版社，2006 年版。

72. 俞爲民、孫蓉蓉編：《歷代曲話彙編：新編中國古典戲曲論著集成（唐宋元編)》，合肥：黃山書社，2006 年版。

73. 蕭啓慶：《內北國而外中國：蒙元史研究》，北京：中華書局，2007 年版。

74. 李昌集：《中國古代曲學史》，上海：華東師範大學出版社，2007 年版。

75. 田同旭：《元雜劇通論》，太原：山西教育出版社，2007 年版。

76. 俞爲民、孫蓉蓉編：《歷代曲話彙編：新編中國古典戲曲論著集成（明代

編)》，合肥：黃山書社，2009 年版。

77. 陳高華、張帆、劉曉：《元代文化史》，廣州：廣東省出版集團，2009 年版。

78. 吳梅：《中國戲曲概論》，長沙：嶽麓書社，2010 年版。

79. 〔日〕青木正兒著，王古魯譯，蔡毅校訂：《中國近世戲曲史》，北京：中華書局，2010 年版。

80. 陳多、葉長海：《中國歷代劇論選注》，上海：上海古籍出版社，2010 年版。

81. 羅斯寧：《元雜劇與元代民俗文化》，廣州：廣東高等教育出版社，2011 年版。

82. 張燕瑾：《張燕瑾講〈西廂記〉》，天津：天津古籍出版社，2011 年版。

83. 黃天驥：《情解西廂：〈西廂記〉創作論》，廣州：南方日報出版，2011 年版。

84. 徐學輝：《文化視角下的元雜劇》，北京：人民出版社，2011 年版。

85. 雲峰：《民族文化交融與元散曲研究》，桂林：廣西師範大學出版社，2011 年版。

86. 唐昱：《元雜劇中的宗教人物形象研究》，武漢：武漢出版社，2011 年版。

87. 鄧小南、王政、游鑒明主編：《中國婦女史讀本》，北京：北京大學出版社，2011 年版。

88. 雲峰：《民族文化交融與元雜劇研究》，北京：人民出版社，2012 年版。

論文

1. 陳中凡：《元曲研究的成就及其存在的問題》，載《文學評論》1960 年 6 期，第 79～91 頁。

2. 馮沅君：《唐傳奇作者身份的估計》，見《馮沅君古典文學論文集》，濟南：山東人民出版社，1980 年版，第 310 頁。

3. 任崇岳、薄音湖：《關於元雜劇繁榮原因的幾個問題》，載《歷史教學》1982 年第 1 期，第 57～61 頁。

4. 李春祥：《試論元劇的繁榮》，載《河南師大學報（社會科學版）》1982 年第 5 期，第 49～55 頁。

5. 任崇岳：《元雜劇繁榮原因新探》，載《殷都學刊》1985 年第 1 期，第 71～77 頁。

6. 門巋：《談兄弟民族對元曲發展的貢獻》，載《中央民族學院學報》1985 年第 2 期，第 75～79、93 頁。

7. 李修生：《元雜劇繁榮原因之我見》，載《光明日報》，1985 年 12 月 3 日

　　（3）。

8. 陸潤棠：《中西戲劇的起源比較》，載《戲劇藝術》1986 年第 1 期，第 103 ～107 頁。

9. 李春祥：《略論元劇作家筆下的中州社會生活》，載《殷都學刊》1986 年第 3 期，第 80～87 頁。

10. 鄧紹基：《論元雜劇思想內容的若干特徵》，載《內蒙古民族師院學報》1987 年第 4 期，第 1～8 頁。

11. 郝溶：《西域少數民族在元曲發展中的貢獻》，載《西北民族學院學報（哲學社會抖學版）》1989 年第 1 期，第 61～68 頁。

12. 張應：《元曲與少數民族文化》，載《民族文學研究》1991 年第 1 期，第 32～38、31 頁。

13. 田同旭：《元曲研究的一個新思路——論草原文化對元曲的影響》，載《山西大學學報》1993 年第 2 期，第 53～58 頁。

14. 李春祥：《元代包公戲與中國法文化》，載《河北學刊》1993 年第 3 期，第 43～49 頁。

15. 張大新：《金元文士之沉淪與元雜劇的興盛》，載《文學評論》1994 年第 6 期，第 60～68 頁。

16. 孫秀榮：《紅娘現象與民族文化心理》，載《社會科學輯刊》1995 年第 3 期，第 122～128 頁。

17. 葉蓓：《淺析蒙古族文化對元雜劇形成及發展的影響》，載《民族文學研究》1997 年第 4 期，第 72～76 頁。

18. 闞真：《論元雜劇的民族特色》，載《民族藝術》1997 年第 4 期，第 105 ～112 頁。

19. 秦新林：《元代蒙古族的婚姻習俗及其變化》，載《殷都學刊》1998 年第 4 期，第 33～37 頁。

20. 翁敏華：《雜劇〈百花亭〉與宋元市商民俗》，載《文學遺產》1999 年第 3 期，第 74～81 頁。

21. 吳國欽：《關漢卿雜劇中的民俗文化遺存》，載《戲曲藝術》1999 年第 3 期，第 73～84 頁。

22. 曾天雄：《儒學的社會作用和價值新論》，載《廣東社會科學》，2000 年第 3 期，第 49～55 頁。

23. 張本一：《論北方少數民族音樂文化對元雜劇的影響》，載《信陽師範學院學報（哲學社會科學版）》2002 年第 1 期，第 82～84、89 頁。

24. 扎拉嘎：《游牧文化影響下中國文學在元代的歷史變遷——兼論接受群體之結構變化與文學發展的關係》，載《文學遺產》2002 年第 5 期，第 57 ～69 頁。

25. 羅斯寧：《元代商業文化和儒家文化對元雜劇的影響——元雜劇商人形象新解》，載《上海戲劇學院學報》2002 年第 6 期，第 80～85 頁。

26. 濟群法師：《佛教的財富觀》，載《佛教文化》2003 年第 1 期，第 33～41 頁。

27. 雲峰：《論蒙古民族及其文化對元雜劇繁榮興盛之影響》，載《內蒙古師範大學學報（哲學社會科學版）》2003 年第 4 期，第 15～19 頁。

28. 高紅梅：《元雜劇中的少數民族因素》，載《昭烏達蒙族師專學報（漢文哲學社會科學版）》2003 第 4 期，第 20～22 頁。

29. 田同旭：《論古代戲曲的形成與民族文化融合》，載《山西大學學報（哲學社會科學版）》2004 年第 2 期，第 88～93 頁。

30. 葛琦：《蔣捷詞中的生命意識》，載《內蒙古大學學報（人文社會科學版）》2006 年第 5 期，第 69～73 頁。

31. 彭恒禮：《關漢卿雜劇中的族群意識》，載《河南大學學報（社會科學版）》2006 年第 6 期，第 122～127 頁。

32. 李成：《金代女真文化對元雜劇繁榮的影響》，載《黑龍江民族叢刊》2007 年第 1 期，第 171～178 頁。

33. 高益榮：《「曲始於胡元」文化論》，載《中國文學研究》2007 年第 4 期，第 11～14 頁。

34. 田同旭：《論草原文化對古代戲曲形成的影響》，載《南京師大學報（社會科學版）》2007 年 第 5 期，第 129～133 頁。

35. 李成：《民族文化融合與元雜劇女性形象性格新舊質素交融審美特徵的形成》，載《藝術百家》2007 年第 7 期，第 114～119 頁。

36. 郝青雲：《從〈青衫淚〉到〈青衫記〉演變的多元文化解讀》，載《民族文學研究》2008 年第 3 期，第 127～131 頁。

37. 龔賢：《元代科舉制的文化闡釋》，載《衡陽師範學院學報》2009 年第 1 期，第 148～151 頁。

38. 阿米娜：《西域文化對元雜劇影響探微》，載《絲綢之路》2009 年第 8 期，第 69～70 頁。

39. 李義海：《民族融合在古代戲劇中的表現——元雜劇中的婚姻習俗》，載《戲劇文學》2009 年 12 期，第 77～80 頁。

40. 郭英德、王瑜瑜：《吳梅詞曲研究論著述評》，見吳梅：《吳梅詞曲論著四種》，北京：商務印書館，2010 年版，第 476 頁。

41. 李大龍：《淺議元朝的「四等人」政策》，載《史學集刊》2010 年第 2 期，第 52～53 頁。

42. 高益榮：《「律意雖遠，人情可推」——元雜劇公案劇中清官形象的文化透視》，載《陝西師範大學學報（哲學社會科學版）》2010 年第 5 期，第

52～58 頁。

43. 王傳明：《文化衝突與元雜劇中妓女形象的突變》，載《山東師範大學學報（人文社會科學版）》2011 年第 1 期，第 51～55 頁。

44. 郭小轉、胡海燕：《從蒙古族習俗及文化心理看元雜劇大團圓結局》，載《青海民族大學學報》2011 年第 1 期，第 134～137 頁。

45. 高紅梅：《蒙古民俗文化影響下的元雜劇的特徵》，載《內蒙古民族大學學報（社會科學版）》2011 年第 2 期，第 32～35 頁。

46. 劉金豪：《財富皆有道——簡論道教的財富觀》，載《中國道教》2011 年第 4 期，第 57～59 頁。

學位論文：

1. 宋琬培博士學位論文：《蒙元之際文化與關漢卿戲劇》，長春：東北師範大學，2001 年。

2. 郝青雲博士學位論文：《元雜劇曲文與其明傳奇改寫本的跨文化比較研究》，北京：中國社會科學院，2005 年。

3. 劉麗華博士學位論文：《元明雜劇文人形象與劇作家心態變遷研究》，西安：陝西師範大學，2008 年。

4. 徐雪輝博士學位論文：《元雜劇文化研究》，曲阜：曲阜師範大學，2009 年。

5. 孫慧玲博士學位論文：《中國古代貞潔觀新考辨》，哈爾濱：黑龍江大學，2011 年。

後　記

　　論文定稿的時候，正是春暖花開的季節，掩卷沉思，突然想到即將離開這座城市，離開學校，離開老師、同學們，再次回歸教師的崗位，一時感慨萬端，不知從何說起。三年前，也是這樣的季節來到北京參加博士入學考試，對考試結果的焦慮、對幼子的思念和擔心成了那段時間的主旋律。有幸蒙雲峰先生不棄，使我得以系列門牆，開始我人生中一段難忘的時光。

　　已過而立之年，還能有機會遠離喧鬧塵雜，重返學堂，這讓我加倍珍惜這段簡單快樂的生活。三年的學習，我開拓了眼界，增廣了見聞。現在，這段人生經歷的答卷——博士論文已經完成，也許它並不完美，卻是我這段歲月的見證。

　　從論文確定選題開始，導師雲峰教授對我悉心指導，整個寫作過程傾注了老師的無數心血。從提供資料，到擬定框架，乃至對文章字斟句酌的修改，老師提供了無私的幫助，讓我從迷茫中逐漸撥雲見日。老師淵博的專業知識、嚴謹的治學態度、誨人不倦的高尚師德、平易近人的人格魅力對我影響深遠，不僅端正了我的求學態度，樹立了我的學術目標，也讓我懂得了如何為人師表，如何面對生活、工作中的壓力。在生活上我也得到了老師和師母無微不至的關心，個中種種學生銘刻肺腑。

　　在博士生學習期間，還有幸聆聽導師組各位老師的教誨，傅承洲老師的儒雅博學、黃鳳顯老師的睿智灑脫、陳允鋒老師的勤勉嚴謹，都讓我欽佩感動，我亦為之自豪，並以各位先生為榜樣，學生「雖不能至，然心嚮往之」。感謝李修生先生和扎拉嘎先生，二位先生不嫌學生鄙陋，百忙中抽出時間閱讀了我的論文，參加我的畢業答辯，為我的論文提出了寶貴的修改意見，讓

我感動、感慨、感激。

　　此時，我還想感謝我的父母，讀博期間，父母代我照顧幼子，辛苦勞頓，鬢邊平添許多白髮，每每念及，心中感愧難當。感謝我的愛人，爲了支持我的學業，悉心照顧家庭孩子，毫無怨言。要對我的兒子說聲「對不起」，在他兩歲的時候，我就離開他出來求學。那時他還只能用哭聲來表達思念，而現在他已經學會質問「爲什麼只有我的媽媽要去北京交作業」。三年了，對親人我沒有盡到「孝、賢、慈」的責任，現在，我要向他們道歉，並感謝他們對我的付出和包容。

　　俱往矣！此刻心中惟有感激，感激各位老師，感激我的親人，我是何等幸運，能得到如此之多的幫助和愛護！未來，我會懷著感恩之心前行！

2013 年 5 月 4 日